KB101385

JULES
VERNE
BEST
COLLEC
TION

쥘 베른 베스트 컬렉션

*

15소년 표류기 1

김석희 옮김

열림원

여덟 살에서 열네 살밖에 안 된 소년들이
앞으로 몇 년 동안이나 잘 살아갈 수 있을까?
그것은 의심스러웠다!

| 차례 | 1권

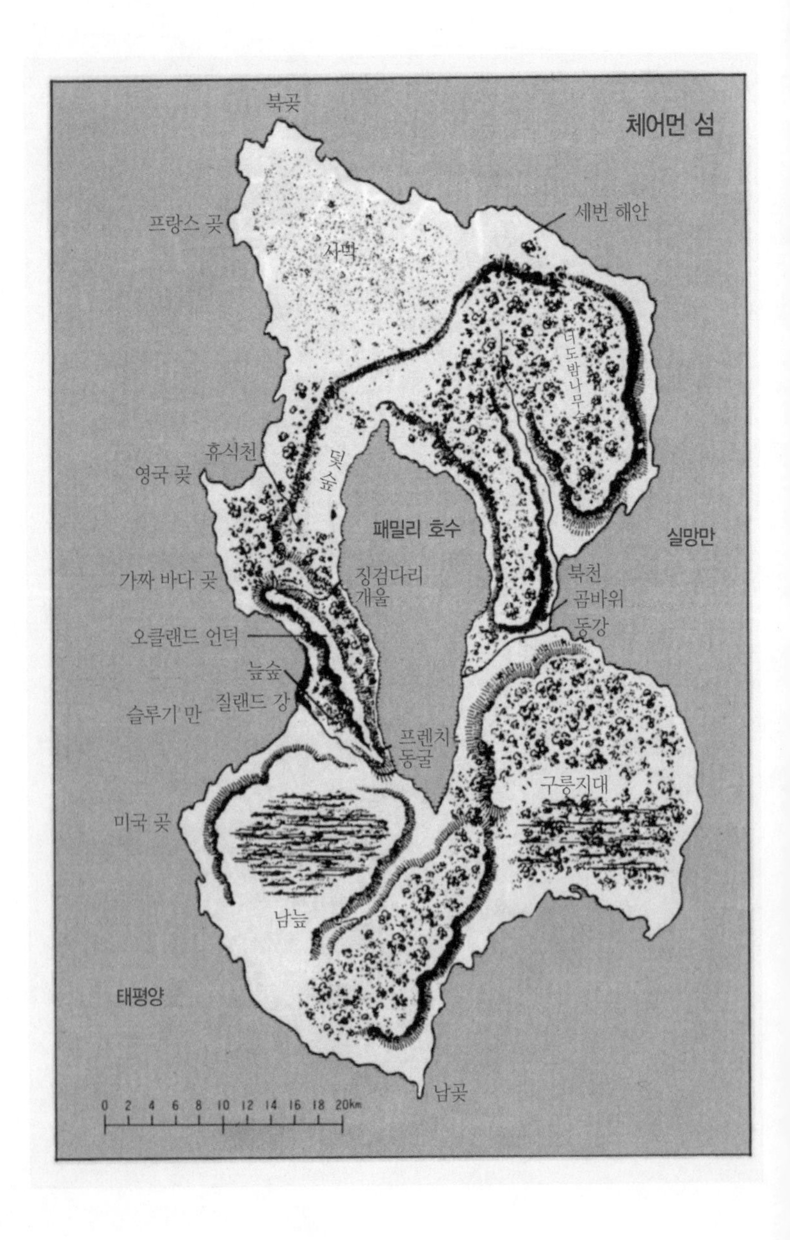
체어먼 섬
북곶
프랑스 곶
사막
세번 해안
더도밤나무숲
휴식천
영국 곶
덫숲
패밀리 호수
실망만
가짜 바다 곶
징검다리
개울
북천
곰바위
동강
오클랜드 언덕
늪숲
질랜드 강
슬루기 만
프렌치
동굴
구릉지대
미국 곶
남늪
태평양
남곶
0 2 4 6 8 10 12 14 16 18 20km

1

폭풍—달릴 수 없는 스쿠너—'슬루기' 호 갑판의 네 소년—
누더기가 다 된 돛—선실 점검—목이 졸려 죽을 뻔한 견습선원—
뒤에서 덮쳐온 큰 파도—안개 너머로 보이는 육지—암초

1860년 3월 9일 밤, 먹구름이 낮게 바다를 뒤덮어 몇 미터 앞도 보이지 않았다.

물마루는 납빛으로 번득이며 부서지고 있었다. 거칠게 날뛰는 이 바다 위를 돛도 다 찢어져버린 작은 배 한 척이 날 듯이 달리고 있었다.

100톤쯤 되는 스쿠너였다. 영국과 미국에서는 길고 가는 쌍돛대 범선을 '스쿠너'라고 부른다.

이 배의 이름은 '슬루기'*호였지만, 고물(배의 뒷부분)에 붙은 명판에서 그 이름을 읽으려 해도 허사였을 것이다. 큰 파도에 뜯겼는지 아니면 무언가에 부딪쳤는지는 모르나, 명판의 일부가

* 슬루기: 북아프리카와 아라비아 원산의 사냥개.

떨어져나가 있었기 때문이다.

밤 11시였다. 이 위도에서는 3월 초에도 아직 밤이 짧다. 아침 5시쯤이면 동이 트기 시작할 것이다. 하지만 해가 세상을 비추기 시작하면 '슬루기' 호를 위협하고 있는 위험이 줄어들까? 이렇게 가냘픈 배가 거친 파도 위에 언제까지나 떠 있을 수는 없지 않을까? 물론 그렇다. 파도가 잔잔해지고 바람이 가라앉지 않는 한, 이 배는 뭍에서 멀리 떨어진 망망대해 한복판에 버려진 채 끔찍한 조난을 피할 수 없을 것이다. 육지에만 다다르면 그래도 살아남을 가능성이 있겠지만.

'슬루기' 호 뒷갑판에서는 열네 살 소년 한 명, 열세 살 소년 두 명, 열두 살짜리 흑인 견습선원 한 명이 타륜에 달라붙어 있었다. 이들은 힘을 모아 배가 한쪽으로 쓰러지는 것을 막으려고 안간힘을 쓰고 있었다. 그것은 여간 힘든 일이 아니었다. 걸핏하면 타륜이 거꾸로 돌면서 소년들을 갑판 난간 너머로 내동댕이치려 했기 때문이다. 자정이 되기 조금 전에 엄청난 파도가 뱃전을 때렸을 때 타륜이 떨어져나가지 않은 것은 그야말로 기적이었다.

소년들은 이 파도의 공격을 받고 갑판에 나동그라졌지만 얼른 일어났다.

"브리앙, 키를 잡고 있어?" 한 소년이 물었다.

"그래, 고든." 브리앙이 대답했다.

그는 벌써 침착성을 되찾고 자기 위치로 돌아가 있었다. 그러고는 세 번째 소년에게 말했다.

"정신 차려, 도니펀. 용기를 잃으면 안 돼. 다른 아이들도 구해야 하니까!"

그들은 영어로 대화를 나누고 있지만, 브리앙의 말투에는 프랑스어 억양이 섞여 있었다.

브리앙은 견습선원을 돌아보았다.

"다치지 않았니, 모코?"

"괜찮습니다, 브리앙 씨." 견습선원이 대답했다. "하지만 뱃머리가 정면으로 파도를 향하도록 배를 돌립시다. 그러지 않으면 침몰할지도 몰라요!"

그때 선실로 통하는 문이 벌컥 열리더니, 작은 얼굴 두 개가 갑판에 나타났다. 동시에 개도 한 마리 얼굴을 내밀고는 요란하게 짖어댔다.

"브리앙? 브리앙! 도대체 무슨 일이야?" 아홉 살쯤 된 소년이 소리쳤다.

"아무것도 아니야, 아이버슨. 걱정할 것 없어. 돌을 데리고 선실로 돌아가. 우물쭈물하지 말고, 어서!"

"너무 무서워!" 아이버슨보다 어려 보이는 소년이 말했다.

"다른 애들은?" 도니펀이 물었다.

"우리랑 마찬가지야." 돌이 대답했다.

"둘 다 돌아가! 어서!" 브리앙이 명령했다. "선실에서 나오지 마. 담요를 뒤집어쓰고 눈을 꼭 감고 있어. 그러면 무섭지 않을 거야! 조금도 위험하지 않아!"

"조심하세요! 또 파도가 오고 있어요!" 모코가 소리쳤다.

엄청난 파도가 고물을 덮쳤다. 하지만 이번에는 다행히 배가 파도를 뒤집어쓰지 않았다. 바닷물이 해치(배의 갑판 승강구)를 통해 선실로 흘러들었다면 배가 무거워져서 거친 파도를 견뎌내지 못할 것이다.

"어서 돌아가라니까!" 이번에는 고든이 소리쳤다. "돌아가지 않으면 큰일 나!"

"자, 얘들아. 어서 돌아가렴." 브리앙이 상냥한 투로 말했다.

두 아이는 선실로 사라졌지만, 곧이어 또 다른 소년이 해치에서 얼굴을 내밀었다.

"브리앙, 우리가 도와줄 일은 없어?"

"없어, 백스터. 너하고 크로스, 웨브, 서비스, 윌콕스는 꼬맹이들이랑 함께 남아 있어. 여기는 우리 넷이면 충분해."

백스터는 안쪽에서 문을 닫았다.

아까 돌은 "다른 애들도 무서워한다!"고 말했다. 그렇다면 폭풍에 휩싸인 이 배에는 아이들밖에 없단 말인가? 그렇다. 이 배에는 아이들밖에 없었다. 그럼 아이들은 몇 명이나 타고 있을까? 고든 · 브리앙 · 도니펀과 견습선원을 포함하여 모두 열다섯 명이었다. 아이들은 어떤 사정으로 이 배에 타게 되었을까? 그것은 이제 곧 알게 될 것이다.

그럼 이 배에는 어른이 한 명도 없나? 배를 지휘하는 선장도 없나? 배를 움직이는 데 필요한 선원도 하나 없나? 이 폭풍 속에서 키를 잡을 조타수도 없나? 없었다. 어른은 단 한 명도 없었다.

따라서 이 망망대해에서 '슬루기' 호가 어디쯤 있는지, 그 정확한 위치를 대답할 수 있는 사람은 하나도 없었다. 그러면 여기는 어느 바다인가? 오대양 가운데 가장 넓은 바다, 오스트레일리아와 뉴질랜드에서 남아메리카 해안까지 8000킬로미터가 넘게 펼쳐져 있는 태평양이다!

도대체 무슨 일이 일어났을까? 뭔가 불행한 사고가 일어나 이 배의 승무원들이 모두 사라져버린 것일까? 말레이 군도의 해적들이 승무원을 모두 끌고 가는 바람에, 가장 나이 많은 아이도 겨우 열네 살에 불과한 소년들만 배에 남겨진 것일까? 100톤급 스쿠너에는 적어도 선장 한 명과 갑판장 한 명, 그리고 대여섯 명의 선원이 필요하다. 그런데 항해하는 데 없어서는 안 될 이 사람들 가운데 남아 있는 것은 어린 견습선원 한 명뿐이다!

이 스쿠너는 도대체 어디서 왔을까? 오스트레일리아 해안에서 왔을까? 아니면 오세아니아의 어느 섬에서 왔을까? 출항은 언제 했을까? 그리고 목적지는 어디일까? 육지와 멀리 떨어진 이 난바다에서 '슬루기' 호를 만나면 어떤 선장도 이런 질문을 던졌을 것이고, 물론 소년들은 질문에 대답할 수 있었을 것이다. 하지만 오세아니아의 바다를 정기적으로 오가는 태평양 횡단 여객선도, 유럽이나 미국이 태평양 각지의 항구로 보내는 수백 척의 상선도 전혀 보이지 않았다. 설령 강력한 기관이나 튼튼한 돛을 갖춘 배가 이 부근에 있다 해도, 폭풍과 싸우느라 바빠서 제 코가 석 자인 처지일 테니, 파도에 농락당하고 있는 이 스쿠너에 구원의 손길을 뻗칠 겨를은 없을 것이다.

브리앙과 친구들은 배가 한쪽으로 기울어지지 않도록 안간힘을 쓰고 있었다.

"어떡하지?" 도니펀이 소리쳤다.

"살아남으려면 무슨 짓이든 해야지. 하느님이 도와주실 거야!" 브리앙이 대답했다.

나이도 차지 않은 소년이 그렇게 말했다. 기운이 팔팔한 어른이라도 희망을 잃고 주저앉을 판인데!

폭풍은 점점 심해졌다. 바람은 뱃사람들 말마따나 번개처럼 휘몰아치고 있었다. 이 표현은 참으로 적절했다. '슬루기' 호는 벼락에라도 맞은 것처럼 침몰할 위기에 놓여 있었기 때문이다. 게다가 이틀 전에 주돛대가 갑판에서 1미터쯤 올라간 곳에서 뚝 부러지는 바람에 주돛을 달 수가 없게 되었다. 이 돛만 있으면 좀 더 안전하게 배를 조종할 수 있었을 텐데. 앞돛대는 끝이 부러졌지만 그럭저럭 버티고 있었다. 하지만 그 돛대를 지탱하는 밧줄이 느슨해져서, 언제 갑판에 쓰러질지 모르는 상태였다. 뱃머리에서는 누더기가 다 된 삼각돛이 탁탁 요란한 소리를 내며 바람에 펄럭이고 있었다. 돛이라고는 이제 앞돛밖에 남지 않았지만, 그것마저 당장 찢어질 것 같았다. 소년들은 바람을 정면으로 받지 않도록 돛을 줄일 만한 힘이 없었기 때문이다. 이 앞돛이 찢어지면 배는 휘몰아치는 바람 속에서 선체를 지탱하지 못하고 옆 파도를 받아 전복하여, 눈 깜짝할 사이에 침몰하고 말 것이다. 그리고 배와 함께 소년들도 깊은 바다 속으로 사라질 것이다.

난바다에는 섬 하나 보이지 않았고, 동쪽에도 육지는 전혀 보이지 않았다. 해안에 좌초하는 것은 무서운 일이지만, 그래도 거칠게 날뛰는 이 난바다에서 폭풍과 싸우는 것보다는 나았다. 어떤 해안이든, 해안에 당도하는 것만이 살 길이었다. 여울과 암초가 있고 엄청나게 큰 파도가 밀려와 끊임없이 바위에 부딪치는 해안이라 해도, 소년들의 발 밑에 아가리를 딱 벌리고 있는 이 바다와는 달리 어쨌든 해안은 단단한 육지이기 때문이다!

그래서 소년들은 불빛을 찾고 있었다. 불빛이 보이면 그쪽으로 뱃머리를 돌릴 수 있다!

하지만 이 깊은 어둠 속에서는 어디를 둘러보아도 희미한 불빛 하나 보이지 않았다.

오전 1시쯤, 갑자기 무언가가 찢어지는 요란한 소리가 으르렁거리는 바람 소리를 삼켰다.

"앞돛대가 부러졌어!" 도니펀이 외쳤다.

"아닙니다! 돛이 밧줄에서 뜯겨나간 거예요!" 견습선원 모코가 말했다.

"돛을 내려야 돼." 브리앙이 말했다. "고든은 도니펀과 함께 키를 맡아. 모코, 너는 나를 도와줘."

모코는 견습선원이니까 항해에 대한 지식을 어느 정도 갖고 있었지만, 브리앙도 지식이 전혀 없는 것은 아니었다. 유럽에서 오세아니아로 건너올 때 이미 대서양과 태평양을 항해했기 때문에, 그때 배를 조종하는 법을 어깨너머로 익혔던 것이다. 그래서 배에 대해 문외한인 다른 소년들은 '슬루기' 호의 조종을 모코와 브리앙에게 맡길 수밖에 없었다.

브리앙과 모코는 용감하게 뱃머리 쪽으로 갔다. 배가 옆으로 기우는 것을 막으려면 어떻게든 앞돛을 내려야 한다. 앞돛 아래쪽이 크게 부풀어올라, 배가 금방이라도 뒤집힐 것처럼 옆으로 기울어져 있었다. 이대로 놔두면, 돛대를 지탱하고 있는 쇠줄을 잘라서 앞돛대를 완전히 쓰러뜨려야만 배를 다시 일으켜 세울 수 있을 것이다. 소년들의 힘으로는 도저히 해낼 수 없는 일이었다.

이런 상황에서 브리앙과 모코는 멋진 솜씨를 보여주었다. 두 소년은 돌풍이 계속되는 동안 '슬루기' 호가 순풍을 받을 수 있도록 돛을 최대한 남겨두기로 작정했다. 그래서 활대를 움직이는 밧줄을 풀어, 갑판에서 2미터 높이까지 돛을 내렸다. 그리고 너덜너덜해진 부분을 칼로 잘라내고, 돛의 아래쪽 양끝에 달린 밧줄을 선체에 단단히 묶었다. 그러는 동안 용감한 두 소년은 스무 번도 넘게 파도에 휩쓸려갈 뻔했다.

돛을 많이 줄인 덕분에 배는 원래의 항로를 유지할 수 있었다. 이제 선체만 남았지만, 배는 충분한 바람을 받아 어뢰정처럼 빨리 달릴 수 있었다. 중요한 것은 배가 뒤쪽에서 밀려오는 파도에 휩쓸리지 않도록 파도보다 빠른 속도로 달리는 것이다.

작업이 끝나자 브리앙과 모코는 고든과 도니펀 곁으로 돌아와 키를 잡았다.

그때 또다시 해치가 열리고 한 소년이 얼굴을 내밀었다. 브리앙보다 세 살 아래인 동생 자크였다.

"왜 그래, 자크?" 브리앙이 물었다.

"형, 이리 좀 와봐. 선실로 물이 들어오고 있어."

"정말이야?" 브리앙이 외쳤다.

브리앙은 해치 쪽으로 달려가, 서둘러 아래로 내려갔다.

브리앙과 모코는 멋진 솜씨를 보여주었다

선실은 램프 하나가 어렴풋이 비추고 있었다. 그 희미한 불빛 속에서 여남은 명의 아이들이 긴의자나 간이침대에 누워 있었다. 여덟 살이나 아홉 살밖에 안 된 아이들은 서로 몸을 맞댄 채 부들부들 떨고 있었다.

브리앙은 우선 아이들을 안심시키려고 애썼다.

"괜찮아. 우리가 있잖아. 걱정 마!"

등불을 비추어보았더니 선실 마룻바닥에 물이 흥건했다.

이 물이 도대체 어디로 들어왔을까? 뱃전의 널판 틈새로 새어 들어왔을까? 그것부터 먼저 확인해야 한다.

배 앞쪽에는 커다란 방과 식당과 승무원실이 있었다.

브리앙은 그 방들을 둘러보고, 흘수선 위에도 밑에도 물이 들어오는 틈새는 없다는 것을 확인했다. 그렇다면 배가 뒤쪽으로 기울어졌을 때 고물로 넘쳐 들어온 물과 앞쪽에서 큰 파도를 뒤집어썼을 때 이물(배의 앞부분)로 들어온 물이 해치를 통해 선실로 흘러들었을 뿐이다. 그렇다면 별로 위험하지 않다.

브리앙은 선실로 돌아와 아이들을 안심시키고, 키가 있는 뒷갑판으로 돌아갔다. 이 배는 아주 튼튼하게 만들어졌고, 밑바닥에는 구리판을 덧댔기 때문에 절대로 물이 새지 않고 거친 바다에서도 견딜 수 있을 터였다.

밤 1시였다. 한밤중이 되자 하늘은 두꺼운 구름장으로 더욱 어두워지고, 바람은 더욱 맹렬하게 휘몰아쳤다. 배는 납빛 바닷물 속에 온몸을 담근 채 달리고 있었다. 슴새의 날카로운 울음소리가 공기를 갈랐다.

선실 마룻바닥에 상당한 물이 흐르고 있었다

슴새가 나타났다면 육지가 가까이 있다고 판단해도 좋을까? 아니다. 슴새는 해안에서 수백 킬로미터나 떨어진 곳에서도 만날 수 있기 때문이다. 게다가 슴새는 바람을 거스르지 못하고, 인간의 힘으로는 속도를 늦출 수 없는 스쿠너와 마찬가지로 바람에 몸을 맡기고 있을 뿐이다.

한 시간 뒤 갑판에서 또다시 무언가가 찢어지는 소리가 들렸다. 앞돛의 나머지 부분이 갈기갈기 찢어진 것이다. 누더기처럼 찢어진 돛이 거대한 갈매기처럼 휘날렸다.

"이젠 돛이 하나도 없어!" 도니펀이 외쳤다. "그리고 다른 돛을 펼 수도 없어!"

"괜찮아!" 브리앙이 대답했다. "돛이 없어도 속도는 떨어지지 않으니까 상관없어."

"입으로는 무슨 말을 못해! 그런 식으로 배를 조종하면……."

"뒤쪽 파도를 조심하세요!" 모코가 소리쳤다. "꽉 잡고 있지 않으면 파도에 휩쓸립니다."

견습선원 모코가 말을 미처 끝내기도 전에 큰 파도가 배를 덮쳤다. 고물에서 몇 톤이나 되는 물이 갑판으로 쏟아져 들어왔다. 브리앙과 도니펀과 고든은 해치가 있는 곳까지 휩쓸려가다가 간신히 해치를 잡고 매달렸다. 하지만 모코는 고물에서 이물까지 휩쓸고 지나간 파도와 함께 사라져버렸다. 이 파도는 배 안쪽에 있던 소형 보트 두 척과 중형 보트 한 척, 예비 돛대와 활대 몇 개와 나침반 상자도 휩쓸어가버렸다. 하지만 그 파도의 공격으로 난간이 부서지는 바람에 물은 순식간에 갑판에서 흘러나갔고,

덕분에 배는 엄청난 무게의 바닷물에 짓눌려 침몰할 위험에서 벗어날 수 있었다.

"모코! 모코!" 겨우 말을 할 수 있게 된 브리앙이 큰 소리로 견습선원을 불렀다.

"모코가 바다에 빠졌어?" 도니펀이 물었다.

"아니야…… 하지만 보이지도 않고, 목소리도 안 들려!" 고든은 뱃전 너머로 몸을 내밀어 바다를 바라보면서 말했다.

"모코를 구해야 돼. 구명대와 밧줄을 던져주자!" 브리앙이 말했다.

바람이 잠깐 멎은 사이에 브리앙의 목소리가 다시 울려 퍼졌다.

"모코! 모코!"

"여기예요! 여기!" 견습선원의 목소리가 들려왔다.

"바다가 아니야. 뱃머리 쪽에서 들렸어!" 고든이 말했다.

"내가 구해줄게!" 브리앙이 외쳤다.

브리앙은 갑판에 납작 엎드린 채 앞쪽으로 기어가기 시작했다. 느슨해진 밧줄 끝에서 흔들리고 있는 도르래에 부딪치지 않도록 조심해야 하고, 미끄러운 갑판 위에서 바다로 굴러떨어지지 않도록 조심해야 한다.

견습선원의 목소리가 또다시 공기를 갈랐다. 그러고는 아무 소리도 들리지 않았다.

하지만 브리앙은 끈질기게 노력한 보람이 있어, 선원실로 통하는 해치에 이르렀다.

브리앙은 큰 소리로 모코를 불러보았다.

아무 응답도 없었다.

그러면 모코는 어떻게 되었을까? 마지막으로 소리를 지른 뒤 파도에 휩쓸려버렸을까? 그렇다면 소년은 가엾게도 지금쯤 저만치 뒤처져 있을 게 분명하다. 파도는 바람을 타고 달리는 스쿠너만큼 빠른 속도로 소년의 몸을 운반하지 못했을 테니까. 그러면 모코를 구할 길이 없다…….

그런데 그게 아니었다! 아까보다 훨씬 약한 외침 소리가 브리앙의 귀에 들려왔다. 브리앙은 닻을 감아올리는 권양기 쪽으로 돌진했다. 권양기 밑에 비스듬한 돛대가 박혀 있었는데, 브리앙이 그쪽으로 손을 뻗자 버둥거리고 있는 몸에 손이 닿았다.

견습선원이었다. 모코는 뱃전과 뱃머리가 맞닿은 모서리에 끼여 있었다. 버둥거릴수록 돛을 올리는 밧줄이 팽팽하게 당겨져서 모코의 목을 죄었다. 파도에 휩쓸려가다가 밧줄에 엉키는 바람에 하마터면 목이 졸려 죽을 뻔한 것이다.

브리앙은 칼을 꺼내, 모코를 휘감고 있는 밧줄을 잘랐다.

그러고는 모코를 데리고 고물로 돌아왔다. 겨우 말을 할 수 있게 되자 모코는 먼저 브리앙에게 말했다.

"고맙습니다, 브리앙 씨. 덕분에 살았어요. 정말 고맙습니다!"

모코는 다시 키를 잡았다. 네 소년은 힘을 합쳐 '슬루기' 호의 앞길을 가로막는 파도와 싸웠다.

브리앙의 예상과는 반대로, 앞돛이 완전히 없어져버린 뒤 배의 속도는 조금 느려졌다. 이것은 새로운 위험을 낳았다. 이제는 파도가 배보다 빨리 달렸기 때문에, 뒤에서 덮치는 파도에 배가 침몰할 위험이 있었다. 하지만 어떻게 하면 좋단 말인가? 아주 작은 돛도 펼 수 없는데.

남반구의 3월은 북반구의 9월에 해당하니까, 밤은 열두 시간 정도밖에 계속되지 않는다. 지금은 오전 4시경. '슬루기' 호가 바람에 실려 나아가고 있는 동쪽 수평선이 이제 곧 밝아올 것이다. 동이 트면 바람이 약해질까?

아니면 육지가 나타나 소년들의 운명이 순식간에 결정될까? 동녘 하늘 저편이 새벽빛으로 물들면 모든 것이 분명해질 것이다.

4시 반쯤, 희미한 빛이 조금씩 퍼져 머리 위에 이르렀다. 공교롭게도 안개가 자욱하여 300미터 앞도 보이지 않았다. 구름이 무서운 속도로 달리고 있는 것 같았다. 바람은 조금도 가라앉지 않고, 드넓은 바다는 넘실거리는 파도의 물보라 밑에 가려져 있었다. 스쿠너는 높은 물마루 위로 치솟았다가 골짜기로 곤두박질치고 있었다. 옆파도를 받는 날이면 배는 순식간에 뒤집히고 말 것이다.

네 소년은 한데 뒤엉켜 거칠게 날뛰는 바다를 뚫어지게 바라보고 있었다. 당장이라도 파도가 가라앉지 않으면 상황은 절망적이었다. '슬루기' 호는 갑판에 떨어지는 파도를 더 이상 견디지 못하고, 결국 해치가 부서지고 말 것이다.

그때 모코가 소리를 질렀다.

"육지다! 육지다!"

모코는 아침 안개를 뚫고 동쪽에서 해안선을 보았다고 믿었다. 잘못 본 게 아닐까? 소용돌이치는 구름과 헷갈리기 쉬워서 어렴풋한 해안선을 분간하기는 여간 어려운 일이 아니다.

"육지라고?" 브리앙이 되물었다.

"그렇습니다…… 육지가…… 저기 동쪽에!"

모코는 이제 안개에 가려져버린 수평선의 한 점을 가리켰다.

"확실해?" 도니펀이 물었다.

"예, 확실합니다." 견습선원이 대답했다. "또 안개가 갈라지면 잘 보세요. 저기…… 앞돛대보다 조금 오른쪽…… 저기요! 저기!"

아침 안개가 수면에서 위쪽으로 조금씩 걷히기 시작했다. 곧이어 바다가 몇 킬로미터까지 모습을 드러냈다.

"그래…… 육지다! 분명히 육지야!" 브리앙이 소리쳤다.

"아주 낮은 육지야!" 앞쪽 해안선을 물끄러미 바라보고 있던 고든이 말했다.

이번에야말로 의심할 여지가 없었다. 대륙인지 섬인지는 모르겠지만, 10킬로미터쯤 되는 육지가 넓은 수평선 위에 뚜렷이 떠올라 있었다. 풍향으로 보아 '슬루기' 호가 항로를 벗어날 것 같지는 않았다. 이대로만 가면 '슬루기' 호는 한 시간 안에 그 육지까지 떠밀려갈 것이다. 배가 육지에 부딪쳐 부서지는 것을 조심할 필요가 있었다. 특히 안전한 육지에 도착하기 전에 암초에라도 올라앉게 되면 큰일이다. 하지만 소년들은 그런 위험은 생각지도 않았다. 홀연히 모습을 나타낸 육지가 하늘의 도움으로 여겨졌고, 그것밖에는 염두에 없었다.

그때 또다시 바람이 맹렬히 몰아치기 시작했다. '슬루기' 호는 깃털처럼 가볍게 바람을 타고 해안으로 돌진했다. 해안선은 희

뿌연 하늘을 등지고 마치 먹물로 그은 선처럼 또렷이 떠올라 있었다. 해안선 뒤에는 절벽이 우뚝 솟아 있었지만, 높이는 50미터 내지 70미터를 넘지 않았다. 앞쪽에는 모래밭이 펼쳐져 있고, 오른쪽은 숲에 둘러싸여 있었다. 그 숲은 내륙의 숲으로 이어져 있는 듯했다.

'슬루기' 호가 암초지대를 만나지 않고 넓은 모래밭에 닿을 수만 있다면, 후미진 하구가 있어서 배를 접안할 수만 있다면, 소년들은 위험에서 무사히 벗어날 수 있을 것이다.

도니펀과 고든과 모코가 키를 잡고 있는 동안, 브리앙은 뱃머리로 가서 빠르게 다가오는 육지를 바라보고 있었다. 배의 속력은 상당했다. 브리앙은 되도록 유리한 조건으로 배를 댈 곳을 찾아보았지만 허사였다. 하구는커녕 개어귀*도 보이지 않았고, 배를 단번에 올려놓을 수 있는 모래밭도 보이지 않았다. 해안 앞에는 암초가 한 줄로 늘어서서, 파도 사이로 검은 머리를 삐죽 내밀고 있었다. 쉼없이 밀려오는 파도가 암초에 부딪쳐 산산이 부서지고 있었다. 그런 암초에 부딪치면 '슬루기' 호는 눈 깜짝할 사이에 산산조각이 나버릴 것이다.

브리앙은 배가 좌초하게 되면 모두 갑판에 나와 있는 편이 낫다고 생각했다. 그래서 해치를 열고 소리쳤다.

"모두 올라와!"

가장 먼저 개가 뛰어나오고, 뒤이어 여남은 명의 아이들이 갑

* 개어귀: 강물이나 냇물이 바다로 들어가는 어귀.

판으로 올라와 고물 쪽으로 기어갔다. 나이 어린 아이들은 여울 때문에 더한층 높아진 파도를 보고는 무서운 듯 비명을 질렀다.

아침 6시 조금 전에 '슬루기' 호는 점점이 늘어서 있는 암초에 바싹 다가갔다.

"모두 조심해! 정신 바짝 차려!" 브리앙은 계속 소리쳤다.

그러고는 윗통을 벗고, 암초에 부딪쳐 되돌아오는 파도에 휩쓸리는 아이가 있으면 언제라도 구조의 손길을 뻗을 준비를 갖추었다. 분명히 배는 암초 위로 떠밀려가고 있었다.

갑자기 최초의 충격이 느껴졌다. '슬루기' 호의 뒤쪽 용골*이 바닥에 닿았다. 배 전체가 흔들리긴 했지만 물은 들어오지 않았다.

또다시 밀려온 파도가 배를 높이 들어올렸다. 배는 파도를 타고 15미터쯤 나아갔다. 다행히 암초에는 부딪치지 않았다. 하지만 배는 좌현 쪽으로 기운 채, 물거품을 일으키며 소용돌이치는 파도 한복판에서 꼼짝도 못하게 되었다.

망망대해 한복판은 아니지만, 그래도 해안까지는 아직 400미터나 남아 있었다.

* 용골: 배 밑바닥 한가운데를, 이물에서 고물에 걸쳐 선체를 떠받치는 길고 큰 목재.

2

거센 파도 속에서—브리앙과 도니펀—해안 관찰—탈출 준비—
보트 쟁탈전—앞돛대 위에서—브리앙의 용기—높은 파도의 효과

이때 안개 장막이 걷히면서 시야가 트였다. 배 주위에 펼쳐진 넓은 바다가 한눈에 바라보였다. 구름장은 여전히 빠른 속도로 날아가고 있었다. 바람은 아직도 기세를 잃지 않았다. 바람은 마지막 힘을 짜내어 태평양의 이 낯선 해역을 덮친 뒤에야 가라앉을지도 모른다.

하지만 그것은 희망 사항일 뿐이었다. '슬루기' 호가 난바다에서 폭풍과 싸우고 있을 때와 마찬가지로 소년들은 여전히 위험한 상황에 놓여 있었기 때문이다.

아이들은 서로 몸을 맞댄 채 모여 있었다. 뱃전을 넘어드는 파도를 뒤집어쓸 때마다 아이들은 이제 다 틀렸다고 생각했을 게 분명하다.

배가 움직이지 않게 되었기 때문에 충격이 더욱 심해졌다. 하

지만 파도가 덮칠 때마다 골조까지 뒤흔들리긴 해도, 배에 구멍이 뚫리지는 않았다. 배가 암초 사이에 끼여 용골이 바닥에 닿았는데도 선체는 무사했다. 브리앙과 고든은 선실로 내려가, 밑창으로 물이 스며들지 않는 것을 확인했다.

브리앙과 고든은 특히 어린 아이들을 안심시키려고 애썼다.

"걱정 마." 브리앙은 이 말을 계속 되풀이하고 있었다. "이 배는 튼튼하니까. 해안도 멀지 않아! 조금만 기다려보자. 그러면 해안으로 갈 방법을 찾을 수 있을 거야."

"왜 기다려야 돼?" 도니펀이 물었다.

"그래. 왜 기다려야 해?" 열두 살 난 윌콕스도 불평을 했다. "도니펀 말이 옳아. 왜 기다려야 하냐고?"

"바다가 아직은 거칠어서 바위에 부딪칠 위험이 있으니까." 브리앙이 대답했다.

"배가 부서지면 어떡해?" 윌콕스와 같은 또래의 웨브가 끼어들었다.

"그건 걱정하지 않아도 돼." 브리앙이 대답했다. "이제 곧 썰물이 져서 물이 빠질 거야. 그리고 바람이 조금 가라앉으면 그때 배에서 탈출하는 거야."

브리앙의 판단이 옳았다. 태평양에서는 간만의 차이가 아주 크다. 따라서 바람이 점점 가라앉고 있는 경우에는 몇 시간 기다리는 것이 상책이다. 썰물이 지면 많은 암초가 얼굴을 드러낼 것이다. 그때 배를 떠나는 편이 안전하고, 해안까지 400미터를 훨씬 쉽게 건널 수 있다.

브리앙의 의견이 아무리 분별 있고 옳은 것이라 해도, 도니펀과 두세 명의 아이들은 그의 말에 따를 마음이 없는 듯했다. 그들은 뱃머리에 한데 모여 낮은 소리로 소곤소곤 이야기를 나누고 있었다.

이미 분명해졌듯이, 도니펀과 윌콕스 · 웨브 · 크로스는 브리앙과 사이가 좋지 않았다. '슬루기' 호를 타고 항해하는 동안 이들 네 소년이 얌전히 브리앙의 말을 들은 것은 브리앙이 항해에 익숙하다는 평판이 있었기 때문이다. 하지만 육지에 도착하기만 하면 당장 제멋대로 행동할 작정이었다. 특히 도니펀은 지식도 많고 머리도 좋았기 때문에, 브리앙이나 다른 소년들보다 자기가 훨씬 뛰어나다고 우쭐대고 있었다. 게다가 도니펀은 오래전부터 브리앙을 시샘했고, 브리앙이 프랑스인이라는 이유만으로 영국 소년들은 브리앙의 말에 고분고분 따를 마음이 나지 않았다.

이런 뒤틀린 감정이 가뜩이나 불안한 상황을 더욱 악화시킬 우려가 있었다.

도니펀과 윌콕스 · 크로스 · 웨브는 뱃머리에 모여 물거품을 일으키는 파도를 바라보고 있었다. 여기저기에서 급한 물살이 소용돌이치고 조류가 거센 이 바다를 건너가는 것은 아무래도 위험해 보였다. 아무리 수영을 잘하는 사람도 휘몰아치는 바람 속에서 암초에 부딪쳐 소용돌이치는 썰물을 거슬러 헤엄을 치기는 어려울 터였다. 따라서 몇 시간 기다리는 편이 낫다는 의견은 아무리 생각해도 타당했다. 도니펀과 그 친구들은 이 명백한 사실에 승복할 수밖에 없었다. 결국 네 소년은 어린 아이들이 모여 있는 고물로 돌아왔다.

브리앙이 옆에 있는 고든과 소년들에게 말하고 있었다.

"무슨 일이 있어도 우리는 따로 떨어지면 안 돼! 모두 함께 붙어 있어야 돼! 그러지 않으면 살아날 수 없어!"

"우리한테 이래라저래라 명령하지 마!" 도니펀이 브리앙의 말을 듣고 큰 소리로 외쳤다.

"그럴 생각은 전혀 없어. 다만 모두 무사히 살아남기 위해서는 서로 협력해야 한다는 것뿐이야."

"브리앙이 옳아!" 고든이 말했다. 이 차분하고 성실한 소년은 충분히 생각한 뒤에야 의견을 말하는 성격이었다.

"그래…… 맞아……." 속으로 몰래 브리앙을 지지하고 있던 두세 명의 아이들이 소리쳤다.

도니펀은 대꾸하지 않았다. 하지만 도니펀과 그 친구들은 탈출할 시간을 기다리는 동안 다른 아이들한테서 떨어진 곳에 모여 있었다.

그런데 눈앞의 육지는 어디일까? 태평양에 떠 있는 섬일까? 아니면 대륙일까?

이 의문을 지금 당장 풀 수는 없다. '슬루기' 호가 해안에 너무 가까이 있어서 육지를 충분히 멀리까지 바라볼 수가 없었기 때문이다. 안쪽으로 휘어져 들어간 해안선은 넓은 후미를 이루며 두 개의 곶 사이에 끼여 있었다. 북쪽에 있는 곶은 깎아지른 듯 높은 절벽으로 되어 있고, 남쪽에 있는 곶은 바다 쪽으로 가늘고 뾰족하게 뻗어나와 있었다. 하지만 이들 두 곶 뒤에는 바다만 있는 게 아닐까? 저 육지는 바다에 둘러싸인 작은 섬이 아닐까? 브리앙은 갑판의 망원경으로 확인하려고 했지만 허사였다.

저 육지가 섬이라면, '슬루기' 호가 좌초한 지금 어떻게 섬을 떠날 수 있을까? 배를 암초에서 들어올려 바다에 띄우지 못하면, 밀물이 배를 암초 위로 질질 끌고 가서 당장 부숴버릴 것이다. 그리고 이 섬이 무인도라면(태평양에는 무인도가 많다), 먹을 것이라고는 배에 실려 있는 식량뿐인데, 어떻게 아이들끼리 생활에 필요한 물건을 구할 수 있단 말인가?

저 육지가 대륙이라면 살아날 가능성이 크다. 태평양 동쪽에 있는 대륙이라면 남아메리카 대륙이 분명하기 때문이다. 칠레나 볼리비아 영토에 들어가면, 상륙하자마자 구조될 수는 없다 해도 적어도 며칠 뒤에는 구조될 수 있을 것이다. 남아메리카의 대초원에 가까운 해안지방에서 갖가지 위험을 당할 염려가 있는 것은 사실이다. 하지만 지금 문제는 오직 육지에 닿는 것뿐이었다.

주위가 상당히 밝아졌기 때문에 해안을 구석구석 볼 수 있게 되었다. 해안과 그 너머에서 해안을 둘러싸고 있는 절벽, 그 벼랑 기슭에 있는 숲을 뚜렷이 분간할 수 있었다. 브리앙은 해안 오른쪽에 개어귀가 있는 것도 알아차렸다.

요컨대 해안 풍경은 그리 매력적이지는 않았지만, 초록빛 커튼은 그곳의 토양이 나무가 자랄 수 있을 만큼은 비옥하다는 것을 보여주었다. 난바다에서 불어오는 바람을 막아주는 벼랑 너머에는 식물이 더욱 무성하게 자라고 있을 터였다.

해안 언저리에 사람이 살고 있는 것 같지는 않았다. 개어귀 어름에도 집은 전혀 보이지 않았다. 원주민이 있다면, 강한 서풍이 닿지 않는 내륙 쪽에 살고 있지 않을까?

"연기가 전혀 안 보여!" 브리앙이 망원경을 내리면서 말했다.

"해안에 배도 한 척 보이지 않습니다!" 모코가 말했다.

"포구가 없으니까 배가 있을 턱이 없지." 도니펀이 대꾸했다.

"포구는 필요없어." 고든이 받았다. "어선은 개어귀에 피난할 수도 있고, 태풍을 피해 강 상류로 올라갔는지도 몰라."

고든의 관찰은 정확했다. 하지만 이유야 어쨌든 배는 한 척도 보이지 않았고, 해안에 사람이 사는 기미도 전혀 없었다. 조난한 소년들이 여기서 몇 주일을 보내야 한다면, 과연 이 해안에서 살아갈 수 있을까? 소년들이 먼저 걱정해야 할 일은 바로 그것이었다.

그러는 동안 물이 조금씩 빠지기 시작했다. 물이 빠지는 속도는 아주 느렸다. 난바다에서 불어오던 바람은 북서풍으로 방향을 바꾸어 약해진 것처럼 보였지만, 그래도 물이 빠지는 것을 방해하는 역풍이 되어 있었기 때문이다. 물이 빠져 암초 사이의 여울을 건널 수 있게 되었을 때에 대비하여 상륙할 준비를 해두어야 했다.

아침 7시가 되어가고 있었다. 소년들은 제각기 가장 소중히 여기는 물건을 갑판 위로 나르기 시작했다. 다른 물건은 파도가 해안으로 실어올 때 건지기로 했다. 어린 아이도 나이든 아이도 이 작업에 몰두했다. 배에는 통조림과 건빵, 소금에 절인 고기와 훈제 고기 등, 꽤 많은 식량이 실려 있었다. 이것을 작은 꾸러미로 만들어 육지로 나르는 일은 나이든 소년들이 맡았다.

하지만 물건을 나르려면 우선 수많은 암초가 수면 위로 모습을 드러내야 했다. 썰물로 물이 빠지면 암초가 나타날까? 해안까지 암초가 이어져 있을까?

브리앙과 고든은 유심히 수면을 바라보았다. 풍향이 바뀌고 기세도 조금 누그러졌다. 바위에 부딪쳐 부서지는 파도의 물살도 점점 가라앉기 시작했다. 수면에 떠 있는 바위 끝을 보고 있으면 수위가 내려가는 것을 쉽게 알 수 있었다. 그런데 물이 빠지자 배가 좌현 쪽으로 더욱 심하게 기울었다. 이러다가는 배가 옆으로 누워버릴 염려도 있었다. '슬루기' 호의 선체는 아주 가늘고 날씬해서, 요트처럼 가장자리가 뒤로 젖혀진 늑판과 높은 용골을 갖고 있었기 때문이다. 아이들이 배를 떠나기 전에 침수되면 사태가 심각해질 것이다.

폭풍이 불 때 보트가 파도에 휩쓸려간 것이 못내 아쉬웠다. 그 보트 몇 척만 있었다면 소년들은 지금 당장이라도 상륙할 수 있었을 것이다. 그리고 당분간 배에 남겨둘 수밖에 없는 많은 필수품을 해안으로 운반할 때에도 보트가 큰 도움이 되었을 것이다. 오늘밤 '슬루기' 호가 파손되기라도 하면, 그 잔해는 암초 사이로 밀려드는 파도에 시달려 아무 쓸모도 없어지게 되지 않을까? 그런 잔해에 무슨 가치가 있겠는가? 배에 남겨둔 식량도 완전히 못쓰게 되지 않을까? 소년들은 이제 곧 이곳에서 구할 수 있는 식량만으로 살아갈 수밖에 없지 않을까?

배에서 탈출하는데 보트가 없다는 것은 정말 난감한 일이었다.

그때 갑자기 뱃머리 쪽에서 외침 소리가 들렸다. 백스터가 중대한 발견을 한 것이다.

파도에 휩쓸려간 줄만 알았던 보트 한 척이 돛대를 지탱하고 있는 삭구* 사이에 끼여 있었다. 이 보트에는 겨우 대여섯 명밖에 탈 수 없었다. 그런데 보트를 갑판으로 끌어올려 확인해보니 조금도 부서진 데가 없이 말짱했다. 따라서 수면 위로 튀어나온 암초를 따라 해안으로 건너갈 수 없는 경우에는 이 보트를 이용할 수도 있을 터였다. 소년들은 어쨌든 물이 빠질 때까지 기다리기로 했다. 하지만 브리앙과 도니펀이 또다시 말다툼을 시작했다.

도니펀과 윌콕스 · 웨브 · 크로스가 보트를 재빨리 차지하여 뱃전 너머로 던지려고 한 것이다. 바로 그때 브리앙이 그들 쪽으로 달려갔다.

"무슨 짓을 하려는 거야?"

"우리 마음대로 할 거야!" 윌콕스가 대답했다.

"이 보트를 타고 갈 작정이야?"

"그래." 이번에는 도니펀이 대답했다. "설마 우리를 방해하진 않겠지?"

"나를…… 그리고 다른 아이들을 버리고 너희끼리만 가겠다고?"

"버리다니? 왜 그런 식으로 생각해?" 도니펀이 거만하게 대꾸

* 삭구: 배에서 쓰는 밧줄이나 쇠사슬 따위를 통틀어 부르는 말.

했다. "나는 아무도 버리고 싶지 않아. 해안에 도착하면 우리 가운데 하나가 보트를 타고 다시 돌아올 거야."

"보트가 돌아오지 않으면……" 브리앙이 치미는 분노를 억누르지 못하고 소리쳤다. "보트가 바위에 부딪쳐서 부서지기라도 하면 그땐 어떡할 거야?"

"타자! 어서 타!" 웨브가 브리앙을 밀어젖히고 앞으로 나가면서 말했다.

그러고는 윌콕스와 크로스의 도움을 받아 보트를 들어올려 바다로 던지려고 했다. 브리앙은 보트 모서리를 움켜잡았다.

"안 돼!"

"그건 우리가 결정할 일이야!" 도니펀이 말했다.

"안 돼!" 브리앙은 같은 말을 되풀이했다. 아이들 모두의 이익을 생각하여 도니펀의 주장에 단호히 맞서기로 한 것이다. "이 보트에는 제일 어린 애부터 태워야 돼. 썰물이 져도 암초가 드러나지 않으면 걸어서 해안으로 건너갈 수는 없으니까……"

"시끄러!" 도니펀이 버럭 화를 냈다. "다시 한번 말하지만, 우리를 방해하지 마! 우리가 하고 싶은 대로 하게 내버려두란 말야!"

"그럼 나도 다시 한번 말하겠는데, 보트에 타지 마, 도니펀!"

두 소년은 금방이라도 서로 덤벼들 태세였다. 윌콕스와 웨브와 크로스는 물론 도니펀을 편들었고, 백스터와 서비스와 가넷은 브리앙을 편들었다. 당장이라도 패싸움이 시작되려는 순간, 고든이 끼어들었다.

가장 나이가 많고 침착하고 자제심이 강한 고든은 이런 싸움이 계속되면 돌이킬 수 없는 사태가 벌어진다는 것을 깨닫고, 브리앙을 거들고 나섰다.

"자, 자. 도니펀! 조금만 참아! 바다가 아직은 너무 거칠어. 자칫하면 보트가 부서지거나 떠내려갈지도 몰라."

"나는 브리앙이 우리한테 이래라저래라 명령하는 게 싫어!" 도니펀은 고함을 질렀다. "브리앙은 줄곧 명령하고 있잖아!"

"그래…… 맞아……." 크로스와 웨브가 입을 모아 말했다.

"아무한테도 명령할 생각은 없어." 브리앙이 대꾸했다. "하지만 우리 전체의 이익이 문제될 때는 누구도 제멋대로 행동하게 내버려두지 않을 거야."

"그건 우리도 마찬가지야. 우리도 너 못지않게 그걸 걱정하고 있어." 도니펀이 대꾸했다. "그리고 우리는 이제 육지에 도착했으니까……."

"아직은 아니야. 유감이지만." 고든이 말했다. "도니펀, 고집부리지 말고, 보트를 쓸 수 있게 될 때까지 기다려!"

이렇게 고든은 도니펀과 브리앙 사이에서 중재 역할을 맡았기 때문에(전에도 그런 일이 몇 번 있었다), 아이들은 모두 그의 의견에 따랐다.

그때 바닷물의 수위는 70센티미터쯤 낮아져 있었다. 암초 사이로 배가 지나갈 수 있는 통로가 있을까? 그 통로가 확인되면 큰 도움이 될 것이다.

브리앙은 뱃머리로 걸어갔다. 앞돛대에서 바라보면 암초의 위치를 좀더 잘 확인할 수 있을 거라고 생각했기 때문이다. 그러고는 돛대를 지탱하는 우현 쪽 밧줄을 붙잡고 돛대 중간에 있는 활대까지 올라갔다.

암초들 사이로 보트가 지나갈 수 있는 통로가 보였다. 양쪽에 암초가 늘어서 있어서 수로의 방향을 확실히 알 수 있으니까, 그 길을 더듬어가면 해안에 당도할 수 있다. 하지만 아직은 암초 위에 거센 파도와 소용돌이가 많아서, 보트를 띄워도 수로를 무사히 지나가지 못할 가능성이 크다. 파도에 떠밀려 암초에 부딪치면 보트는 당장 부서지고 말 것이다. 물이 더 빠지면 암초 위를 걸어서 건너갈 수 있을지도 모르니까, 좀더 기다리는 편이 상책이었다.

브리앙은 높은 활대에 걸터앉아 해안을 자세히 조사하기 시작했다. 해안을 따라 망원경을 움직여, 벼랑 기슭까지 구석구석 살펴보았다. 15킬로미터쯤 떨어져 있는 두 곳 사이에는 사람이 살고 있는 기척이 전혀 없었다.

30분쯤 충분히 관찰한 뒤, 브리앙은 아래로 내려와 자기가 본 것을 친구들에게 알렸다. 도니펀과 윌콕스 · 웨브 · 크로스는 아무 말도 않고 듣는 척했을 뿐이지만, 고든은 진지하게 귀를 기울인 뒤 브리앙에게 물었다.

"'슬루기' 호가 좌초한 게 아침 여섯 시쯤이었지?"

"그래."

"물이 완전히 빠지는 데에는 시간이 얼마나 걸리지?"

"다섯 시간쯤 걸릴 거야. 그렇지, 모코?"

"예. 다섯 시간 내지 여섯 시간쯤 걸립니다." 모코가 대답했다.

"그럼 상륙하기에 가장 좋은 시각은 열한 시쯤이겠군?"

"나도 그렇게 계산했어." 브리앙이 대답했다.

"그럼 그때를 위해서 미리 준비를 해두자. 그리고 가볍게 식사를 해두는 것도 좋겠어. 보트를 띄워야 한다면, 식사를 끝내고 두세 시간 지난 뒤에 하자."

이것은 이 신중한 소년에게 어울리는 현명한 조언이었다.

그래서 소년들은 통조림과 건빵으로 아침을 먹었다. 브리앙은 특히 어린 아이들의 식사에 신경을 썼다. 젱킨스 · 아이버슨 · 돌 · 코스타는 천진한 아이들답게 벌써 태평스러운 기분이 되어 있었다. 내버려두었다면 이 아이들은 얼마든지 먹었을 것이다. 지난 24시간 동안 거의 아무것도 먹지 않았기 때문이다.

그래도 만사가 잘되었다. 그리고 물에 몇 방울 떨어뜨린 브랜디가 아이들의 기운을 북돋워주었다.

식사가 끝나자 브리앙은 뱃머리로 돌아가 뱃전에 팔꿈치를 괴고 다시 암초를 관찰하기 시작했다. 바닷물이 빠지는 속도는 너무 느렸다. 하지만 배가 전보다 더 많이 기울었으니까, 수위가 낮아지고 있는 것은 분명했다. 모코는 수심을 재기 위해 줄을 묶은 납덩어리를 바다에 던졌다. 수심은 아직도 2.5미터 내지 3미터나 되었다. 그런데 썰물이 지면 이 물이 다 빠져나가고 바닥이 드러날까? 모코는 그렇게 생각하지 않았다. 그래서 모코는 다른 아이들을 걱정시키지 않으려고 브리앙한테만 살짝 털어놓기로 마음먹었다.

그때 고든이 브리앙과 이 문제를 의논하러 왔다. 바람이 북풍으로 바뀌어 있었지만, 바람 때문에 물이 빠지기 어렵다는 것을 둘 다 잘 알고 있었다.

"어떡하지?" 고든이 말했다.

"모르겠어. 나도 어떻게 해야 좋을지 모르겠어!" 브리앙이 대답했다. "모른다는 건 정말 곤란해. 이럴 때 어른이 있으면 좋겠지만, 아이들밖에 없으니……."

"결정을 내려야 할 때가 되면 알게 될 거야." 고든이 말했다. "절망하면 안 돼, 브리앙. 신중하게 행동하자."

"그래, 고든. 다음번 밀물이 들어올 때까지 '슬루기' 호를 떠나지 못하면, 그래서 하룻밤 더 배에 남아 있어야 한다면 우리는 살아날 수 없어."

"그건 불을 보듯 뻔해. 배는 산산조각이 나버릴 테니까! 그러니까 무슨 수를 써서라도 이 배를 떠나야 돼."

"그래. 무슨 수를 써서라도."

"뗏목을 만들면 어떨까? 뗏목을 타고 건너면?"

"나도 그걸 생각해보았어." 브리앙이 대답했다. "하지만 폭풍 때문에 목재가 거의 다 파도에 휩쓸려가버렸어. 뱃전을 떼어내서 뗏목을 만들려면 시간이 너무 오래 걸려. 보트는 있지만 쓸 수가 없어. 아직 바다가 너무 거칠어서 안 돼! 남은 방법은 암초를 질러 해안까지 밧줄을 치고, 그 끝을 튀어나온 바위에 묶는 방법뿐이야. 그러면 그 밧줄을 잡고 해안까지 갈 수 있을지도 몰라……."

"그 밧줄을 누가 치지?"

"내가." 브리앙이 대답했다.

"그럼 나도 도와줄게."

"아니야. 나 혼자 하겠어."

"보트를 쓰지 않을 거야?"

"보트가 떠내려갈 위험이 있어. 보트는 마지막 수단으로 남겨두는 게 좋아."

하지만 브리앙은 이 위험한 계획을 실행에 옮기기 전에 만일의 경우에 대비하여 필요한 준비를 갖추기로 했다.

배에 구명조끼가 몇 벌 있었기 때문에, 브리앙은 그것을 작은 아이들에게 입혔다. 배를 떠날 때, 물이 너무 깊어서 아이들의 발이 바닥에 닿지 않는 경우에도 구명조끼를 입고 있으면 물에 뜰 수 있고, 큰 아이들은 밧줄을 잡고 건너면서 어린 아이들을 끌고 갈 수 있다.

시각은 10시 15분이었다. 40분만 지나면 수위가 가장 낮아질 것이다. 뱃머리 쪽에서 수심을 재보니 1.5미터 정도밖에 안 되었다. 하지만 수위는 앞으로 기껏해야 10센티미터밖에 낮아지지 않을 것 같았다. 배에서 50미터쯤 떨어진 곳부터 해안까지는 물이 얕아 보였다. 물빛이 거무스름하고 해안을 따라 삐죽삐죽 튀어나와 있는 수많은 암초로 보아, 그곳은 물이 많이 빠졌음을 알 수 있었다. 따라서 문제는 배에서 그곳까지 깊은 물을 건너는 것이었다.

하지만 브리앙이 거기에 밧줄을 놓고, 그 밧줄 끝을 해안 근처의 바위에 단단히 묶을 수만 있다면, 그리고 권양기로 밧줄을 감아서 팽팽하게 당길 수만 있다면, 모두 밧줄을 잡고 물이 얕은 곳까지 건너갈 수 있을 것이다. 식량 꾸러미와 필요한 도구들도 이 밧줄을 이용하면 육지까지 무사히 운반할 수 있을 것이다.

브리앙은 이 시도가 아무리 위험해도 남에게 시킬 생각은 전혀 없었다. 그래서 필요한 준비를 갖추었다.

배에는 30미터 정도의 밧줄이 많이 있었다. 배를 해안에 묶어두거나 예인용으로 사용하는 밧줄이었다. 브리앙은 중간 굵기의 적당한 밧줄을 하나 고른 다음, 옷을 벗고 밧줄 끝을 허리띠에 묶었다.

"자, 애들아! 이리 와서 밧줄을 풀어줘! 모두 앞갑판에 모여!" 고든이 소리쳤다.

도니펀과 윌콕스 · 크로스 · 웨브도 이 작업이 중요하다는 것을 알고 있었기 때문에 거들지 않을 수 없었다. 그래서 브리앙에 대한 감정이야 어떻든, 네 소년은 브리앙이 쓸데없이 힘을 낭비하지 않도록 둘둘 감긴 밧줄을 풀어줄 준비를 했다. 브리앙이 앞으로 나아갈수록 밧줄의 길이를 조금씩 늘려줄 필요가 있었다.

브리앙이 막 물로 내려가려 할 때 동생이 다가와서 소리쳤다.

"형! 형!"

"걱정 마, 자크. 걱정하지 않아도 돼!"

잠시 후 브리앙이 기운차게 헤엄치고 있는 모습이 보였다. 그와 함께 밧줄이 술술 풀려나갔다.

잔잔한 바다에서도 이것은 어려운 작업이었을 것이다. 주변에

널려 있는 바위에 부딪친 파도가 소용돌이치며 되돌아오고 있었기 때문이다. 용감한 소년이 곧장 헤엄쳐가려 해도 조류와 역류의 방해를 받는다. 일단 조류와 역류에 휘말리면 빠져나오기가 무척 힘이 들었다.

그래도 브리앙은 조금씩 해안으로 다가갔다. 그러는 동안 배 위의 아이들은 브리앙의 속도에 맞추어 밧줄을 풀어주었다. 하지만 배에서 20미터도 가기 전에 브리앙은 벌써 힘이 빠지기 시작했다. 눈앞에서 두 개의 파도가 맞부딪쳐 커다란 소용돌이를 만들고 있었다. 이 소용돌이만 용케 피할 수 있다면, 그 다음부터는 물이 훨씬 잔잔해지니까 목적을 달성할 수 있을 것이다. 그래서 브리앙은 있는 힘을 다해 왼쪽으로 몸을 돌리려고 했다. 하지만 그것도 헛수고로 끝날 것 같았다. 헤엄을 잘 치는 힘센 어른도 이 소용돌이에서 벗어날 수는 없을 터였다. 브리앙은 급한 물살에 휘말려 꼼짝없이 소용돌이의 중심으로 끌려 들어갔다.

"도와줘! 밧줄을 잡아당겨! 사람 살려!" 브리앙은 겨우 외치고는 물 속으로 사라져버렸다.

갑판 위에 있던 소년들은 공포에 사로잡혔다.

"밧줄을 잡아당겨!" 고든이 침착하게 명령했다.

아이들은 브리앙이 물 속에서 익사하기 전에 배 위로 끌어올리려고 서둘러 밧줄을 잡아당겼다.

1분도 지나기 전에 브리앙의 몸은 갑판으로 끌려 올라왔다. 그는 정신을 잃고 있었지만, 동생에게 안겨 곧 의식을 되찾았다.

수면 위로 얼굴을 내민 암초에 밧줄을 묶으려는 시도는 실패

브리앙은 급한 물살에 휘말려……

로 끝났다. 브리앙 대신 다른 아이가 도전했다 해도 성공할 가망은 없었을 것이다. 불운한 소년들은 이제 기다릴 수밖에 없었다. 무엇을 기다리면 좋을까? 구조를? 누가 어디서 구조하러 와준단 말인가!

어느새 정오가 지나고 있었다. 벌써 밀물이 시작되어 파도가 높아지고 있었다. 게다가 음력 초순이니까 파도는 어제보다 더욱 거세질 것이다. 난바다 쪽에서 바람이 불어오면 배는 바닥에서 들어올려질지 모른다. 그리고 또다시 용골이 바닥에 닿아, 선체가 암초 위에서 뒤집힐지 모른다. 사태가 그런 식으로 막을 내린다면 한 사람도 살아남지 못할 것이다. 그런데 아이들은 속수무책이었다!

어린 아이들은 나이든 아이들에게 둘러싸인 채, 모두 고물에 모여 바다를 바라보고 있었다. 물이 불어날수록 암초가 하나씩 수면에서 사라졌다. 곤란하게도 또다시 서풍이 불고 있었다. 바람은 간밤과 마찬가지로 육지를 향해 달려갔다. 수위가 점점 높아질수록 파도도 높아지고, '슬루기' 호는 물보라를 뒤집어썼다. 이제 곧 큰 파도가 덮칠 것이다. 조난한 소년들에게 구원의 손길을 뻗을 수 있는 것은 하느님밖에 없었다. 기도하는 소리가 공포의 외침 소리와 뒤섞였다.

오후 2시쯤, 좌현 쪽으로 기울어져 있던 스쿠너가 똑바로 몸을 일으켰다. 하지만 그때 파도가 뒤에서 덮쳐 뱃머리가 바닥에 부딪쳤다. 고물은 아직 암초 사이에 낀 채였다. 곧이어 용골이 바닥에 닿는 소리가 나고 배가 좌우로 흔들렸다. 소년들은 뱃전 너머로 내던져지지 않도록 서로를 붙잡아야 했다.

그때 산더미 같은 파도가 난바다에서 밀려와, 배에서 400미터쯤 떨어진 곳에 우뚝 솟아나듯이 나타났다. 만조 때 개어귀의 삼각주에서 일어나는 높은 파도였다. 파도의 높이는 5미터가 넘었다. 이 큰 파도는 거칠게 날뛰는 분류처럼 다가와 암초를 뒤덮고 '슬루기' 호를 가볍게 들어올렸다. 배는 암초 위로 떠밀려갔지만, 바닥이 바위를 스치지도 않았다.

산더미 같은 파도에 휩쓸린 '슬루기' 호는 눈 깜짝할 사이에 해안까지 떠밀려가서 낮은 모래언덕에 부딪쳤다. 벼랑 기슭의 숲에서 50미터쯤 떨어진 곳이었다. 파도가 물러가자 모래톱이 모습을 드러냈다. 배는 모래톱에—이번에야말로 진짜 육지에—떠밀려 올라와 꼼짝도 하지 않았다.

3

오클랜드의 체어먼 기숙학교—상급생과 하급생—바다 여행의 휴가—
'슬루기' 호—2월 15일 밤—표류—충돌—폭풍—수색 작업—배의 잔해

당시 체어먼 기숙학교는 오클랜드*에서 가장 평판이 좋은 학교였다. 오클랜드는 태평양에 있는 영국 식민지 뉴질랜드의 수도였다.

기숙학교 학생은 약 100명이었고, 모두 이 나라의 상류층 자제였다. 뉴질랜드 원주민인 마오리족은 아이들을 그 학교에 보낼 수 없었다. 마오리족 아이들을 위해서는 다른 학교가 마련되어 있었다. 그래서 체어먼 기숙학교에는 영국인 · 프랑스인 · 미국인 · 독일인 소년밖에 없었다. 이 나라의 지주나 연금생활자 · 무역상 · 관리의 자제인 소년들은 본국인 영국의 기숙학교와 다름없는 훌륭한 교육을 받고 있었다.

* 오클랜드: 뉴질랜드 북섬에 있는 도시. 1840년에 초대 총독 W. 홉슨이 정청을 설치했으며, 1865년까지 수도였다.

뉴질랜드는 북섬과 남섬이라는 두 개의 큰 섬으로 이루어져 있다. 북섬은 '이카 나 마우이'(물고기의 섬), 남섬은 '타와이 포나무'(비취옥의 땅)이라는 별명을 갖고 있다. 쿡 해협으로 갈라져 있는 두 섬은 남위 34도에서 45도 사이에 자리잡고 있다. 북반구로 보자면 북아프리카에서 프랑스까지의 위도에 해당한다.

'이카 나 마우이' 섬의 북부는 들쭉날쭉 불규칙한 사다리꼴을 이루며 북서쪽으로 뻗어 있고, 그 끝에 반디멘 곶이 있다.

이 반도가 시작되는 곳에서 수 킬로미터 떨어진 곳에 오클랜드 시가 만들어졌다. 그래서 이 도시는 그리스의 펠로폰네소스 반도 입구에 있는 코린트와 같은 위도에 있다. 오클랜드가 '남쪽의 코린트'라고 불리는 것은 그 때문이다. 이 도시에는 동쪽과 서쪽에 항구가 하나씩 있는데, 하우라키 만에 면한 동쪽 항구는 수심이 얕아서 바다 쪽으로 길게 뻗어나간 영국식 선창을 몇 개나 만들어야 했다. 이 선창 덕분에 중형 기선도 접안할 수 있게 되었다. 그중에서도 유난히 길게 뻗은 '상업용 선창'은 오클랜드의 간선도로 가운데 하나인 퀸스 거리와 이어져 있다.

바로 이 퀸스 거리의 중간쯤에 체어먼 기숙학교가 자리잡고 있었다.

1860년 2월 15일 오후, 이 학교에서 100명쯤 되는 소년이 부모와 함께 몰려 나왔다. 모두 새장에서 풀려난 작은 새처럼 쾌활하고 즐거워 보였다.

드디어 여름 방학이 시작된 것이다. 두 달 동안의 독립과 자유가 기다리고 있었다. 그리고 이 학생들 가운데 일부는 바다 여행을 떠날 계획이었다. 체어먼 학교에서는 오래전부터 이 항해 계획이 화제가 되어 있었다. 운좋게 '슬루기' 호를 탈 수 있게 된 학생들이 얼마나 들떠 있었는지는 새삼 말할 필요도 없을 것이다. '슬루기' 호는 뉴질랜드 해안을 6주 동안 느긋하게 일주할 예정이었다.

이 '슬루기' 호는 학부형들이 돈을 모아서 빌려준 배였다. 선주는 학부형인 윌리엄 H. 가넷 씨였다. 전에 상선단 선장이었던 믿을 만한 사람이었다. 그밖에 필요한 항해 비용은 기부금을 모아서 충당할 계획이었다. 안전하고 쾌적한 최고의 상태에서 이루어질 이 항해는 소년들에게 더없는 기쁨이었다. 몇 주의 방학을 이보다 더 즐겁게 보내기는 어려웠을 것이다.

영국 기숙학교의 교육은 프랑스 기숙학교와는 상당히 다르다. 영국 기숙학교는 학생들에게 더 많은 자율성을 부여한다. 자진해서 무언가를 하려는 진취적인 정신을 키우고, 그것과 관련된 자유가 학생들의 장래에 좋은 영향을 미치고 있다. 학생들은 언제까지나 어린애가 아니다. 한마디로 말해서 교육과 훈련이 병행하여 이루어진다. 그래서 대부분의 학생은 예의바르고 사려깊고 옷차림도 단정하다. 정당한 처벌을 모면하려고 제 잘못을 숨기거나 거짓말을 하는 일도 거의 없다. 이런 교육 체제에서는 학생들이 공동생활의 여러 가지 규칙이나 규율에 지나치게 얽매여 있지 않다는 점도 지적해둘 필요가 있다. 학생들은 저마다 독방을 갖고 있고 대개 거기서 식사를 하지만, 식당에 모두 모여 식사할 때도 자유롭게 이야기를 나눌 수 있다.

학생들은 나이에 따라 몇 등급으로 나뉘어 있다. 체어먼 학교에는 5개 학년이 있었다. 나이 어린 1학년과 2학년 아이들은 아직 부모의 뺨에 입을 맞출 수 있지만, 3학년이 되면 어른처럼 부모와 악수를 하도록 되어 있었다. 학생들을 감독하는 지도교사도 없고, 소설이나 신문을 읽는 것도 허용되었다. 휴일은 자주 연장되고, 공부 시간은 상당히 제한되어 있었다. 신체 단련도 소홀히 하지 않아서, 체조나 권투 같은 다양한 스포츠 활동이 이루어진다.

이런 자율성을 학생들이 악용하는 경우는 별로 없지만, 악용할 경우에 대비하여 체벌(주로 회초리)이 정해져 있다. 하지만 회초리로 맞는 것은 영국 소년들에게 전혀 불명예스러운 일이 아니었다. 당연히 회초리로 맞을 짓을 했다는 것을 깨달으면, 조금도 항의하지 않고 기꺼이 벌을 받았다.

누구나 알고 있듯이 영국인은 사생활에서나 공적 생활에서나 전통을 중시하는 민족이다. 학교에서도 이런 전통은 아무리 어처구니없는 것이라도 소중히 여겨진다. 영국 학교의 전통은 프랑스의 신입생 괴롭히기와는 전혀 다르다. 상급생이 신입생을 친절하게 돌보아주는 대신, 신입생은 상급생의 시중을 들어준다. 이것은 신입생이 피할 수 없는 의무다. 시중이라 해도 상급생에게 아침식사를 갖다주고, 옷을 솔질하고, 구두를 닦아주고, 잔심부름을 하는 정도다. 이런 잔심부름을 하는 하급생을 '당번' 이라고 부르는데, 당번 역할을 하는 것은 제일 어린 1학년 학생들이다. 1학년 아이들이 상급생 말에 복종하지 않으면 큰코다친다.

하지만 그런 생각을 하는 학생은 아무도 없었다. 프랑스의 중학생들한테서는 찾아볼 수 없는 일이지만, 영국 학생들은 규율을 따르는 데 익숙해져 있다. 게다가 전통이 규율을 요구하고 있다. 따라서 세계에서 가장 규율을 중시하는 나라는 영국이다. 영국에서는 가장 신분이 낮은 '코크니'*에서부터 상원의원에 이르기까지 전통을 충실히 지킨다.

'슬루기' 호 항해에 참가할 예정인 학생들은 체어먼 기숙학교의 5개 학년에 골고루 퍼져 있었다. 조난 장면에서 이미 알아차렸겠지만, 소년들의 나이는 여덟 살부터 열네 살까지 걸쳐 있었다. 견습선원을 포함한 이들 열다섯 명의 소년들은 오랫동안 아주 멀리 떨어진 곳에서 무서운 모험에 끌려 들어갈 운명이었다.

소년들의 이름과 나이 · 능력 · 성격 · 가정형편 따위를 미리 알아둘 필요가 있다. 또한 방학이 시작되어 소년들이 작별을 고하고 온 학교 안에서 서로 어떤 관계에 있었는지도 덧붙여두어야 한다.

프랑스 출신의 브리앙 형제와 미국인인 고든을 제외한 나머지 학생들은 모두 영국인이다.

사촌간인 도니펀과 크로스는 뉴질랜드 사회에서 상류층에 속하는 유복한 지주의 아들이다. 나이는 둘 다 열세 살이고 5학년이다. 도니펀은 고상하고 차림새도 단정하고, 학생들 중에서 가장

* 코크니(cockney): 영어사전에는 '런던내기' 라고 풀이되어 있는데, 런던의 빈민가인 이스트엔드 출신을 말한다. 이들은 독특한 사투리를 쓰고, 마부나 하인 같은 비천한 직업에 종사하며, 영악한 기질로 유명하다.

도니펀

뛰어나다. 머리가 좋고 공부도 열심히 한다. 탐구욕이 강하고 남에게 지기 싫어하는 성격이라서, 성적이 떨어지지 않도록 기를 쓰고 공부했다. 귀족처럼 거만한 태도 때문에 '도니펀 경'이라는 별명이 붙었고, 오만한 성격 때문에 언제나 남보다 위에 서서 남을 지배하고 싶어했다. 그래서 브리앙과 도니펀 사이에는 오래전부터 경쟁관계가 생겨나 있었지만, 이번 조난으로 브리앙의 영향력이 커진 뒤에는 그 경쟁심이 더욱 심해졌다. 크로스는 평범한 학생이지만, 사촌인 도니펀의 생각과 언행에 심취해 있다.

백스터도 도니펀이나 크로스와 같은 5학년이고 나이도 같은 열세 살이다. 차분하고 신중하고 부지런하고 공부도 잘하고 손재주도 좋은 소년이지만, 별로 유복하지 않은 상인의 아들이었다.

웨브와 윌콕스는 둘 다 열두 살이고 4학년이었다. 지능은 보통이고 성적도 중간 정도지만, 상당히 제멋대로인 데다 걸핏하면 싸우려 드는 성격이라서 잔심부름을 하는 당번한테 늘 잔소리를 하고 까다롭게 굴었다. 집안은 유복했고, 아버지는 둘 다 이곳 법원에서 높은 지위에 앉아 있었다.

가넷과 서비스는 같은 3학년이고 열한 살이다. 가넷은 퇴역한 해군 장교의 아들이고, 서비스는 유복한 이주민의 아들이다. 그들의 부모는 와이테마타 항 북쪽의 노스쇼어에 살고 있다. 부모가 서로 절친한 사이이기 때문에, 자연히 가넷과 서비스도 절친한 친구가 되었다. 둘 다 마음씨는 착하지만 공부는 별로 좋아하지 않는다. 제멋대로 하게 내버려두면 어떻게 될지 모른다. 해군 장교의 아들인 가넷은 영국 해군에서 유행하는 아코디언에 열중

백스터

해 있었다. 이것은 곤란한 취미였다. 틈만 나면 아코디언을 연주했고, '슬루기' 호에도 아코디언을 가져오는 것을 잊지 않았다. 서비스는 열다섯 명 가운데 가장 쾌활하고 가장 경솔한 소년이었다. 체어먼 학교의 익살꾼인 서비스는 오로지 모험 여행을 동경하여, 《로빈슨 크루소》와 《스위스의 로빈슨》*을 탐독했다.

젱킨스와 아이버슨은 아홉 살이다. 젱킨스는 학술단체인 '뉴질랜드 왕립협회' 회장의 아들이고, 아이버슨은 오클랜드의 '성 바울 메트로폴리탄 교회' 목사의 아들이다. 젱킨스는 3학년이고 아이버슨은 2학년이지만, 둘 다 체어먼 학교의 모범생이라 해도 좋다.

돌과 코스타는 여덟 살이고, 둘 다 뉴질랜드 육군 장교의 아들이다. 부모는 오클랜드 시내에서 10킬로미터쯤 떨어진 마누카우 항 연안의 우창가 마을에 살고 있다. 둘 다 아직 '꼬마'니까, 돌은 고집쟁이고 코스타는 먹보라는 것밖에는 별로 말할 게 없다. 1학년 학생들 중에서 그리 눈에 띄는 존재는 아니지만, 그래도 글을 읽고 쓸 수 있으니까 자신들이 아주 조숙하다고 믿고 있다. 여덟 살에 글을 아는 것은 별로 자랑할 만한 일도 아닌데.

이 소년들은 모두 오래전부터 뉴질랜드에 정착한 훌륭한 집안의 자제들이었다.

* 《스위스의 로빈슨》: 스위스의 목사이자 아동문학가인 요한 루돌프 비스(1782~1830)가 네 아들을 위해서 쓴 이야기(전4권, 1817~27). 영국의 소설가 다니엘 디포(1660~1731)의 《로빈슨 크루소》의 영향을 받아 씌어졌으며, 목사 부부와 네 아들 일가족이 외딴 섬에 표착한 뒤 서로 협력하여 새로운 고향을 이룩한다는 내용이다.

이제는 스쿠너에 탄 나머지 세 소년을 소개할 차례다.

미국인인 고든은 열네 살이고, 얼굴이며 풍채에는 이미 '양키' 다운 투박함이 새겨져 있다. 굼뜬 느낌을 주지만, 5학년 학생들 중에서는 가장 침착하다. 동급생인 도니펀처럼 날카로운 재치는 갖고 있지 않지만, 정의감과 판단력과 실제적인 감각을 갖추고 있는 것은 이미 실증되었다. 사물을 잘 관찰하고 차분한 성격이라서 매사를 진지하게 받아들인다. 꼼꼼하고 치밀해서 여러 가지 생각이 머릿속에 잘 정리되어 있고, 그와 마찬가지로 책상 서랍도 잘 정돈되어 있다. 고든은 모든 물건을 분류하여 꼬리표를 붙이고 수첩에 적어서 책상 서랍에 가지런히 넣어둔다.

친구들은 고든을 존경하고, 그 장점을 높이 사고 있었다. 영국인은 아니었지만, 모두 언제라도 고든을 환영했다. 미국 보스턴에서 태어난 고든은 고아였고, 친척이라고는 일찍이 영사를 지낸 후견인뿐이었다. 이 후견인은 재산이 생기자 뉴질랜드에 정착했고, 몇 해 전부터 세인트존 근처의 언덕 위에 있는 아름다운 별장에서 살고 있었다.

프랑스인인 브리앙과 자크 형제는 뛰어난 토목기사의 아들이었다. 아버지는 2년 반 전에 '이카 나 마우이 섬'(북섬) 중앙에 있는 늪지대의 간척공사를 감독하러 왔다. 형 브리앙은 열세 살. 머리는 아주 좋은데 공부를 제대로 하지 않아서, 5학년에서 꼴찌를 할 때가 많다. 하지만 뛰어난 흡수력과 기억력을 갖고 있어서, 마음만 먹으면 단번에 1등으로 뛰어오른다. 도니펀이 브리앙을 시샘하는 것은 그 때문이었다. 그래서 도니펀과 브리앙은 체어먼

고든

학교에서 사이좋게 지낸 적이 없었고, 그 불화는 '슬루기' 호에서 도 그대로 드러났다. 브리앙은 대담하고 적극적이고 체육을 잘 하고 매사에 반응이 빨랐다. 게다가 친절해서 남을 잘 돌봐주고, 도니펀처럼 잘난 체하지도 않고 붙임성 있는 소년이다. 차림새는 별로 단정하지 않고, 깍듯하게 예의범절을 차리지도 않는다. 한마디로 말해서 프랑스인답다. 그런 점에서 영국인 친구들과는 전혀 달랐다. 브리앙은 함부로 완력을 휘두르는 상급생한테서 힘없는 하급생을 몇 번이나 지켜주었다. 또한 브리앙은 하급생이 상급생의 잔심부름을 할 의무가 있다는 데 전혀 동의하지 않았다. 그래서 반발이나 말다툼이나 싸움이 벌어지곤 했지만, 브리앙은 힘이 세고 용감했기 때문에 늘 상대를 이겼다. 그래서 누구나 브리앙을 좋아했고, '슬루기' 호를 지휘하게 되었을 때도 몇 명을 빼고는 모두 주저없이 브리앙의 말에 따랐다. 게다가 브리앙은 유럽에서 뉴질랜드까지 배를 타고 올 때 어느 정도 항해술을 익혔기 때문에 소년들은 더욱 그를 신뢰했다.

동생 자크는 항해를 떠날 때까지는 3학년에서 가장 장난이 심한 개구쟁이였고, 체어먼 학교 전체에서는 서비스 다음으로 개구쟁이였다. 끊임없이 새로운 장난질을 궁리해내어 친구들을 골탕먹였기 때문에 호된 벌을 받곤 했다. 하지만 배를 탄 뒤로는 어찌된 셈인지 성격이 완전히 변해버렸다.

폭풍 때문에 태평양의 외딴섬에 표착한 것은 바로 이런 소년들이었다.

원래 '슬루기' 호는 몇 주 동안 느긋하게 뉴질랜드 해안을 일주

브리앙과 자크

할 예정이었고, 선주인 가넷의 아버지가 직접 항해를 지휘하기로 되어 있었다. 가넷 씨는 오스트레일리아 해역에서 가장 용감한 뱃사람이었다. 이 스쿠너는 누벨칼레도니와 오스트레일리아 해안을 몇 번이나 일주했고, 북쪽으로는 토러스 해협에서 남쪽으로는 태즈메이니아 섬까지, 대형 기선도 조난할 위험이 있는 몰루카 해나 필리핀 해구나 셀레베스 해까지 간 적도 있다. 하지만 '슬루기' 호는 아주 튼튼하고 안정된 배였기 때문에, 폭풍이 불 때도 멋지게 파도를 헤치고 나갈 수 있었다.

승무원은 갑판장 한 명과 선원 여섯 명, 요리사와 견습선원 모코로 이루어져 있었다. 열두 살 된 흑인 소년 모코의 가족은 오래전부터 뉴질랜드 이민자의 집에서 하인으로 일하고 있었다. 훌륭한 미국산 사냥개 판에 대해서도 한마디 해두지 않으면 안 된다. 고든의 개인 판은 한시도 주인 곁을 떠나려 하지 않았다.

출항일은 2월 15일로 정해져 있었다. '슬루기' 호는 그날을 기다리면서 난바다 쪽으로 멀리 뻗어나간 '상업용 선창' 끝에 고물을 대고 묶여 있었다.

2월 14일 밤, 승객인 소년들이 배에 올라탔을 때, 승무원들은 아직 배에 타고 있지 않았다. 가넷 선장은 출항 시각에 맞추어 오기로 되어 있었고, 선원들은 출항하기 전에 한잔하러 항구로 몰려나갔기 때문에 갑판장과 견습선원만 남아 있다가 소년들을 맞아들였다. 그리고 소년들이 모두 선실로 들어가 침대에 눕자, 갑판장도 동료 선원들과 함께 술을 마실 생각으로 배를 떠났다. 갑판장은 밤 1시가 넘도록 술집에 남아 있었다. 이것은 용서하기 어려운 잘못이었다. 견습선원 모코는 선원실에서 곤히 잠들어버렸다.

그 뒤에 무슨 일이 일어났는가? 아마 그것은 아무도 모를 것이다. 분명한 것은 '슬루기' 호를 선창에 묶어둔 밧줄이 풀려버렸다는 것이다. 부주의 때문인지, 누군가가 일부러 그랬는지는 모른다. 배에 있던 소년들은 아무도 그것을 알아차리지 못했다.

항구와 하우라키 만은 어둠에 싸여 있었다. 육지에서 바다 쪽으로 부는 바람이 점점 강해졌다. 배는 썰물을 타고 차츰 난바다 쪽으로 떠내려갔다.

견습선원 모코가 눈을 떴을 때, '슬루기' 호는 연안의 파도와는 전혀 다른 큰 파도에 흔들리고 있었다. 모코는 놀라서 허둥지둥 갑판으로 달려 올라갔다. 배는 난바다를 표류하고 있었다!

모코의 외침 소리를 듣고 고든과 브리앙, 도니펀과 몇몇 소년이 침대에서 뛰어내려 갑판으로 올라왔다. 모두 큰 소리로 도움을 청했지만 허사였다. 이제 시내나 항구의 불빛은 하나도 보이지 않았다. 배는 이미 해안에서 5킬로미터나 떨어진 하우라키 만 한복판으로 나와 있었다.

처음에 소년들은 브리앙과 견습선원 모코의 지시에 따라 돛을 펼치려고 했다. 바람을 비스듬히 받으면서 항구로 돌아가려 한 것이다. 하지만 돛이 너무 무거워서 원하는 방향으로 펴지 못하고, 오히려 서풍을 받게 되었다. 배는 더 빠른 속도로 난바다 쪽으로 떠내려갈 뿐이었다. '슬루기' 호는 콜빌 곶을 돌아서, 이 곶과 그레이트 배리어 섬 사이에 있는 해협을 지나 순식간에 뉴질랜드에서 수 킬로미터나 떨어진 바다로 나가버렸다.

사태가 심각하다는 것은 누구나 알 수 있었다. 브리앙과 친구들은 이제 육지에서 구조의 손길이 뻗어오기를 기대할 수는 없게 되었다. 항구에서 구조선이 나온다 해도, 이 깊은 어둠 속에서 스쿠너를 찾으려면 몇 시간은 걸릴 것이다. 날이 밝아도, 망망대해를 떠도는 이 작은 배를 어떻게 찾을 수 있겠는가? 아이들끼리 어떻게 이 위기를 벗어날 수 있겠는가? 풍향이 바뀌지 않으면 육지로 돌아가는 것은 체념할 수밖에 없다.

물론 뉴질랜드의 항구로 가는 배를 우연히 만날 가능성은 남아 있다. 그럴 가능성은 아주 적었지만, 그래도 모코는 서둘러 앞돛대 꼭대기에 신호등을 걸었다. 이제는 날이 밝기만 기다릴 수밖에 없다.

어린 아이들은 이 소동 속에서도 눈을 뜨지 않았기 때문에, 그냥 잠자게 내버려두었다. 아이들을 깨워봤자 겁에 질려 떠들어대면 더욱 혼란스러워질 뿐이다.

그래도 '슬루기' 호를 바람이 불어오는 쪽으로 돌리기 위해 여러 가지 시도가 이루어졌다. 하지만 그때마다 배는 또 금세 방향을 바꾸어 동쪽으로 떠내려갔다.

그때 갑자기 앞쪽에 불빛이 보였다. 거리는 3킬로미터쯤 되어 보였다. 돛대 꼭대기에 매단 하얀 불—그것은 기선이 항해 중임을 알리는 불빛이었다. 곧이어 배의 좌우 위치를 알리는 빨간색과 초록색 위치등이 나타났다. 이 두 개의 불빛이 동시에 보이는 것은 그 기선이 '슬루기' 호 쪽으로 곧장 다가오고 있다는 뜻이었다.

소년들은 조난을 알리려고 소리를 질렀지만 허사였다. 파도가 부서지는 소리, 기선의 배기관에서 뿜어나오는 쉭쉭거리는 증기 소리, 난바다에서 더욱 거세진 바람 소리가 한데 뒤섞여 소년들의 외침 소리를 삼켜버렸다.

하지만 소년들의 외침 소리는 들리지 않는다 해도, 기선의 당직 선원들이 '슬루기' 호의 신호등을 보지 않을까? 그것이 마지막 희망이었다.

그런데 불행히도 배가 흔들릴 때 밧줄이 끊어져 신호등이 바다에 떨어져버렸다. '슬루기' 호의 존재를 알려주는 것은 이제 아무것도 없었다. 기선은 그런 '슬루기' 호를 향해 시속 20킬로미터의 속력으로 달려왔다.

눈 깜짝할 사이에 기선은 '슬루기' 호에 접근했다. 기선이 '슬루기' 호의 뱃전을 정면으로 들이받았다면 '슬루기' 호는 순식간에 침몰했을 것이다. 하지만 기선은 '슬루기' 호의 고물을 스치고 지나갔다. 그래서 배 이름을 적은 명판 일부가 떨어져 나갔을 뿐이다.

결국 충격이 아주 약했기 때문에 기선은 바싹 다가온 돌풍에 '슬루기' 호를 내맡긴 채 멀어져갔다.

선장들 중에는 충돌한 배에 구조의 손길을 뻗으려 하지 않는 사람이 많다. 이는 범죄 행위지만, 그런 일이 자주 일어난다. 하지만 이번 경우에는 가벼운 요트와 살짝 스쳤을 뿐이고 캄캄해서 아무것도 보이지 않았기 때문에, 신호등도 달지 않은 요트와 충돌한 것을 기선의 선원들이 알아차리지 못한 것도 무리가 아

소년들은 조난을 알리려고 외쳤지만 허사였다

니었다.

그래서 소년들은 바람에 떠밀리면서 이제 다 틀렸다고 체념할 수밖에 없었다. 날이 밝았을 때 망망대해에는 아무것도 보이지 않았다. 태평양의 이 해역에는 배가 별로 다니지 않는다. 오스트레일리아나 뉴질랜드, 뉴기니와 미국을 오가는 배는 훨씬 남쪽이나 북쪽 항로를 택한다. 어디를 보아도 배는 한 척도 보이지 않았다.

또 밤이 찾아왔다. 날씨는 더욱 험악해졌다. 거센 바람은 이따금 가라앉았지만, 여전히 서풍이 계속되었다.

이 항해가 언제까지 계속될지, 브리앙은 짐작도 가지 않았다. 다른 아이들도 마찬가지였다. 소년들이 배를 조종하여 뉴질랜드 해안으로 돌아갈 마음이라도 먹을 수 있었을까? 아이들은 배의 방향을 바꾸는 방법도 모르고, 돛을 펼 힘도 부족했다.

이런 상황에서 브리앙은 소년이라고는 생각할 수 없는 힘을 발휘하여 아이들에게 영향을 미치기 시작했다. 도니펀도 브리앙의 영향을 받지 않을 수 없었다. 브리앙은 모코가 도와주어도 뱃머리를 서쪽으로 돌릴 수는 없었지만, 적어도 빈약한 지식을 동원하여 배가 물 위에 떠서 항해하는 상태를 유지할 수는 있었다. 브리앙은 찌부리지 않고 밤낮으로 망을 보았다. 살아날 기회를 잡으려고 끈질기게 수평선을 살폈다. '슬루기' 호의 조난을 알리는 쪽지를 병에 넣어 몇 개나 바다에 띄우는 수고도 아끼지 않았다. 별로 기대할 수 없는 방법이긴 하지만, 할 수 있는 데까지 해 볼 작정이었다.

하지만 서쪽에서 불어오는 바람은 여전히 배를 동쪽으로 밀어내고 있었다. 배는 태평양을 가로질러 계속 떠내려갔고, 아이들은 배를 세우기는커녕 속도를 늦출 수도 없었다.

그후 무슨 일이 일어났는지는 앞에서 말한 바와 같다. 스쿠너가 하우라키 만 밖으로 떠밀려나간 지 며칠 뒤 폭풍이 일었다. 폭풍은 보름 동안 맹렬하게 휘몰아쳤다. 스쿠너는 거대한 괴물 같은 파도에 시달리면서 표류한 끝에 태평양의 낯선 해안에 좌초해버린 것이다. 이 배가 튼튼한 구조와 우수한 성능을 갖추고 있지 않았다면, 큰 파도에 짓눌려 진작에 산산조각이 나고 말았을 것이다.

뉴질랜드에서 7200킬로미터나 떨어진 곳으로 끌려온 조난자들, 어린 기숙학교 학생들의 운명은 어떻게 될까? 자력으로 구조의 길을 찾지 못한다면, 어디에서 구조의 손길이 뻗어올 수 있을까?

가족들은 아이들이 배와 함께 바다에 가라앉았다고 생각할 수밖에 없었다.

그 이유는 다음과 같다.

오클랜드에서는 '슬루기' 호가 2월 14일 밤에 행방불명된 사실이 확인되자, 가넷 선장과 소년들의 가족에게 그 사실을 알렸다. 이 사건이 어떤 소동을 불러일으켰는지는 새삼 말할 필요도 없을 것이다. 소동은 시내 전체로 퍼져갔다.

하지만 배를 묶어둔 밧줄이 저절로 풀렸거나 누군가가 일부러 잘랐다 해도, 스쿠너는 하우라키 만 밖으로 멀리까지 떠내려가지는 않았을지도 모르지 않는가? 서풍이 강해져서 사람들의 불안을 부추겼지만, 그래도 어떻게든 배를 찾을 수 있지 않을까?

그래서 항만청장은 당장 '슬루기' 호를 구조하기 위한 대책을 세웠다. 소형 기선 두 척이 하우라키 만 밖으로 나가 수 킬로미터에 걸쳐 해상을 수색했다. 두 척의 배는 밤새도록 근해를 돌아다녔지만, 폭풍이 일면서 바다가 점점 거칠어지기 시작했다. 이튿날 아침 수색선이 빈손으로 돌아오자, 이 무서운 사건으로 비탄에 빠진 가족들은 완전히 희망을 잃고 말았다.

수색선은 '슬루기' 호를 찾지 못했을 뿐만 아니라, 그 배의 잔해를 주워왔기 때문이다. 그것은 '슬루기' 호가 페루 선적의 기선 '키토' 호와 충돌했을 때 바다에 떨어진 명판 조각이었다. '키토' 호는 충돌한 사실조차 알아차리지 못했지만.

이 명판에는 '슬루기' 호라는 이름의 일부가 적혀 있었다. 따라서 큰 파도에 산산조각난 '슬루기' 호가 뉴질랜드에서 20킬로미터쯤 떨어진 해상에서 소년들을 태운 채 침몰한 것은 의심할 여지가 없는 것으로 생각되었다.

4

해안 탐험—숲속을 조사하는 브리앙와 고든—동굴을 찾지 못하다—물자 점검—식량 · 무기 · 의복 · 침구 · 연장—첫 식사—첫날밤

브리앙이 앞돛대에 올라가 관찰했듯이, 해안에는 사람이 사는 낌새가 전혀 없었다. 스쿠너가 모래밭 구덩이에 좌초한 지 벌써 한 시간이 지났지만 원주민의 모습은 전혀 보이지 않았다. 벼랑 기슭의 숲 언저리에도, 밀물이 밀려오는 개어귀 주위에도 집은 커녕 움막조차 보이지 않았다. 모래밭에도 사람 발자국은 보이지 않았다. 물가에 표착한 해조류가 기다란 띠처럼 이어져 있을 뿐이다. 개어귀에는 어선 한 척 보이지 않는다. 두 개의 곶 사이에 낀 후미를 둘러보아도 한 줄기 연기도 피어오르지 않았다.

브리앙과 고든은 우선 숲을 지나 벼랑 아래까지 가서, 가능하면 그 벼랑을 타고 넘기로 마음먹었다.

"어쨌든 육지에 도착했으니까 그것만으로도 다행이야!" 고든이 말했다. "그런데 이곳은 어떤 곳일까? 아무도 살지 않는 것 같

이곳은 어떤 곳일까? 아무도 살지 않는 것 같은데……

은데……."

"중요한 건 이 육지에서 사람이 살 수 없는 건 아니라는 점이야." 브리앙이 대답했다. "당분간은 식량도 탄약도 있으니까…… 없는 건 집뿐이야. 그러니까 잠잘 곳을 찾아내야 돼…… 어린 꼬마들을 위해서…… 무엇보다 먼저 그 녀석들을 생각해야 돼!"

"그래, 네 말이 옳아."

"여기가 어딘지 알아내는 것은 당장 급한 일을 처리한 뒤에 해도 늦지 않아. 여기가 대륙이라면 구조될 가망이 있겠지. 하지만 섬이라면…… 게다가 무인도라면…… 그건 이제 곧 알게 되겠지. 자, 고든, 잠잘 곳을 찾으러 가자!"

두 소년은 곧 나무가 우거져 있는 곳에 도착했다. 숲은 벼랑과 오른쪽 강변 사이에, 어귀에서 상류 쪽으로 4백 걸음쯤 올라간 곳까지 비스듬히 펼쳐져 있었다.

숲속에는 사람이 지나다닌 흔적이 전혀 없었다. 나무를 베어낸 곳이나 오솔길이 전혀 없다. 나이를 먹어 쓰러진 고목 줄기가 땅바닥에 가로놓여 있었다. 브리앙과 고든은 수북이 쌓인 낙엽에 무릎까지 푹푹 빠지면서 숲속을 걸었다. 그러자 새들이 벌써 인간을 조심해야 한다는 것을 배운 듯 놀라서 날아올랐다. 그렇다면 이 해안에 사람이 살지는 않더라도 가까이 사는 주민들이 이따금 찾아오는지도 모른다.

10분 만에 두 소년은 숲 끝에 도착했다. 절벽 근처에는 나무가 울창했다. 벼랑은 평균 60미터 높이로 우뚝 솟아 있었다. 벼랑 기슭에는 잠자리로 사용할 만한 동굴이 있지 않을까? 작은 동굴이라도 찾아내면 얼마나 좋을까? 그런 동굴이 있으면 앞에 커튼처럼 늘어서 있는 나무들이 바다에서 불어오는 바람을 막아줄 테고, 파도가 거칠 때 바닷물을 뒤집어쓰지 않아도 되니까 좋은 피난처가 될 것이다. 소년들은 당분간 그 동굴에 살면서 해안을 좀더 꼼꼼히 탐험하고, 내륙까지 들어가볼 수도 있을 것이다.

그런데 유감스럽게도 브리앙과 고든은 성벽처럼 앞을 막아선 벼랑 기슭에서 동굴을 찾지 못했다. 벼랑 위로 올라가는 데 도움이 될 만한 틈새조차 찾지 못했다. 내륙으로 들어가려면 이 낭떠러지를 우회해야 할 것이다. 브리앙은 '슬루기' 호의 돛대 위에서 관찰했을 때 이미 이 벼랑의 지형을 확인해두었다.

두 소년은 30분쯤 벼랑 기슭을 따라 남쪽으로 내려갔다. 그러자 강의 오른쪽 연안이 나왔다. 강은 구불구불 동쪽으로 뻗어 있었다. 이 오른쪽 강변은 나무로 뒤덮여 있었지만, 건너편은 전혀 양상이 달라서 나무도 없고 땅도 평탄했다. 넓은 늪지대가 남쪽 지평선까지 뻗어 있는 것 같았다.

벼랑 꼭대기로 올라갈 수 있다면 사방 몇 킬로미터를 한눈에 바라다볼 수 있겠지만, 올라가지 못했기 때문에 브리앙과 고든은 실망하여 '슬루기' 호로 돌아왔다.

도니펀과 몇몇 아이들은 바위 위를 오락가락하고 있었지만, 어린 젱킨스와 아이버슨 · 돌 · 코스타는 조가비를 주우면서 재미나게 놀고 있었다.

브리앙과 고든은 상급생들에게 탐험 결과를 보고했다. 탐험이 좀더 진행될 때까지는 '슬루기' 호를 떠나지 않는 편이 좋을 것

아이들은 조가비를 주우며 재미나게 놀고 있었다

같았다. 배는 바닥이 부서지고 왼쪽으로 심하게 기울어 있었지만, 좌초한 상태로도 임시 거처로는 쓸 만했다. 선원실 천장에 해당하는 갑판 앞쪽에는 구멍이 뚫려 있었지만, 가운데의 큰방과 뒤쪽 선실은 바람을 피할 곳으로는 충분했다. 용골이 암초에 부딪쳤는데도 주방은 전혀 파손되지 않았다. 소년들에게는 그것이 무엇보다 기뻤다. 아이들의 최대 관심사는 뭐니뭐니 해도 식사였기 때문이다.

생활에 필요한 물건을 배에서 끌어낼 필요가 없는 것이 그나마 다행이었다. 어떻게든 옮길 수야 있었을 테지만, 얼마나 성가시고 힘들었겠는가? 만약 '슬루기' 호가 암초지대 바깥쪽에 좌초했다면 어떻게 물건을 해안까지 운반할 수 있었겠는가? 배가 당장 부서지지는 않는다 해도, 파도에 휩쓸려가는 온갖 물건들—통조림 · 무기 · 탄약 · 의복 · 침구, 그밖에 생활에 큰 도움이 되는 온갖 도구—을 어떻게 다 건질 수 있었겠는가? 다행히 '슬루기' 호는 밀물 덕분에 암초지대를 넘어 해안으로 올라왔다. 배는 이제 항해할 수 없게 되었지만, 그래도 사람이 살 수는 있었다. 흘수선 위의 선체는 먼저 그 거센 바람을 견뎌냈고, 다음에는 거친 파도를 견뎌냈기 때문이다. 용골은 모래 구덩이에 깊이 파묻혔기 때문에, 무슨 일이 있어도 선체가 해안에서 끌려나가지는 않을 것이다. 물론 햇볕과 비를 계속 맞다 보면 배는 결국 해체될지도 모른다. 뱃전의 판자는 느슨해지고 갑판에도 구멍이 뚫려, 더 이상 피난처로 쓸 수 없게 되는 날이 올지도 모른다. 하지만 그때까지 소년들은 도시나 마을을 찾을 수 있을지 모르고, 이곳이 무인도라 해도 해안과 가까운 벼랑에서 적당한 동굴 하나쯤은 찾을 수 있을 것이다.

따라서 당분간은 '슬루기' 호를 거처로 삼는 것이 최선책이었다. 그날로 당장 준비가 시작되었다. 우현 쪽에 밧줄 사다리를 걸어, 큰 아이도 작은 아이도 그 사다리를 타고 갑판의 해치까지 올라갈 수 있게 했다. 모코는 견습선원으로서 조금은 요리를 해 본 경험도 있었기 때문에, 요리를 좋아하는 서비스의 도움을 받아 식사를 준비했다. 모두 배불리 먹었다. 젱킨스 · 아이버슨 · 돌 · 코스타 같은 어린 하급생들도 쾌활하게 잘 놀았다. 학교에서 개구쟁이였던 자크만 아이들과 어울려 놀려고 하지 않았다. 자크의 성격이나 습관이 이렇게 변해버린 것은 놀라운 일이었다. 자크는 말이 없어지고, 누가 무슨 말을 물어도 대꾸조차 하지 않았다.

며칠 동안 숱한 위기를 겪으면서 폭풍 속을 헤쳐 나왔기 때문에 모두 기진맥진하여, 이제 잠을 자는 것밖에는 아무것도 생각할 수 없게 되었다. 하급생들이 먼저 선실로 들어가고, 상급생들도 곧 그 뒤를 따랐다. 하지만 브리앙과 고든과 도니펀은 교대로 망을 보기로 했다. 들짐승이나 무서운 원주민이 나타날지도 모르기 때문이다.

하지만 그런 일은 일어나지 않았다. 밤은 무사히 지나갔다. 해가 다시 떠오르자, 모두 하느님께 감사 기도를 드린 다음 필요한 작업에 착수했다.

우선 배에 있는 식량과 무기 · 연장 · 취사도구 · 의복 · 일용품

모코 · 가넷 · 서비스

같은 물자를 조사해서 목록을 만들어야 한다. 이 해안에 사람이 살지 않는다면 식량이 가장 중요한 문제였다. 배에 실려 있는 식량이 떨어지면, 물고기를 잡거나 사냥을 해서 식량을 조달해야 할 것이다. 하지만 과연 사냥감이 있느냐가 문제였다. 도니펀은 훌륭한 사냥꾼이었지만, 지금까지 그가 발견한 것은 암초나 해안 바위산에 앉아 있는 바닷새뿐이었다. 바닷새밖에 먹을 수 없다면 한심한 일이다. 따라서 배에 실려 있는 식량을 아껴 먹으면 얼마나 버틸 수 있는지 알아둘 필요가 있었다.

조사해보니 건빵은 충분히 있었지만, 통조림 · 햄 · 비스킷 · 콘비프 · 소금절임 따위는 아무리 아껴 먹어도 두 달밖에 견디지 못할 것 같았다. 해안의 포구나 내륙의 마을까지 수백 킬로미터를 걸어가야 할 경우에 대비하여 배에 실려 있는 식량은 최대한 아껴야 한다. 따라서 처음부터 이곳에서 구할 수 있는 음식을 먹는 편이 나을 것이었다.

"통조림이 상하지 않았으면 좋겠는데……" 백스터가 말했다. "배가 좌초했을 때 바닷물이 밑창에 들어갔다면……."

"상한 통조림은 뜯어보면 알겠지." 고든이 대답했다. "내용물을 다시 끓이면 먹을 수 있지 않을까?"

"내가 해볼게요." 모코가 말했다.

"그럼 당장 해줘." 브리앙이 말했다. "처음 며칠은 배에 있는 식량으로 지낼 수밖에 없으니까."

"지금 당장 북쪽에 삐죽 튀어나와 있는 바위언덕에 가서 새알을 주워오면 되잖아!" 윌콕스가 말했다.

"그래! 그렇게 하자!" 돌과 코스타가 환성을 질렀다.

"낚시를 하는 건 어때?" 웨브가 말했다. "배에는 낚싯대가 있고, 바다에는 물고기가 있잖아? 누가 낚시하러 가지 않을래?"

"내가 갈래!" "나도 갈 거야!" 어린 꼬마들이 소리쳤다.

"좋아! 알았어!" 브리앙이 말했다. "하지만 이건 장난이 아니야. 열심히 낚시질을 하는 아이한테만 낚싯대를 주겠어."

"걱정 마, 형. 열심히 물고기를 잡아올 테니까." 아이버슨이 대답했다.

"좋아. 하지만 먼저 배에 있는 물건을 조사해두자." 고든이 말했다. "너무 먹는 것만 생각하면 안 돼!"

"아침식사로는 조개를 주워오면 돼!" 서비스가 끼어들었다.

"좋은 생각이야!" 고든이 대답했다. "하급생 서너 명이 가면 돼. 모코, 너도 함께 가줘."

"예, 고든 씨."

"꼬마 애들을 잘 돌봐줘야 돼." 브리앙이 덧붙였다.

"걱정 마세요."

모코는 믿음직한 견습선원이었다. 남을 잘 돌봐주고 몸이 날래고 용감한 데다 손재주도 좋았기 때문에, 조난한 소년들에게 큰 도움이 되었다. 모코는 특히 브리앙에게 충실했고, 브리앙도 견습선원에 대한 호감을 감추려 하지 않았다. 영국인 소년들은 흑인인 모코에게 호감을 품는 것을 부끄럽게 생각했을 테지만…….

"가자!" 젱킨스가 소리쳤다.

"자크, 너는 안 가니?" 브리앙이 동생에게 물었다.

자크는 가지 않겠다고 대답했다.

그래서 젱킨스와 돌 · 코스타 · 아이버슨이 모코의 인솔로 출발했다. 썰물이 져서 물이 막 빠져나간 암초지대를 따라 북쪽으로 올라갔다. 바위틈에서 홍합과 대합 · 굴 같은 맛있는 조개를 잔뜩 주울 수 있을 것이다. 이런 조개는 날것으로 먹든 구워서 먹든 식탁을 풍성하게 해줄 것이다.

아이들은 조개잡이를 일이라기보다 놀이로 생각했기 때문에, 해안을 걷는 즐거움에 마음이 들떠 깡충깡충 뛰면서 멀어져갔다. 그 나이에는 당연한 일이었다. 지금까지 겪은 고생에 대한 기억도, 앞으로 닥쳐올지 모르는 위험에 대한 불안도 그 아이들 마음속에는 전혀 없는 것 같았다.

아이들 모습이 보이지 않게 되자, 상급생들은 배 안을 조사하는 일에 착수했다. 도니펀과 크로스 · 윌콕스 · 웨브는 무기와 탄약 · 의류 · 침구 · 연장 따위를 조사했고, 브리앙과 백스터 · 가넷 · 서비스는 밑창 구석에 쌓여 있는 포도주와 맥주 · 브랜디 · 위스키 · 진 같은 술을 조사했다. 이런 음료는 50리터 또는 150리터들이 통에 들어 있었다. 하나씩 물품 조사가 끝날 때마다 고든이 그것을 수첩에 적어넣었다. 이 수첩에는 '슬루기' 호에 실린 비품과 물품에 대한 메모도 빼곡이 적혀 있었다. 이 꼼꼼한 미국인 소년은 타고난 회계사라고 할 만했다. 벌써 배 안에 있는 모든 물자를 점검하고 그 목록을 작성해두었기 때문에, 그것을 확인만 하면 되었다.

먼저 예비 돛과 밧줄 · 닻줄, 배를 해안에 묶어놓는 밧줄이 다

젱킨스 · 아이버슨

남아 있는 것을 확인했다. 배가 항해할 수 있는 상태라면 항해에 필요한 물건은 빠짐없이 갖추어져 있었다. 하지만 돛과 밧줄을 항해에 사용할 수는 없다 해도, 이곳에 거처를 마련할 때 큰 도움이 될 터였다. 후릿그물과 저인망 · 주낙 같은 낚시도구도 물품 목록에 올라 있었다. 이 근처 바다에 물고기가 조금이라도 있다면, 이것은 귀중한 도구가 된다.

고든의 수첩에 적힌 무기는 다음과 같았다. 중앙에 격발장치가 달린 엽총이 여덟 자루, 긴 손잡이가 달린 오리 사냥용 총이 한 자루, 권총 열두 자루, 후장식 약협이 달린 탄약 300발, 화약이 10킬로그램씩 든 통이 두 개, 꽤 많은 산탄과 소총용 탄환. 이런 탄약은 원래 '슬루기' 호가 뉴질랜드 해안을 항해하다가 항구에 들를 때 사냥을 즐기기 위한 것이었지만, 앞으로는 소년들의 목숨을 구하는 데 훨씬 유용하게 쓰일 터였다. 물론 목숨을 구하기 위해 그런 무기를 쓸 필요가 없다면 좋겠지만…….

배 밑창에는 야간 통신용 신호탄도 꽤 많이 있었고, 요트용 소형 대포에 사용하는 30발의 탄약통과 포탄도 있었다. 원주민의 공격을 격퇴하기 위해 대포를 쏠 필요가 없기를 바랄 뿐이다.

일용품과 취사도구는 이곳에 오래 머물게 되더라도 걱정할 필요가 없을 만큼 충분히 갖추어져 있었다. 식기류는 '슬루기' 호가 암초에 부딪쳤을 때 그 충격으로 깨진 것도 있었지만, 그래도 식사하는 데 불편하지 않을 만큼은 남아 있었다. 각종 천으로 만든 의류도 기후 변화에 따라 갈아입어야 하니까 많을수록 좋았다.

이곳이 뉴질랜드와 같은 위도라면('슬루기' 호는 오클랜드를 떠난 뒤 줄곧 서풍에 떠밀려왔으니까 그럴 가능성이 높다), 여름에는 무더위에 시달리고 겨울에는 매서운 추위를 각오해야 한다. 다행히 배에는 몇 주의 장기 항해에 필요한 의류가 많이 실려 있었다. 옷을 너무 많이 껴입고 승선할 수는 없었기 때문에, 미리 배에다 옷을 준비해둔 것이다. 선원실 벽장에는 바지와 털옷, 후드가 달린 방수코트, 두꺼운 스웨터 따위가 들어 있었다. 그런 옷들은 어린 아이들도 입을 수 있을 테고, 한겨울 추위도 너끈히 견뎌낼 수 있을 것이다. 배를 버리고 좀더 안전한 거처로 옮겨야 할 상황이 되면 각자 자신의 침구—그물침대 · 매트리스 · 시트 · 베개 · 담요 등—를 운반해야 한다. 조심해서 다루면 이런 물건은 오랫동안 사용할 수 있을 것이다.

오랫동안? 아니, 어쩌면 영원히 견뎌야 할지도 모른다!

고든은 이어서 배에 남아 있는 기구를 수첩에 적어넣었다. 기압계 두 개, 섭씨 온도계 한 개, 크로노미터 두 개, 짙은 안개가 끼었을 때 멀리까지 들리도록 부는 구리나팔 몇 개, 근거리용과 장거리용 망원경 세 개, 상자 속에 든 나침반 한 개, 소형 나침반 두 개, 폭풍우 예보기 한 개, 영국 국기 몇 장, 해상에서 다른 배와 교신할 수 있는 신호기 한 벌, 그리고 여행가방처럼 접혀 있는 소형 고무보트 한 척—보트는 강이나 호수를 건널 때 사용할 수 있었다.

연장통에는 못과 볼트와 나사못, 배를 수리하기 위한 온갖 연장이 들어 있었다. 게다가 단추와 실과 바늘 따위도 갖추어져 있었다. 옷을 수선해야 할 일도 자주 있으리라 생각하고 소년들의 어머니가 준비해주었을 것이다.

불을 피우는 것도 걱정할 필요가 없을 것이다. 성냥은 충분했고, 램프 심지와 부싯돌도 오랫동안 충분히 쓸 만했다. 따라서 그 점은 안심할 수 있었다.

배에는 상세한 해도도 있었지만, 그것은 뉴질랜드 연안의 해도였기 때문에 이 미지의 바다에서는 쓸모가 없었다. 다행히 고든이 구세계와 신세계를 포함한 세계지도를 한 권 가져왔다. 지금 지리학계에서 가장 완벽한 것으로 여겨지는 슈틸러의 지도였다.

배의 도서실 책꽂이에는 영국과 프랑스에서 발행된 훌륭한 책들이 많이 꽂혀 있었다. 특히 여행기와 과학책이 눈에 띄었다. 물론 두 권의 로빈슨 이야기도 있었다. 위기가 닥치면, 일찍이 카몽스*는 자작시 《우스 루시아다스》를 갖고 나왔지만, 서비스는 로빈슨 이야기를 갖고 나올 것이다. 스쿠너가 좌초했을 때 가넷이 제 아코디언을 갖고 나온 거나 마찬가지다. 도서실에는 글을 읽는 데 필요한 책만이 아니라 글을 쓰는 데 필요한 펜과 잉크와 종이도 갖추어져 있었다. 1860년도 달력도 있었다. 지나간 날을 하루씩 지우는 일은 백스터가 맡게 되었다.

"우리 배가 해안에 좌초한 건 3월 10일이야." 백스터가 말했다. "그러니까 우선 3월 10일을 지우고, 올해 1월 1일부터 3월

* 루이스 데 카몽스(1524~80): 포르투갈의 위대한 국민시인. 대표작 《우스 루시아다스》는 바스코 다 가마가 인도 항로를 발견하기까지의 과정을 다룬 대서사시로, '루시아다스'는 이베리아 반도 서쪽 끝에 살았던 전설적인 인물 루소의 자손들인 루시타니아인, 즉 포르투갈인이라는 뜻이다.

10일 이전의 날도 모두 지울게."

금고 안에 500파운드의 금화가 들어 있었다는 것도 말해두지 않으면 안 된다. 이 소년들이 용케 어느 항구에 도착하면 이 돈은 큰 도움이 될 것이다.

이어서 고든은 밑창에 실려 있는 술통을 일일이 조사하기 시작했다. 진 · 맥주 · 포도주 따위가 잔뜩 들어 있던 술통들 중에는 배가 좌초했을 때의 충격으로 밑이 빠져버려서 술이 새어나간 것도 많았다. 이것은 돌이킬 수 없는 손실이었고, 남은 술은 되도록 아껴야 했다.

그래도 밑창에는 아직도 적포도주와 백포도주 450리터, 브랜디와 위스키 250리터, 120리터들이 통에 든 맥주 40통이 남아 있었다. 또한 각종 음료가 30병쯤 있었는데, 이런 병들은 짚으로 잘 싸여 있어서 깨지지 않고 무사했다.

열다섯 명의 조난자 소년들은 적어도 당분간은 물질적으로 부족하지 않은 생활을 할 수 있었다. 이제 남은 일은 이곳에서 어떤 식량을 구할 수 있는가를 조사하는 것뿐이다. 식량을 구할 수 있다면 배에 비축된 식량을 절약할 수 있다. 이곳이 섬이라면, 근처를 지나던 배가 소년들의 존재를 알아차리지 못하면 여기서 탈출할 가망은 없는 거나 마찬가지다. 배를 수리하고 밑바닥의 파손된 늑재를 바꾸고 선체 바깥쪽 판자를 바꾸는 것은 소년들에게는 버거운 작업이었다. 그들의 힘으로는 도구도 자유롭게 사용할 수 없다. '슬루기' 호의 잔해를 이용하여 배를 새로 만드는 것은 생각할 수도 없는 일이다. 게다가 항해의 기초도 모르는 소년들이 어떻게 태평양을 건너 뉴질랜드로 돌아갈 수 있단 말인가? 그래도 근처에 대륙이나 섬이 있다면, 보트를 타고 거기에 당도할 수 있을지 모른다. 하지만 보트 두 척은 파도에 휩쓸려 사라져버렸고, 배에는 기껏해야 해안 근처밖에 항해할 수 없는 소형 고무보트 한 척이 남아 있을 뿐이다.

정오 무렵, 아이들이 모코를 따라 '슬루기' 호로 돌아왔다. 아이들은 열심히 일해서 맡은 일을 훌륭하게 해냈다. 조개를 잔뜩 잡아서 가져온 것이다. 견습선원이 그것을 요리했다. 새알을 많이 주울 수 있는 곳도 있는 모양이다. 식용 바위비둘기가 암벽 틈새에 수없이 둥지를 틀고 있는 것을 모코가 확인했다는 것이다.

"그거 정말 잘됐군!" 브리앙이 말했다. "며칠 뒤에 아침 일찍 사냥하러 가자! 그러면 많이 잡을 수 있을 거야."

"그렇습니다." 모코가 대답했다. "총을 몇 번 쏘면 바위비둘기를 수십 마리 잡을 수 있을 거예요. 새알은 밧줄을 타고 내려가면 쉽게 주울 수 있고요."

"그렇게 하자." 고든이 말했다. "어쨌든 내일 사냥을 나가는 게 어때, 도니펀?"

"좋지!" 도니펀이 대답했다. "웨브와 크로스와 윌콕스도 같이 갈 거지?"

"그야 물론이지." 세 소년은 수천 마리의 바위비둘기를 향해 총을 쏠 수 있다는 것이 기뻐서 환성을 질렀다.

"하지만 바위비둘기를 너무 많이 잡지 않는 게 좋아." 브리앙이 주의를 주었다. "비둘기는 필요할 때 언제든지 잡을 수 있으

웨브 · 크로스 · 윌콕스

니까. 무엇보다 총알과 화약을 낭비하지 않도록 해."

"알았어! 알았다고!" 도니펀이 짜증스럽게 대꾸했다. 도니펀은 남에게, 특히 브리앙에게 주의를 받는 것을 참지 못했다. "우리는 아직 총을 한 방도 쏘지 않았어. 그런데 벌써부터 총알을 낭비하지 말라고 설교하는 거야?"

한 시간이 지나자 모코가 식사 준비가 끝났다고 알리러 왔다. 모두 서둘러 배로 달려가 식탁에 앉았다. 배가 기울어 있기 때문에, 식탁도 왼쪽으로 크게 기울어 있었다. 하지만 배의 흔들림에 익숙해진 아이들에게 그 정도는 아무것도 아니었다. 양념은 부족했지만 홍합은 특히 맛있었다. 모두 맛있다고 입을 모았다. 하지만 그 나이에는 식욕이 최고의 반찬이 아닐까? 건빵과 콘비프, 찬물(짠맛이 섞이지 않도록 썰물 때 개어귀에서 길어온 시원한 물에 브랜디를 몇 방울 떨어뜨린 것)이 식탁을 풍성하게 해주었다.

오후에는 밑창을 정리하고, 조사가 끝난 물건을 분류했다. 그 동안 젱킨스와 아이들은 강에서 낚시질을 했다. 강에는 온갖 물고기가 우글거렸다. 저녁식사가 끝나자, 이튿날 아침까지 망을 보게 된 백스터와 윌콕스를 제외하고는 모두 쉬러 갔다.

이렇게 이틀째 밤이 지나갔다.

아무도 없는 바다에서 조난하면 대개 먹을 것이 없어서 곤란을 겪지만, 이 소년들의 경우에는 자연이 베풀어준 식량도 충분했다. 건강하고 재치있는 어른이 이런 상황에 놓여 있다면 궁지에서 벗어날 기회를 충분히 가질 수 있었을 것이다. 하지만 여덟 살에서 열네 살밖에 안 된 소년들이 앞으로 몇 년 동안이나 이런 생활을 꾸려나가야 한다면, 잘 살아갈 수 있을까? 그것은 의심스러웠다!

5

섬이냐 대륙이냐?—사냥—혼자 떠나는 브리앙—바다표범—펭귄 떼—
접심식사—곶의 벼랑 꼭대기—난바다에 떠 있는 세 개의 작은 섬—
수평선의 푸른선—'슬루기' 호로 돌아오다

여기는 섬일까? 아니면 대륙일까? 브리앙과 고든과 도니펀의 마음을 한시도 떠나지 않는 중대한 문제였다. 이들 세 소년은 나름의 성격과 지혜 덕분에 이 작은 세계의 지도자가 되어 있었다. 어린 아이들이 눈앞의 일에 열중해 있는 동안, 이들 셋은 장래에 대해 자주 얘기를 나누었다. 이곳이 섬이든 대륙이든, 열대지방이 아닌 것만은 확실했다. 그것은 식물을 보면 알 수 있다. 떡갈나무 · 너도밤나무 · 자작나무 · 오리나무, 온갖 종류의 소나무와 전나무, 헤아릴 수 없이 많은 도금양나무와 범의귀, 이것들은 태평양 중부에 널리 퍼져 있는 교목이나 관목은 아니다. 이 지방은 뉴질랜드보다 더 남쪽에 있고, 따라서 남극에 훨씬 가까운 것 같았다. 그렇다면 겨울 추위가 걱정이었다. 벌써 벼랑 기슭의 숲속은 두껍게 쌓인 낙엽으로 덮여 있었다. 소나무와 전나무만 가지에 잎을 매달고 있었다. 이 나무들은 사철 푸른 잎이 돋아나기 때문에, 잎이 다 떨어지고 앙상한 가지만 남는 일은 없다.

'슬루기' 호를 거처로 정한 이튿날, 고든이 말했다.

"아무래도 이 해안에 언제까지나 머무를 수는 없을 것 같아."

"나도 그렇게 생각해." 도니펀이 대답했다. "겨울이 올 때까지 여기서 미적거리고 있으면 때를 놓치게 돼. 사람이 사는 곳으로 가려면 수백 킬로미터나 걸어야 할지도 모르니까 말야."

"너무 서두르지 않는 게 좋아." 브리앙이 말했다. "아직 3월 중순이야."

"그러니까 4월 말까지는 좋은 날씨가 계속될 거야." 도니펀이 말했다. "그때까지 6주 동안 계속 걸으면 꽤 멀리까지 갈 수 있지 않을까?"

"길이 있으면 그렇겠지." 브리앙이 말했다.

"왜 길이 없을 거라고 생각하지?" 도니펀이 되물었다.

"길은 있을 거야!" 고든이 말했다. "하지만 길이 있다 해도, 그 길이 어디로 통해 있는지 모르잖아."

"내가 아는 건 한 가지뿐이야." 도니펀이 말했다. "춥고 비가 많이 내리는 계절이 오기 전에 '슬루기' 호를 떠나야 한다는 거야. 해보지도 않고 어려운 점만 생각하고 미리부터 포기하면 안 돼."

"낯선 곳을 무턱대고 돌아다니기보다는 어려움을 예측하고 있는 편이 나아!" 브리앙이 말했다.

"네 의견에 찬성하지 않으면 무모하고 지각이 없다고 말할 셈이야?" 도니펀이 가시 돋친 말투로 대꾸했다.

도니펀의 대꾸에 브리앙이 발끈하여 싸움이 벌어질 뻔했다. 그때 고든이 끼어들었다.

"말다툼을 해봤자 문제가 해결되는 건 아니야. 어려움을 헤쳐 나가기 위해서는 먼저 상대편 얘기를 잘 듣고 서로 의견을 맞춰야 돼. 도니펀은 여기서 꾸물거리지 말고 늦기 전에 사람 사는 곳으로 가야 한다는 의견이고, 그 생각은 지당해. 하지만 그게 가능하냐는 브리앙의 주장도 틀린 건 아니야!"

"무슨 소리를 하고 있는 거야." 도니펀이 말했다. "북쪽으로 올라가든, 남쪽으로 내려가든, 동쪽으로 가든, 결국에는 어딘가에 도착할 거 아냐?"

"여기가 대륙이라면 그렇겠지." 브리앙이 말했다. "하지만 섬이라면, 그것도 무인도라면 그렇게는 안 돼."

"그러니까 여기가 섬인지 대륙인지, 그것부터 확인하는 게 좋겠어." 고든이 말했다. "동쪽에 바다가 있는지 없는지 확인하지도 않고 '슬루기' 호를 버리는 건……."

"'슬루기' 호가 우리를 버릴 거야!" 도니펀은 여전히 고집스럽게 주장했다. "날씨가 나빠져서 이 모래밭에 돌풍이 몰아치면 배는 당장 부서져버릴 테니까!"

"나도 그렇게 생각해." 고든이 고개를 끄덕였다. "하지만 오지로 모험을 떠나기 전에, 어디로 가면 좋을지를 먼저 알아둘 필요가 있어."

고든의 말이 분명 옳았기 때문에 도니펀도 따를 수밖에 없었다.

"내가 정찰을 다녀올게." 브리앙이 말했다.

"나도 가겠어." 도니펀도 나섰다.

"우린 모두 그럴 각오가 되어 있어." 고든이 말했다. "하지만 꼬마들을 멀고 힘든 모험에 데려갈 수는 없으니까, 두세 명만 가는 게 좋겠어."

"높은 언덕이 하나도 없는 게 유감이야." 브리앙은 문득 깨달은 것을 말했다. "언덕마루에 올라가면 이 일대를 한눈에 바라볼 수 있을 텐데 말야. 난바다에서 바라보았을 때도 지평선에 산이 하나도 보이지 않았어. 해안 가까이 솟아 있는 저 벼랑 말고는 높은 곳이 없는 것 같아. 저 벼랑 너머는 아마 숲이나 초원이나 습지일 테고, 우리가 조사한 강은 그런 곳을 지나고 있을 거야."

"저 벼랑을 돌아서 내륙으로 들어가기 전에 이 일대를 좀더 조사해보는 편이 낫지 않을까?" 고든이 말했다. "브리앙과 내가 저 벼랑을 조사했을 때는 동굴을 찾지 못했지만."

"이번에는 북쪽으로 가보는 게 어떨까?" 브리앙이 말했다. "후미 끝자락에 있는 곶에 올라가면 멀리까지 볼 수 있을 것 같은데."

"나도 지금 그 생각을 하고 있던 참이야." 고든이 말했다. "그래! 저 곶은 높이가 거의 100미터나 되어 보여. 그러니 꼭대기에 올라가면 동쪽도 내려다볼 수 있을 거야."

"내가 가볼게." 브리앙이 나섰다.

"헛수고야." 도니펀이 반대했다. "저런 데서는 아무것도 안 보여."

"아니야. 틀림없이 보일 거야." 브리앙이 대꾸했다.

후미 끝에는 짙은 색 암벽이 우뚝 솟아 있었다. 바다 쪽은 깎아지른 듯하고, 반대쪽은 벼랑과 그대로 이어져 있는 것 같았다.

'슬루기' 호에서 그 곶까지는 둥글게 곡선을 그린 해안선을 따라가도 10킬로미터 남짓한 거리였고, 직선거리는 기껏해야 7킬로미터 정도였다. 고든은 곶의 벼랑 높이를 해발 100미터로 어림했지만, 이 눈어림은 상당히 정확했다.

하지만 겨우 100미터 높이에서 이 일대를 멀리까지 바라볼 수 있을까? 장애물이 있어서 동쪽을 바라볼 수 없는 건 아닐까? 어쨌든 곶 위에 올라가보면 그 너머가 어떻게 되어 있는지, 해안선이 북쪽으로 얼마나 멀리까지 뻗어 있는지, 곶 너머에 바로 바다가 펼쳐져 있는지 어떤지를 알 수 있을 것이다. 따라서 우선 북쪽의 곶까지 가서 그 바위산에 올라가보는 편이 낫다. 동쪽에 육지가 이어져 있다면, 몇 킬로미터 앞까지 바라볼 수 있을 것이다.

세 사람은 이 계획을 실행에 옮기기로 했다. 도니펀은 그래 봤자 별 도움이 안 될 거라고 생각했지만(자신의 착상이 아니라 브리앙이 내놓은 계획이었기 때문일 것이다), 좋은 결과를 낳을 가능성이 높은 계획이었다.

그리고 '슬루기' 호가 표착한 이곳이 대륙—남아메리카 대륙—인지 아닌지를 분명히 확인할 때까지는 배를 떠나지 않기로 했다.

그런데 이 탐험 계획은 닷새 동안 실행되지 않았다. 날씨가 또 나빠져서 안개가 끼거나 이따금 가랑비가 내렸기 때문이다. 바람이 거세질 기미는 없었지만, 안개로 시야가 트이지 않아서 애써 곶에 올라가도 헛수고로 끝났을 것이다.

소년들은 그 닷새를 헛되이 보내지 않고 여러 가지 일을 했다. 브리앙은 아버지 같은 애정을 쏟는 것이 타고난 성격인 듯 아이들을 자상하게 돌봐주었다. 브리앙은 항상 아이들이 안심하고 지낼 수 있도록 마음을 써주었다. 기온이 내려가면 선원실 벽장에 있는 따뜻한 옷을 꺼내 아이들에게 입혔다. 옷은 아이들이 입기에 너무 커서 줄여야 했다. 이 일에는 바늘보다 가위가 도움이 되었다. 손재주가 좋은 견습선원 모코는 바느질에서도 솜씨를 발휘했다. 작은 아이들은 헐렁한 바지와 윗도리를 단정하게 입으려고 했지만, 소매와 바지 밑단을 많이 잘라냈기 때문에 아무리 보아도 단정한 차림새라고는 할 수 없었다. 하지만 그것은 아무래도 좋았다. 이제 아이들도 갈아입을 옷이 생겼고, 아이들은 이 야릇한 차림새에 금세 익숙해졌다.

아이들도 게으름을 피울 수 없었다. 물이 빠지면 가넷 · 백스터와 함께 조개를 잡으러 가고, 밀물일 때는 그물이나 낚싯대를 들고 강에 가서 고기를 잡았다. 아이들에게는 즐거운 놀이였고, 모두에게 유익한 일이었다. 이렇게 즐거운 일에 몰두하고 있으면 비참한 처지를 잠시나마 잊을 수 있었다. 하기야 아이들은 지금 상황이 얼마나 심각한지도 제대로 이해하지 못했을 것이다. 물론 부모님 생각이 나면 슬퍼졌다. 그것은 상급생들도 마찬가지였다. 하지만 두번 다시 부모님을 만날 수 없을지도 모른다는 생각은 어린 아이들의 머리에는 떠오르지 않는 듯했다.

고든과 브리앙은 '슬루기' 호에 남아서 배를 보수하는 작업에 매달렸다. 서비스도 이따금 배에 남아서 두 소년을 도왔다. 서비스는 언제나 쾌활하고 바지런했다. 브리앙을 좋아하는 서비스는 도니펀의 패거리에는 절대로 끼려고 하지 않았다. 브리앙도 서

체어먼 기숙학교

비스에게는 각별한 우정을 느끼고 있었다.

"괜찮아!" 서비스는 몇 번이고 말하곤 했다. "우리 '슬루기' 호는 정말이지 친절한 파도 덕분에 해안으로 용케 밀려 올라왔어. 배가 별로 부서지지도 않았으니, 우리는 정말 운이 좋은 거야. 로빈슨 크루소도, 스위스의 로빈슨도 이런 행운을 얻지는 못했어!"

그런데 자크는 어떻게 됐을까? 자크는 배에서 자질구레한 일을 거들기는 했지만, 남이 무슨 말을 물어도 거의 대꾸하지 않았다. 남이 정면으로 바라보면 얼른 눈길을 돌려버리곤 했다.

브리앙은 자크의 이런 태도를 걱정하지 않을 수 없었다. 자크보다 세 살 위인 브리앙은 동생한테 영향력을 갖고 있었다. 그런데 앞에서도 보았듯이 자크는 스쿠너가 출항한 이후 줄곧 무언가를 후회하고 있는 듯했다. 뭔가 양심의 가책을 느낄 만한 잘못이라도 저지른 것일까? 그것은 형한테도 털어놓을 수 없는 중대한 잘못일까? 이따금 눈이 붉어져 있는 것을 보면 자크는 몰래 숨어서 울고 있는 게 분명했다.

브리앙은 자크의 건강이 나빠진 게 아닐까 하고 생각했다. 동생이 병에 걸렸다면 어떤 치료를 해줄 수 있을까? 그것이 큰 걱정이었다. 그래서 브리앙은 동생에게 어디 아픈 거 아니냐고 물어보았다. 하지만 동생은 이렇게 대답할 뿐이었다.

"아니야! 난 아무렇지도 않아. 아무렇지도 않다니까!"

자크의 입에서 다른 말을 끌어낼 수는 없었다.

3월 11일부터 15일까지 도니펀과 그 친구들은 바위틈에 둥지를 튼 새를 잡으러 다녔다. 그들은 늘 함께 다녔고, 자기들끼리만 따로 무리를 만들려 하고 있었다. 고든은 그것을 걱정했다. 그래서 기회가 있을 때마다 단결이 얼마나 중요한가를 네 아이에게 깨우쳐주려고 애썼다. 하지만 네 아이 중에서도 특히 도니펀의 반응이 쌀쌀했기 때문에, 고든은 억지로 강요하지 않는 게 낫겠다고 판단했다. 하지만 중대한 결과를 초래할지도 모르는 불화의 싹을 잘라버려야 한다는 생각을 버린 것은 아니었다. 고든의 충고는 효과가 없었지만, 앞으로 여러 가지 사건이 일어나면 화해가 이루어질지도 모른다.

지난 며칠 동안은 안개가 끼어서 만을 탐험할 수 없었지만, 그래도 사냥에서는 꽤 많은 수확을 거두었다. 도니펀은 스포츠를 좋아하고 총솜씨도 능숙했다. 자신의 총솜씨를 지나칠 만큼 자랑하고, 덫이나 그물이나 올가미 같은 장비로 사냥하는 것을 업신여겼다. 하지만 윌콕스는 이런 장비를 좋아했다. 지금과 같은 상황에서는 도니펀보다 윌콕스의 방식이 더 현명하다고 말할 수 있을 것이다. 웨브도 총을 잘 쏘았지만 도니펀에게는 미치지 못했다. 크로스는 총을 전혀 쏘지 못했기 때문에, 사촌인 도니펀의 솜씨에 박수를 보낼 뿐이었다. 사냥개 판에 대해서도 적어두는 편이 좋을 듯싶다. 판은 사냥에서 눈부신 활약을 했다. 사냥감이 암초 너머에 떨어지면 주저 없이 바다로 뛰어들어 사냥감을 물고 돌아왔다.

소년 사냥꾼들이 잡은 사냥감 중에는 모코가 어떻게 요리해야 좋을지 모르는 바닷새도 많았다. 가마우지 · 갈매기 · 논병아리 같은 새들이다. 하지만 주로 많이 잡힌 새는 바위비둘기와 기러기 · 오리 따위였고, 이런 새들의 고기는 아주 맛이 있었다. 기러기는 흑기러기였다. 총소리에 놀라 날개를 퍼덕이며 날아가는 방향으로 보아, 이 기러기들은 내륙지방에 보금자리가 있는 것 같았다.

도니펀은 붉은부리갈매기도 몇 마리 잡았다. 이 새는 보통 삿갓조개나 섭조개 따위를 즐겨 먹었다. 요컨대 도니펀은 수많은 새들을 마음대로 골라서 잡을 수 있었다. 하지만 이런 새들의 기름기를 없애려면 상당한 솜씨가 필요했다. 모코가 아무리 애를 써서 요리해도 모두를 만족시키기는 어려웠다. 하지만 선견지명이 있는 고든이 되풀이 말했듯이, 요리를 불평하는 것은 금물이었다. 충분한 양이 비축되어 있는 건빵을 제외하면 모든 식량을 절약해야 했기 때문이다.

그래서 모두 곶에 올라가려는 계획이 빨리 실행되기를 기다리고 있었다. 곶에 올라가면 여기가 대륙이냐 섬이냐 하는 문제가 해결될 것이다. 소년들의 운명은 거기에 달려 있었다. 이곳에 임시로 머물게 될지, 영영 눌러살게 될지는 그 결과에 따라 결정될 것이다.

3월 15일은 이 계획을 실행하기에 좋은 날씨가 될 것 같았다. 지난 며칠 동안 바람이 잔잔하고 안개가 하늘을 뒤덮고 있었지만, 간밤에 안개가 걷혔다. 육지에서 부는 바람이 몇 시간 만에 안개를 날려버린 것이다. 강렬한 아침 햇살이 벼랑 꼭대기를 황금빛으로 물들였다. 오후에 해가 기울면 동쪽 지평선도 햇빛을 받아 또렷이 떠오를 것이다. 이 지평선을 잘 조사해볼 필요가 있었다. 동쪽에도 바다가 펼쳐져 있다면 이곳은 섬이라는 뜻이기 때문이다. 그러면 이 근처에 배가 나타나지 않는 한 소년들이 구조될 가망은 거의 없었다.

모두 잊지 않았겠지만, 맨 처음 이 북쪽 곶을 탐험할 생각을 한 것은 브리앙이었다. 그는 혼자서 곶에 가기로 결심했다. 고든이 함께 가겠다고 나서면 기꺼이 동의했겠지만, 고든이 남아서 다른 아이들을 감독하지 않으면 오히려 걱정거리가 늘어난다.

15일 밤, 브리앙은 기압계로 맑은 날씨가 계속되리라는 것을 확인한 뒤, 이튿날 새벽에 떠나겠다고 고든에게 말했다. 왕복 15~20킬로미터를 걷는 것쯤은 건강하고 지칠 줄 모르는 소년에게는 아무것도 아니다. 날이 저물기 전에 탐험을 끝내고 무사히 돌아올 수 있을 것이다. 고든도 브리앙이 밤까지는 돌아올 수 있을 거라고 생각했다.

이리하여 브리앙은 새벽에 떠났다. 다른 아이들은 브리앙이 떠난 것을 알아차리지 못했다. 무기는 지팡이와 권총만 가져가기로 했다. 지금까지 사냥하러 돌아다녀도 짐승 발자국은 하나도 보지 못했지만, 들짐승을 만났을 경우에 대비하기 위해서였다.

브리앙은 이 방어용 무기만이 아니라 북쪽 곶에 도착했을 때 작업을 도와줄 도구도 하나 가져갔다. 그것은 망원경이었다. 이 망원경은 성능이 좋아서 멀리까지 또렷이 볼 수 있었다. 허리에 찬 자루에는 건빵과 소금에 절인 고기, 브랜디를 몇 방울 섞은 물통을 넣었다. 사고가 일어나 배로 돌아오는 것이 늦어질 경우에 대비하여 두 끼분의 식량을 준비했다.

브리앙은 기운차게 해안을 따라 걸어갔다. 암초지대 안쪽에는 파도에 떠밀려온 온갖 해초가 썰물 끝자락에 잠긴 채 긴 띠를 이루고 있었다. 한 시간 뒤, 브리앙은 전에 도니펀과 그 친구들이 바위비둘기를 잡으러 갔던 암벽을 지났다. 바위비둘기들도 지금은 브리앙을 두려워할 필요가 없었다. 브리앙은 이런 데서 꾸물거리고 싶지 않았고, 되도록 빨리 곶에 도착하려고 걸음을 서둘렀기 때문이다. 날씨는 화창하고 안개는 깨끗이 걷혔다. 이렇게 좋은 기회를 놓쳐서는 안 된다. 오후에 동녘 하늘에 구름이 끼게 되면 탐험은 헛수고로 끝나버릴 것이다.

처음 한 시간 동안은 꽤 빠른 속도로 걸을 수 있었기 때문에, 벌써 중간 지점을 넘어섰다. 별다른 문제가 없으면 아침 8시까지는 곶에 도착할 수 있을 거라고 생각했다. 그런데 벼랑이 암초지대에 가까워질수록 해변을 걷기가 어려워졌다. 점점 바위가 많아지고 모래밭이 좁아졌다. 강 근처의 숲과 바다 사이에는 부드럽고 단단한 땅이 펼쳐져 있었지만, 이제부터는 미끄러운 바위나 끈적끈적한 해초를 밟고 가야 했다. 깊은 웅덩이가 앞을 가로막으면 먼길을 돌아서 가야 했고, 흔들거리는 바위 위를 걸을 때는 발밑이 위태로웠다. 그래서 다리가 지치기 시작하여 예정보다 두 시간이나 늦어버렸다.

'만조가 되기 전에 곶에 도착해야 돼!' 하고 브리앙은 생각했다. 그 부근은 썰물 때도 바닷물에 덮여 있으니까, 밀물이 들어오면 벼랑 기슭까지 물 속으로 사라질 것이다. 온 길을 되짚어가거나 바위로 피난해야 하는 상황이 되면 시간이 더욱 늦어진다! 밀물이 해안으로 밀려오기 전에 어떻게든 그곳을 지나가야 한다!

이 용감한 소년은 다리가 점점 무거워지기 시작했지만, 피로를 아랑곳하지 않고 되도록 지름길을 택했다. 때로는 무릎까지 올라오는 바닷물을 건너기 위해 장화와 양말을 벗어야 했다. 암초 위를 걸을 때는 추락할까봐 조마조마했지만, 민첩한 몸놀림으로 위기를 넘기곤 했다.

브리앙이 전에 관찰했듯이, 이 일대에는 물새가 많았다. 바위비둘기와 붉은부리갈매기와 오리 따위가 우글거렸다. 바다표범 몇 쌍이 커다란 암초 위에 모여 있었다. 브리앙이 다가가도 녀석들은 무서워하는 기색도 보이지 않고, 바다 속으로 도망치지도 않았다. 바다표범이 인간을 봐도 경계하지 않는 것은 인간을 두려운 존재로 여기지 않기 때문이고, 적어도 지난 몇 년 동안 어부들에게 쫓긴 적이 없었기 때문일 것이다.

브리앙은 곰곰 생각한 끝에 이런 결론을 내렸다. 바다표범이 서식하는 것으로 보아 이 해안은 생각했던 것보다 훨씬 남쪽이다. 뉴질랜드보다 남쪽인 건 확실하다. 그렇다면 '슬루기' 호는 태평양을 비스듬히 가로질러 남동쪽으로 떠내려온 게 분명하다.

브리앙이 마침내 곶에 도착하여 남극과 가까운 바다에서 흔히 볼 수 있는 펭귄 떼를 발견했을 때 이 확신은 더욱 강해졌다. 펭귄들은 짧은 날개를 파닥이며 뒤뚱뒤뚱 걸어다녔다. 펭귄의 날개는 날아다니기 위한 것이 아니라 헤엄을 치기 위한 도구다. 어쨌든 펭귄 고기는 상한 것처럼 시큼한 냄새가 코를 찌르고 기름기가 많아서 도저히 먹을 수 없다.

바다표범들이 커다란 암초 위에 모여 있었다

벌써 오전 10시였다. 나머지 절반을 걷는 데 시간이 얼마나 걸렸는지 알 수 있을 것이다. 브리앙은 기진맥진했고 배도 고파서, 곶을 오르기 전에 체력을 회복하는 편이 좋겠다고 생각했다. 곶의 벼랑 꼭대기는 해발 100미터에 가까웠다.

브리앙은 벌써 암초지대까지 밀려온 바닷물을 피해 바위 위에 걸터앉았다. 한 시간만 늦었어도 밀물이 들어와 암초와 벼랑 기슭 사이의 모래밭을 걸을 수 없게 되었을 것이다. 하지만 이제는 걱정할 필요가 없었다. 오후가 되면 썰물이 시작되어 바닷물이 빠지고, 그러면 다시 이곳을 쉽게 지나갈 수 있을 테니까.

고기를 먹고 물을 마신 것만으로도 허기와 갈증이 가라앉았고, 잠시 앉아서 쉬자 다리의 피로도 풀렸다. 브리앙은 식사를 하면서 이런저런 생각에 잠겼다. 이렇게 친구들한테서 멀리 떨어진 곳에서 혼자 차분하게 상황을 생각해보고 싶었다. 브리앙은 끝까지 아이들을 구하려고 애쓸 작정이었다. 있는 힘껏 아이들을 구하는 데 헌신할 각오가 되어 있었다. 하지만 도니펀과 몇몇 녀석의 태도가 마음에 걸렸다. 아무래도 그것이 불화의 원인이 될 것만 같았다. 브리앙은 모든 아이들을 위험에 빠뜨리는 행동에 대해서는 단호히 반대하기로 결심했다. 이어서 브리앙은 동생 자크를 생각했다. 자크가 기운이 없는 것이 걱정이었다. 아무래도 자크는 출발하기 전에 무언가 잘못을 저지르고, 그것을 감추고 있는 듯했다. 브리앙은 동생을 강하게 채근하여, 고민이 뭔지 알아내기로 마음먹었다.

브리앙은 이렇게 한 시간 동안 휴식을 취하고 완전히 기운을 되찾았다. 그는 일어나서 자루를 짊어지고 벼랑 기슭의 바위를 오르기 시작했다.

이 곶은 만 끝에 있었고 꼭대기는 뾰족했다. 지질학적으로는 상당히 특이한 지층을 이루고 있었다. 지하 깊은 곳에 힘이 작용하여 생겨난 화성암 지층 같았다.

멀리서 보았을 때와는 달리 곶은 해안 절벽과 이어져 있지 않았다. 게다가 지층도 절벽과는 전혀 달랐다. 유럽 서부의 영불해협 연안에서는 석회암 지층을 볼 수 있지만, 이 곶은 석회암이 아니라 화강암이었다.

브리앙은 이 곶과 언덕 사이에 좁은 수로가 있는 것을 알아보았다. 곶 북쪽에는 모래밭이 끝없이 펼쳐져 있었다. 어쨌든 이 곶은 이웃한 언덕보다 30미터나 높으니까, 꼭대기에 올라가면 주위를 한눈에 멀리까지 바라볼 수 있을 것이다. 그것이 중요한 점이었다.

꼭대기에 올라가기는 상당히 힘들었다. 바위에서 바위로 한 걸음씩 기어올라갔지만, 때로는 바위가 너무 높아서 바위 끝에 좀처럼 손이 닿지 않을 때도 있었다. 하지만 브리앙은 등반대에 끼어도 될 만큼 솜씨가 좋았고, 어릴 적부터 바위에 올라가기를 좋아했기 때문에 남다른 대담성과 유연성과 민첩성을 갖추고 있었다. 그래서 몇 번이나 추락할 뻔한 위기를 넘기고(추락하면 죽을지도 모른다) 마침내 꼭대기에 이르렀다.

우선 브리앙은 망원경을 눈에 대고 동쪽을 바라보았다.

그곳은 시야 끝까지 평탄했다. 해안 절벽이 가장 높고, 내륙 쪽으로 갈수록 조금씩 고도가 낮아졌다. 그 너머에는 군데군데 땅이 도도록하게 올라온 곳도 있었지만, 전체적으로 평탄한 지형을 크게 바꾸어놓을 정도는 아니었다. 큰 숲이 대지를 뒤덮고, 단풍이 들어 울긋불긋한 나뭇잎 아래에는 몇 개의 물줄기가 숨어 있었다. 그 하천들은 바다로 흘러들고 있었다. 그곳은 지평선까지 평탄한 숲이 이어져 있고, 거리는 15킬로미터쯤 되어 보였다. 숲 너머에 바다가 펼쳐져 있는 것처럼 보이지는 않지만, 이곳이 대륙인지 섬인지를 확인하려면 더 멀리까지 탐험해야 할 것이다.

북쪽으로 15킬로미터쯤 곧장 뻗어 있는 해안선은 끝이 보이지 않았다. 거기에 길쭉하게 튀어나온 또 다른 곶이 있고, 그 너머에는 넓은 사막이 펼쳐져 있었다.

남쪽에는 후미 끝에 또 다른 곶이 있고, 그 곶 너머에는 해안선이 북동쪽에서 남서쪽으로 뻗어 있었다. 그 해안은 북쪽의 사막 같은 모래밭과는 달리 넓은 늪지대와 이어져 있었다.

브리앙은 이 넓은 대지 곳곳을 망원경으로 세심하게 살폈다. 여기는 섬일까 대륙일까? 그것은 알 수가 없었다. 여기가 섬이라면 제법 큰 섬이었다. 브리앙이 확실히 말할 수 있는 것은 그것뿐이었다.

이어서 브리앙은 서쪽으로 몸을 돌렸다. 해가 천천히 수평선으로 기울고 있었다. 햇빛을 비스듬히 받은 바다가 반짝반짝 빛나고 있었다.

갑자기 브리앙은 망원경을 눈에 대고 수평선 끝을 바라보았다.

"배다!" 브리앙이 소리쳤다. "배가 지나간다!"

세 개의 검은 점이 반짝반짝 빛나는 수면에 나타났다. 거리는 20킬로미터도 채 되지 않았다.

심장이 격렬하게 고동쳤다. 환상에 희롱당한 건 아닐까? 저기 보이는 것은 정말로 세 척의 배일까?

브리앙은 망원경을 내리고, 입김을 불어 흐려진 렌즈를 닦은 다음 다시 망원경을 들여다보았다.

아무리 보아도 그 세 개의 검은 점은 배처럼 보인다. 하지만 확실히 보이는 것은 선체뿐, 돛대는 하나도 보이지 않았다. 기선이 항해하고 있다면 연기가 피어오를 텐데, 그것도 전혀 보이지 않았다.

브리앙은 그것이 기선이라 해도 너무 멀리 떨어져 있어서, 신호를 보내도 알아차리지 못할 거라고 생각했다. 다른 아이들은 저 배를 보지 못했을 것이다. 따라서 빨리 '슬루기' 호로 돌아가 모래밭에 모닥불을 피우는 것이 상책이다. 그리고 해가 져서 날이 어두워지면…….

그렇게 생각하면서도 브리앙은 세 개의 검은 점에서 눈을 떼지 못했다. 하지만 그 점들이 움직이지 않는 것을 확인하고 브리앙은 몹시 낙담했다.

브리앙은 다시 망원경을 들어올리고 몇 분 동안 그 점들을 뚫어지게 바라보았다. 그리고 그것이 세 개의 작은 섬이라는 것을 알았다. 그 섬들은 서쪽에 있으니까, '슬루기' 호가 폭풍에 휩쓸려 이곳 해안으로 떠밀려올 때 그곳 근처를 지나왔을 것이다. 하지만 섬들이 안개에 싸여 보이지 않았을 것이다.

실망은 컸다.

오후 2시였다. 물이 빠지기 시작하여, 벼랑 앞바다에 띠처럼 늘어서 있는 암초가 수면 위로 얼굴을 내밀기 시작했다. '슬루기' 호로 돌아가야 할 시간이다. 브리앙은 밑으로 내려갈 준비를 했다.

하지만 내려가기 전에 다시 한번 동쪽 지평선을 살펴보기로 했다. 해가 아까보다 훨씬 낮아졌으니까, 지금까지 눈에 들어오지 않았던 부분도 보일 것이다.

그래서 그쪽을 마지막으로 유심히 관찰했다. 브리앙이 이렇게 주의를 기울인 것은 헛수고가 아니었다.

시야 끝, 커튼처럼 펼쳐져 있는 숲 너머에 푸르스름한 선 하나가 또렷이 보였기 때문이다. 그 선은 북쪽에서 남쪽으로 수십 킬로미터에 걸쳐 뻗어 있었고, 선의 양쪽 끝은 숲에 가려 보이지 않았다.

"저게 도대체 뭐지?" 브리앙은 중얼거렸다.

그리고 좀더 주의 깊게 바라보았다.

"바다다! 아아, 바다야!"

브리앙은 하마터면 망원경을 떨어뜨릴 뻔했다.

동쪽에 바다가 펼쳐져 있으니까, 이제는 의심할 여지가 없다! '슬루기' 호가 좌초한 곳은 대륙이 아니라 섬이었다. 태평양의 망망대해에 떠 있는 외딴섬, 도저히 탈출할 수 없는 절해고도였다.

브리앙의 머릿속에 온갖 위험이 환상처럼 차례로 떠올랐다. 가슴이 옥죄어 심장이 멎어버릴 것만 같았다. 하지만 브리앙은 뜻밖에 마음이 약해진 것을 반성하고, 미래가 아무리 불안해도 절대 실망해서는 안 된다고 마음을 다잡았다.

15분 뒤에 브리앙은 해안으로 내려와, 오전에 걸었던 길을 되짚어 5시가 되기 전에 '슬루기' 호로 돌아왔다. 아이들은 가슴을 졸이며 브리앙이 돌아오기를 눈이 빠지게 기다리고 있었다.

6

토론—탐험 계획과 연기—나쁜 날씨—낚시—거대한 해조류 모자반—코스타와 돌이 느린 말을 타다—출발 준비—남십자성 앞에 무릎을 꿇고 기도하다

그날 저녁을 먹은 뒤 브리앙은 상급생들에게 탐험 결과를 보고했다. 그 내용은 이렇다. 동쪽에 숲이 있고, 그 너머에 물이 있는 것을 보았다. 그 수평선은 북쪽에서 남쪽으로 길게 뻗어 있었다. 그것이 바다인 것은 의심할 여지가 없는 듯하다. 따라서 여기는 대륙이 아니라 섬이 분명하다. '슬루기' 호는 불운하게도 섬에 좌초했다!

고든과 다른 아이들은 브리앙이 그렇게 단언하는 것을 듣고 처음에는 깜짝 놀랐다. 뭐라고! 여기가 섬이라면 탈출할 길이 전혀 없단 말인가? 동쪽으로 도시나 마을을 찾아갈 계획을 세웠는데, 그 계획을 포기해야 하나? 이제는 배가 이 섬 근처를 지나가기를 기다릴 수밖에 없나? 정말로 그것만이 우리가 구조될 수 있는 유일한 기회란 말인가?

"하지만 브리앙이 잘못 본 게 아닐까?" 도니펀이 말했다.

"그래, 브리앙." 크로스가 말했다. "옆으로 길게 뻗은 구름을 바다로 잘못 본 거 아냐?"

"아니야." 브리앙이 받았다. "절대로 틀림없어. 내가 동쪽에서 본 것은 분명 바다였어. 수평선이 둥글게 휘어져 있었으니까."

"거리는?" 윌콕스가 물었다.

"곶에서 10킬로미터쯤 떨어져 있었어."

"그 너머에는 산도 없고 높은 육지도 없었어?"

"그런 건 보이지 않았어. 하늘 말고는 아무것도 없었어."

브리앙의 말투가 단정적이었기 때문에 그 점은 의심할 여지가 없어 보였다.

하지만 도니펀은 브리앙과 말다툼할 때는 늘 그렇듯이 고집스럽게 제 주장을 내세웠다.

"다시 한번 말하지만, 브리앙이 잘못 보았을지도 몰라. 내 눈으로 직접 확인하기 전에는 믿을 수 없어."

"그럼 확인해보자." 고든이 받았다. "동쪽이 어떻게 되어 있는지, 우리 눈으로 확인해야 하니까."

"그렇다면 하루도 낭비할 수 없어." 백스터가 말했다. "여기가 대륙이라면 추운 계절이 오기 전에 출발해야 돼."

"날씨만 좋으면 내일이라도 당장 떠나자." 고든이 받았다. "하지만 날씨가 나쁘면 안 돼. 날씨가 나쁠 때 오지의 깊은 숲속으로 들어가는 것은 미친 짓이니까."

"알았어." 브리앙이 말했다. "그렇게 해서 섬 반대쪽 해안에 도착하면 납득하겠지."

"여기가 섬이라면." 도니펀은 일부러 과장되게 어깨를 으쓱했다.

"여기는 섬이야." 브리앙은 짜증스러운 듯 대꾸했다. "내가 잘못 본 게 아니야! 동쪽에 분명히 바다가 보였어. 도니펀은 늘 그렇듯이 내 말이라면 무조건 반대하지 않고는 직성이 풀리지 않을 뿐이야."

"네가 절대로 실수하지 않는다는 법도 없잖아."

"물론 나도 실수할 때가 있지. 하지만 이번에는 틀리지 않았어. 두고 보면 알아. 나는 직접 그 바다를 보러 갈 거야. 그리고 네가 나랑 함께 갈 작정이라면……."

"물론 나도 갈 거야."

"나도!" "나도!" 상급생 중에서 서너 명이 외쳤다.

"좋아!" 고든이 또 입을 열었다. "모두 진정해. 우리는 아직 어리지만, 어른스럽게 굴어야 돼. 우리 상황은 심각해. 하지만 경솔하게 굴면 더 심각해질 거야. 아니, 우리 모두 위험을 무릅쓰고 숲속으로 들어갈 수는 없어. 우선 어린 애들은 우리를 따라올 수 없고, 그렇다고 그애들만 '슬루기' 호에 남겨둘 수도 없어. 그러니까 도니펀과 브리앙이 탐험하러 가면 어떨까. 그밖에 두어 명이 함께 가면……."

"내가 갈게!" 윌콕스가 말했다.

"나도 갈래!" 서비스도 소리를 질렀다.

"좋아. 네 명이면 충분해. 너희들이 돌아오는 게 늦어지면 누군가가 찾으러 갈 수도 있어. 그동안 다른 아이들은 '슬루기' 호를 지키는 거야. 이 배가 우리의 기지이고 '집'이라는 걸 잊지 마. 여기가 대륙이라는 게 확실해지기 전에는 이 배를 떠날 수 없어."

"여기는 섬이야! 틀림없어." 브리앙이 말했다.

"그거야 곧 알게 되겠지!" 도니펀이 대꾸했다.

고든의 현명한 충고 덕분에 두 소년의 입씨름은 겨우 끝났다. 물론 브리앙이 방금 보고 온 수평선에 도달하려면 그 사이에 있는 숲을 뚫고 나아가야 한다. 여기에 대해서는 브리앙도 이의가 없었다. 그리고 동쪽에 있는 것이 바다라 해도, 그쪽 바다에는 섬이 점점이 떠 있을 수도 있지 않은가? 그 섬들이 쉽게 건널 수 있을 만큼 가까운 거리에 있다면? 그 섬들이 군도의 일부이고, 수평선에 높은 땅이 나타난다면? 소년들의 목숨을 좌우할 결단을 내리기 전에 그것부터 잘 조사해두어야 하지 않을까? 확실한 것은 서쪽에는 여기서부터 뉴질랜드까지 육지가 전혀 없다는 것이다. 따라서 소년들이 사람 사는 곳을 찾아낼 가능성이 있는 곳은 해가 떠오르는 동쪽밖에 없었다.

하지만 이런 탐험을 하려면 날씨가 좋아야 한다. 아까 고든이 말했듯이, 앞으로는 어른스럽게 생각하고 행동해야 한다. 앞으로 얼마나 위험하고 무서운 일이 일어날지 모른다. 그럴 때 얼른 판단을 내리지 못하고 꾸물거리면, 또는 그 나이에는 당연한 일이지만 경솔하고 무분별하게 행동하거나 편을 갈라 싸우면, 가뜩이나 위험한 상황이 걷잡을 수 없이 악화될 것이다. 그래서 고든은 모두 사이좋게 지내고 질서를 유지하기 위해 무슨 짓이든

하기로 결심했다.

도니펀과 브리앙은 빨리 떠나고 싶어했지만, 날씨가 나빠져서 출발을 미룰 수밖에 없었다. 이튿날부터 찬비가 내리기 시작한 것이다. 기압이 계속 내려가, 언제 그칠지 알 수 없는 강풍이 휘몰아칠 기세였다. 그런 상황에서 탐험을 강행하는 것은 무모한 짓이다.

하지만 탐험을 연기한 것이 그렇게 안타까운 일이었을까? 아니, 결코 그렇지 않다. 물론 어린 아이들을 빼고는 모두 이 육지가 바다로 둘러싸인 섬인지 아닌지를 빨리 알고 싶어서 조바심했다. 그것은 당연하다. 하지만 이 육지가 대륙이라고 확신할 수 있다 해도, 낯선 땅으로 깊숙이 들어가는 것이 과연 현명한 노릇일까? 게다가 날씨가 나쁜 계절이 코앞에 닥쳐와 있었다. 사람 사는 곳까지 수백 킬로미터나 걸어야 한다면, 그 피로를 견딜 수 있을까? 아무리 튼튼한 소년도 목적지까지 도달하기는 어려울 것이다.

이런 계획은 낮이 길어질 때까지 미루고, 겨울의 악천후를 두려워하지 않아도 될 때 신중하게 추진해야 한다. 따라서 탐험은 일단 포기하고, 기지인 '슬루기' 호에서 겨울을 나야 할 것이다.

그래도 고든은 '슬루기' 호가 태평양 어디쯤에서 조난했는지 알고 싶었다. 도서실에 있는 슈틸러의 지도책에는 태평양 지도도 몇 장 들어 있었다. 오클랜드에서 남아메리카 해안까지 이어져 있는 바다를 살펴보면, 투아모투 제도 남쪽에는 이스터 섬*과 후안 페르난데스 제도밖에 보이지 않는다. 이 후안 페르난데스 제도는 로빈슨 크루소의 모델인 셀커크라는 남자가 4년 동안 살았던 곳이다. 그 남쪽에는 남극권까지 끝없는 망망대해가 펼쳐져 있을 뿐, 섬은 하나도 없다. 훨씬 동쪽으로 눈을 돌리면 칠레의 태평양 연안을 따라 칠로에 섬과 마드레 데 디오스 제도가 있고, 거기서 더 남쪽으로 내려가면 마젤란 해협과 티에라 델 푸에고 섬 주변에 작은 섬들이 있다. 혼 곶**의 거친 파도가 밀려와 부서지는 곳이다.

따라서 '슬루기' 호가 남아메리카의 대초원과 가까운 무인도에 표착했다면, 사람이 사는 칠레나 아르헨티나의 라플라타 지방까지 수백 킬로미터를 가야 할 것이다. 여행자가 온갖 위험에 부닥치는 그 드넓은 미개지에서는 어떤 구원도 기대할 수 없다.

무슨 일이 일어날지 알 수 없을 때에는 주의 깊게 행동하는 것이 바람직하다. 낯선 땅에 무턱대고 뛰어들었다가 무참한 꼴을 당할 위험은 되도록 피하는 편이 낫다.

고든은 그렇게 생각했다. 브리앙과 백스터는 고든의 의견에 찬성했다. 물론 도니펀과 그 친구들도 결국에는 이 생각이 옳다고 인정할 수밖에 없었다.

그래도 브리앙이 동쪽에서 보고 온 바다를 확인하러 가는 계획은 실행하기로 했다. 하지만 그후 보름 동안은 실행에 옮길 수 없었다. 날씨가 나빠져서 아침부터 밤까지 계속 비가 내리고 바

* 이스터 섬: 남태평양 동부에 있는 섬. 원주민이 남긴 거대한 석상으로 유명하다.
** 혼 곶: 남아메리카 남단에 있는 곶. 강한 폭풍과 급한 조류 때문에 항해하기 어려운 곳으로 유명하다.

람이 맹렬하게 휘몰아쳤다. 이래서는 도저히 숲을 지나갈 수 없었다. 여기가 섬이냐 대륙이냐 하는 중대한 문제를 빨리 해결하고 싶었지만, 탐험은 날씨가 좋아질 때까지 미루어야 했다.

바람이 휘몰아친 보름 동안, 고든과 아이들은 모두 배 안에 틀어박혀 지냈다. 하지만 아무 일도 하지 않고 보낸 것은 아니었다. 설비를 손질해야 했던 것은 물론이지만, 비바람에 심하게 손상된 선체도 수리해야 했다. 선체의 바깥쪽 판자가 갈라지기 시작했고, 갑판에서도 물이 새고 있었다. 여기저기 생긴 틈새로 빗물이 스며들어, 쉬지 않고 틈새를 막아야 했다.

좀더 안전한 피난처를 빨리 찾을 필요가 있었다. 동쪽으로 이동할 수 있다 해도, 그것은 대여섯 달 뒤의 일이다. 그때까지 '슬루기' 호가 버틸 수 있다고는 생각되지 않았다. 한겨울에 배를 떠나야 한다면 어디로 피난하면 좋단 말인가? 서쪽 바다에 면한 벼랑 기슭에는 피난처로 쓸 만한 동굴이 하나도 없었다. 따라서 난바다에서 불어오는 바람을 피할 수 있는 벼랑 뒤쪽을 탐험하여, 소년들이 모두 지낼 수 있을 만큼 널찍한 거처를 새로 마련하는 편이 좋을 것 같았다.

그때까지는 임시방편으로 배를 수리해두어야 했다. 밑바닥에 뚫린 구멍으로는 이제 바닷물이 아니라 외풍이 들어오고 있었다. 그런 구멍을 틀어막고, 선체 안쪽의 떨어져나간 널빤지를 고정시켜야 했다. 고든은 예비 돛으로 선체를 덮을 생각도 했지만, 밖에서 야영생활을 해야 할 경우 천막 대용으로 쓸 수 있는 예비 돛은 남겨두는 편이 좋을 것 같았다. 그래서 갑판에 방수포를 덮는 것으로 만족하기로 했다.

짐들은 작은 꾸러미로 나누었다. 고든은 그것을 수첩에 적어 넣고, 정리번호를 붙였다. 이렇게 해두면 위급할 때 재빨리 나무 그늘로 짐을 운반할 수 있을 터였다.

비바람이 잠깐 가라앉은 틈에 도니펀과 웨브와 윌콕스는 바위비둘기를 잡으러 갔다. 모코는 바위비둘기를 어떻게든 맛있게 요리해보려고 애썼다. 한편 가넷과 서비스와 크로스는 어린 아이들을 데리고 열심히 물고기를 잡았다(형이 함께 가라고 할 때는 자크도 따라갔다). 이 근처 바다에는 물고기가 많았지만, 만에서 가까운 암초지대의 해초 사이에서 많이 잡히는 것은 커다란 대구였다. 무려 100미터까지 자라는 거대한 모자반 사이에는 작은 물고기가 수없이 모여 있어서, 손으로 잡을 수도 있을 정도였다.

어린 어부들은 암초 가장자리에서 그물이나 낚싯줄을 끌어올릴 때면 언제나 요란한 환성을 질렀다.

"잡았다! 엄청난 놈이야! 와아! 정말 크다!" 젱킨스가 외쳤다.

"내 고기가 훨씬 커!" 아이버슨이 외쳤지만, 곧 돌에게 도움을 청했다.

"고기가 다 도망가버리겠어!" 코스타도 소리를 질렀다.

그러면 주위에 있던 친구들이 모두 달려왔다.

"꽉 잡고 있어! 꽉 잡아!" 가넷이나 서비스가 왔다갔다하면서 외쳐댄다. "빨리 그물을 끌어올려!"

"안 돼! 도저히 못하겠어!" 코스타는 고기가 잔뜩 걸린 그물에

갑판에 방수포를 덮는 것으로 만족하기로 했다

질질 끌려가면서 소리를 지른다.

다들 힘을 합쳐 간신히 그물을 끌어올린다. 그물은 서둘러 끌어올려야 한다. 맑은 물 속에는 사나운 칠성장어가 많아서 그물에 걸린 고기를 마구 먹어치우기 때문이다. 이렇게 칠성장어 때문에 물고기를 많이 잃었지만, 남은 고기만으로도 찬거리는 충분했다. 특히 대구는 날것으로 먹어도, 소금에 절여두어도 맛이 있었다.

개어귀에서 낚시질을 하면 망둥이 같은 맛없는 물고기밖에 잡히지 않았다. 모코도 그런 물고기로는 튀김밖에 할 수 없었다.

3월 27일에는 여느 때보다 훨씬 큰 물고기가 걸려서 유쾌한 소동이 벌어졌다.

오후에 비가 그치자 어린 아이들은 낚시도구를 챙겨들고 강으로 나갔다.

얼마 후 갑자기 외침 소리가 들렸다. 기쁨의 환성이었다. 하지만 그 환성은 도움을 청하는 다급한 소리로 바뀌었다.

고든과 브리앙, 서비스와 모코는 배에서 일을 하고 있다가 일손을 멈추고, 외침 소리가 난 곳으로 급히 달려갔다. 5백 걸음 떨어진 강가까지 단숨에 내달렸다.

"빨리! 빨리 와!" 젱킨스가 외치고 있었다.

"코스타가 타고 있는 말을 봐!" 아이버슨이 말했다.

"빨리 와, 브리앙!" 젱킨스가 또다시 외쳤다. "빨리 오지 않으면 도망쳐버릴 거야!"

"이제 됐어! 그만 할 거야! 내려줘! 무서워!" 코스타가 필사적

"도저히 못하겠어!" 하고 코스타가 소리를 질렀다

으로 팔다리를 바둥거리며 소리쳤다.

"이랴! 이랴!" 코스타의 바로 뒤에 앉은 돌은 신이 나서 외쳤다. 두 아이는 느릿느릿 움직이는 커다란 덩어리 위에 말 타듯 걸터앉아 있었다.

그것은 커다란 바다거북이었다. 거대한 바다거북이 수면에서 잠자는 것을 자주 볼 수 있다. 지금은 해변에 올라와 있다가 아이들의 습격을 받고 바다로 돌아가려던 참이었다.

아이들은 이 힘센 동물이 바다로 들어가는 것을 막으려고 등딱지에서 길게 뻗어나온 목에 밧줄을 감아서 잡아당겼지만 소용이 없었다. 바다거북은 여전히 걸음을 멈추지 않았다. 빨리 걷지는 못해도, 저항할 수 없는 힘으로 아이들을 조금씩 끌고 갔다. 그때 장난기가 발동한 젱킨스가 코스타를 거북 등에 태웠다. 돌도 그 뒤에 걸터앉아 코스타의 몸을 받쳐주었다. 코스타는 바다거북이 바다로 가까이 갈수록 겁에 질려 점점 새된 소리로 비명을 질렀다.

"꽉 잡고 있어! 정신 바짝 차려, 코스타!" 고든이 소리를 질렀다.

"네 말이 날뛰지 않도록 조심해!" 서비스가 말했다.

브리앙은 웃음을 참을 수가 없었다. 위험은 전혀 없었기 때문이다. 돌이 손을 놓아도 코스타는 미끄러지는 게 고작이다. 그렇게 무서워할 필요도 없을 텐데…….

그런데 시급한 문제는 이 바다거북을 산 채로 잡는 것이었다. 브리앙과 고든이 아이들과 힘을 합쳐도 바다거북이 바다로 들어가는 것을 막을 수는 없었다. 따라서 거북이 안전한 바닷물

"이랴! 이랴!" 하고 돌은 신이 나서 외쳤다

속으로 도망치기 전에 걸을 수 없는 상태로 만들 방법을 찾아내야 했다.

고든과 브리앙은 배에서 뛰쳐나올 때 권총을 가져왔지만, 그것은 도움이 될 것 같지 않았다. 거북의 등딱지는 총알도 꿰뚫을 수 없기 때문이다. 도끼로 내리치려 하면 거북은 목과 팔다리를 오므려버릴 것이다.

"방법은 한 가지밖에 없어. 거북을 뒤집는 거야." 고든이 말했다.

"어떻게?" 서비스가 되물었다. "이 거북은 적어도 150킬로그램은 나갈 거야. 그걸 우리가 어떻게 들어올릴 수 있겠어?"

"통나무야! 통나무!" 브리앙이 소리쳤다.

브리앙은 모코를 데리고 서둘러 '슬루기' 호로 돌아갔다.

그때 바다거북은 이미 해안에서 서른 걸음쯤 떨어진 곳까지 와 있었다. 고든은 거북의 등딱지에 달라붙어 있는 코스타와 돌을 서둘러 내려주었다. 그러고는 모두 열심히 밧줄을 잡아당겼지만 바다거북의 걸음을 세울 수는 없었다. 이렇게 힘센 거북이라면, 체어먼 학교 학생이 모두 달라붙어도 질질 끌고 갈 수 있을 것 같았다.

다행히 바다거북이 바다에 도착하기 전에 브리앙과 모코가 돌아왔다.

그래서 두 개의 통나무를 바다거북의 배 밑으로 밀어넣고, 그것을 지레처럼 이용하여 간신히 거북을 뒤집을 수 있었다. 이제 바다거북은 꼼짝없이 포로 신세가 되었다. 제 발로 다시 일어설 수 없기 때문이다.

게다가 바다거북이 목을 움츠리려는 순간, 브리앙이 재빨리 도끼를 내리쳤다. 거북은 즉사했다.

"어때, 코스타? 아직도 이 바다거북이 무섭니?" 브리앙이 물었다.

"이젠 안 무서워. 죽었으니까."

"그래? 하지만 고기를 먹을 마음은 나지 않겠지?" 서비스가 말했다.

"이걸 먹을 수 있어?"

"물론이지!"

"맛있으면 나도 먹을 거야!" 코스타는 벌써 입맛을 다시면서 말했다.

"아주 맛있어요." 모코가 대답했지만, 앞으로 나서려고는 하지 않았다.

거대한 바다거북을 배까지 나르는 것은 생각할 수도 없는 일이었기 때문에, 그 자리에서 토막을 내기로 했다. 그것은 상당히 메스꺼운 일이었지만, 이곳에 표착한 소년들은 로빈슨 크루소 같은 생활을 하면서 궂은 일이지만 꼭 필요한 일을 하는 데 차츰 익숙해지기 시작했다.

가장 어려운 일은 뱃가죽을 자르는 것이었다. 거북의 뱃가죽은 금속처럼 단단해서 도끼날도 무디어져버릴 것이다. 그래도 틈새에 정을 박아넣자 배딱지가 갈라졌다. 아이들은 거북 고기를 몇 덩어리로 잘라서 배로 날랐다. 그날은 모두 거북 수프가 일품이라는 것을 알았다. 고기는 구워서 맛있게 먹었다. 서비스가 숯불로 고기를 굽다가 조금 태웠지만, 고기는 모두 배불리 먹고도 남았다. 판은 남은 고기에 게걸스럽게 덤벼들었다. 개도 거북고기를 싫어하지 않는 모양이다.

이 바다거북에서 나온 고기는 30킬로그램이 넘었기 때문에, 배에 비축된 통조림을 크게 절약할 수 있었다.

3월은 그렇게 지나갔다. '슬루기' 호가 조난한 지 3주 동안, 아이들은 당분간 이 해안에서 살기 위해 열심히 일했다. 이제는 겨울이 닥치기 전에 여기가 섬이냐 대륙이냐 하는 중대한 문제를 해결해야 한다.

4월 1일, 날씨가 좋아질 조짐을 보였다. 기압이 서서히 올라가기 시작했고, 바람은 점점 약해지고 땅이 말랐다. 이런 상태라면 비바람이 가라앉아 당분간 좋은 날씨가 계속될 것 같았다. 오지를 탐험할 수 있는 조건이 갖추어지고 있었다.

상급생들은 그날 탐험에 대해 이야기를 나누었다. 의논한 결과, 누구에게나 중요한 의미를 갖는 이 원정을 위한 준비가 시작되었다.

"내일 아침에 출발해도 괜찮을 것 같아." 도니펀이 말했다.

"나도 그렇게 생각해." 브리앙이 대답했다. "아침 일찍 떠날 준비를 해두자."

"네가 동쪽에서 보았다는 그 바다는 곳에서 10킬로미터쯤 떨어져 있었다고 했지?" 고든이 물었다.

"그래. 하지만 이쪽 해안의 만은 내륙 쪽으로 꽤 깊이 들어가 있으니까, 여기 기지에서 출발하면 거리는 훨씬 짧아질지도 몰라."

"그러면 탐험에는 꼬박 하루쯤 걸릴까?" 고든이 물었다.

"동쪽으로 곧장 걸어갈 수 있다면 그렇겠지. 하지만 해안 절벽을 돌아서 숲을 빠져나가는 길을 찾을 수 있을까?"

"그 정도 어려움에는 끄떡도 하지 않아!" 도니펀이 말했다.

"그건 좋지만……" 브리앙이 말을 이었다. "다른 장애물이 앞길을 가로막을지도 몰라. 강이나 늪이 있을지도 모르잖아. 그러니까 며칠 걸린다고 예상하고, 식량을 충분히 가져가는 게 좋을 것 같아."

"탄약도 가져가야 돼." 윌콕스가 끼어들었다.

"물론이지." 브리앙이 대답했다. "그리고 고든, 미리 확실하게 정해놓자. 우리가 이틀 동안 돌아오지 않아도 걱정하면 안 돼."

"너희가 한나절이라도 늦게 돌아오면 걱정이 될 거야." 고든이 대꾸했다. "하지만 그건 중요한 문제가 아니야. 탐험을 하기로 결정한 이상, 끝까지 하는 게 중요해. 그리고 이 탐험의 목적은 브리앙이 동쪽에서 본 해안에 도착하는 것만이 아니야. 벼랑 너머도 조사할 필요가 있어. '슬루기' 호를 떠나지 않을 수 없는 상황이 되면 바닷바람을 피할 수 있는 곳으로 야영지를 옮겨야 하는데, 벼랑 이쪽에서는 동굴을 찾지 못했으니까 말야. 이쪽 해안에서 겨울을 나기는 힘들 거야."

"네 말이 옳아, 고든." 브리앙이 말했다. "그러니까 저쪽에서 살기 좋은 곳을 찾아보자."

"여기가 네 말대로 섬이라는 게 밝혀지고, 도저히 탈출할 수 없다고 판단되면 그렇게 해!" 늘 자기 생각을 고집하는 도니펀이 말했다.

"그래. 이제 겨울이 닥쳐오고 있으니까 탈출하기는 어렵겠지만!" 고든이 대답했다.

"어쨌든 최선을 다하자. 그럼 내일 떠나는 거야!"

준비는 곧 끝났다. 나흘 치 식량을 자루에 넣었다. 총 네 자루와 권총 네 자루, 작은 도끼 두 자루, 휴대용 자석, 5킬로미터 거리까지 볼 수 있는 성능 좋은 망원경, 무릎덮개 따위를 준비했다. 그리고 휴대용 취사도구와 함께 도화선과 부싯돌 · 성냥도 가져가기로 했다.

탐험 기간은 길지 않지만, 위험이 뒤따르지 않을 수 없다. 그래도 이 정도만 준비하면 충분할 것이다. 브리앙과 도니펀과 서비스와 윌콕스는 늘 경계를 게을리하지 않고 신중하게 행동하면서 서로 떨어지지 않도록 조심해야 한다.

고든은 자기가 따라가면 도니펀과 브리앙의 대립을 막을 수 있을 거라고 생각했지만, 어린 아이들을 생각하면 '슬루기' 호에 남는 편이 좋을 것 같았다. 그래서 고든은 브리앙을 한쪽 구석으로 데려가, 말다툼이나 싸움을 피하고 시빗거리를 만들지 말라고 일렀다.

기압계의 예보는 정확했다. 날이 저물기 전에 마지막 구름이 서녘 하늘로 사라졌다. 서쪽 바다에는 수평선이 또렷이 보였다. 남반구의 아름다운 별자리가 하늘을 수놓았다. 남십자성이 남쪽 하늘 끝에서 반짝이고 있었다.

고든과 친구들은 작별을 앞두고 가슴이 옥죄이는 것 같았다.

탐험에는 엄청난 위험이 수없이 기다리고 있을지 모른다. 무슨 일이 일어날지 누가 알겠는가. 모두 밤하늘을 바라보았다. 아이들의 눈은 하늘을 향하고 있었지만, 마음은 두번 다시 만날 수 없을지도 모르는 부모와 가족과 고향으로 돌아가 있었다.

아이들은 교회의 십자가 앞에서처럼 남십자성을 향해 무릎을 꿇었다. 이 아름다운 천체를 만드신 전지전능한 신에게 기도하라고, 그 신에게 희망을 걸라고 남십자성은 말하고 있는 듯했다.

7

자작나무숲—벼랑 꼭대기에서—숲을 지나다—개울 위의 다리—개울을 따라가다—숲에서 밤을 보내다—오두막—푸른 수평선—판이 물을 마시다

브리앙과 도니펀 · 윌콕스 · 서비스는 아침 7시에 '슬루기' 호를 떠났다. 구름 한 점 없이 맑은 하늘에 떠오른 해가 북반구의 온대지방 사람들이 10월에 맛볼 수 있는 그 아름다운 가을날을 예고하고 있었다. 이런 날씨라면 추위도 더위도 걱정할 필요가 없다. 행진이 늦어지거나 방해를 받는다면, 그것은 오로지 지형 때문일 것이다.

소년 탐험대는 우선 벼랑 기슭으로 가려고 해변을 비스듬히 가로질렀다. 고든이 개의 직감도 도움이 될지 모른다면서 판을 데려가라고 권했기 때문에 이 영리한 개도 탐험대에 포함되었다.

출발한 지 15분 뒤, 네 소년은 숲 그늘로 사라졌다. 이 숲은 금세 통과할 수 있었다. 나무 그늘에 작은 새들이 날아다니고 있었다. 하지만 이런 새를 쫓아다니느라 시간을 낭비할 수는 없었기 때문에 도니펀은 총을 쏘고 싶은 마음을 억눌렀다. 괜히 이리저리 새를 쫓아다녀봤자 헛수고라는 것을 깨닫고, 정찰하는 데 필요한 간격을 유지한 채 소년들 곁에 남아 있었다.

소년들은 우선 벼랑 기슭을 따라 나아가다가 도중에 그 벼랑을 넘을 수 있는 곳이 있으면 넘어가고, 없으면 북쪽에 있는 곶까지 계속 가볼 계획이었다. 그렇게 하면 브리앙이 본 바다 쪽으로 갈 수 있을 것이다. 이것은 지름길은 아니지만 가장 확실한 길이었다. 길을 어느 정도 우회하는 것은 다리가 튼튼하고 걷기를 좋아하는 소년들에게는 아무 문제도 되지 않았다.

벼랑 기슭에 도착하자 브리앙은 고든과 둘이서 처음 탐험하러 왔을 때 여기서 걸음을 멈춘 것을 생각해냈다. 이 석회암 절벽을 따라 남쪽으로 내려가도 빠져나갈 수 있는 통로는 하나도 없기 때문에, 북쪽에 있는 곶까지 거슬러 올라가게 되더라도 이제 북쪽을 향해 걸으면서 벼랑을 넘을 수 있는 곳을 찾을 수밖에 없다. 벼랑을 따라 걷는 데만도 꼬박 하루가 걸릴 것이다. 하지만 벼랑의 서쪽 비탈에 넘을 수 있는 곳이 없다면 다른 방법이 없다.

브리앙은 친구들에게 사정을 설명했다. 도니펀은 벼랑 비탈을 오르려고 했지만 뜻대로 되지 않았기 때문에 브리앙의 의견에 반대하지 못했다. 네 소년은 나무가 울창한 벼랑 기슭을 지나 북쪽으로 올라갔다.

이렇게 한 시간쯤 걸었다. 이대로 북쪽에 있는 곶까지 가야 한다면, 벼랑과 바다 사이의 좁은 길을 지나갈 수 있을까. 브리앙은 걱정이 되기 시작했다. 시간이 지나면 밀물이 해안을 뒤덮지 않을까? 썰물이 져서 암초가 얼굴을 내밀 때까지 기다리면 그것만으로도 한나절을 낭비하게 된다. 브리앙은 밀물이 들어오기 전에 곶에 도착하는 것이 좋다고 설명하고, 친구들을 재촉했다.

"자, 서두르자."

"괜찮아. 발목까지만 적시면 될 테니까!" 윌콕스가 대꾸했다.

"발목만 젖는 게 아니야. 가슴까지, 아니 귀까지 적셔야 할걸!" 브리앙이 말했다. "밀물이 들면 바닷물이 적어도 1, 2미터는 높아져. 서둘러서 곶까지 곧장 가는 게 나아."

"진작 그렇게 말했어야지." 도니펀이 입을 삐죽 내밀었다. "길 안내를 맡은 건 너야. 우리가 늦으면 다 네 책임이라고!"

"알았어! 어쨌든 잠시도 꾸물거릴 수 없어. 아니, 서비스는 어디 갔지?"

브리앙은 서비스를 부르기 시작했다.

"서비스! 서비스!"

서비스의 모습이 보이지 않았다. 조금 전에 판을 데리고 오른쪽으로 백 걸음쯤 떨어진 벼랑 뒤쪽으로 사라진 것이다.

하지만 곧 개 짖는 소리와 서비스의 외침 소리가 들려왔다. 서비스가 위험에 빠진 것일까?

브리앙와 도니펀과 윌콕스는 당장 목소리가 나는 쪽으로 달려갔다. 서비스는 벼랑 일부가 허물어진 곳(오래전에 허물어진 모양이다)에 서 있었다. 비바람의 침식과 풍화 작용으로 석회암층이 약해져서, 벼랑 꼭대기에서 기슭까지 깔때기 모양으로 허물어져 있었다. 깎아지른 낭떠러지에 원뿔 모양의 구덩이가 생겨 있고, 그 안쪽 벽은 기울기가 40~50도밖에 안 되었다. 게다가 울퉁불퉁 튀어나온 곳이 많아서, 그곳을 발판으로 삼으면 위로 오르는 것도 어렵지 않을 것 같았다. 민첩하고 유연한 소년이라면 별로 힘들이지 않고 벼랑 꼭대기에 오를 수 있을 것이다. 약해진 암벽층이 소년들의 발 밑에서 허물어진다면 별문제지만…….

위험한 암벽 등반이었지만, 소년들은 망설이지 않았다.

도니펀이 맨 먼저 벼랑 기슭에 쌓여 있는 바위 위로 올라갔다.

"기다려! 경솔하게 행동하면 안 돼!" 브리앙이 소리쳤다.

하지만 도니펀은 브리앙의 말을 듣지 않았다. 그는 친구들—특히 브리앙—보다 앞장서는 것을 자랑스럽게 생각했기 때문에, 깔때기 모양의 안쪽 비탈을 순식간에 중간까지 올라갔다.

친구들이 그 뒤를 따랐다. 하지만 도니펀의 발 밑에서 부스러진 바윗돌이 통통 튀면서 굴러 떨어졌기 때문에 낙석에 맞지 않도록 조심해야 했다.

만사가 순조로웠다. 도니펀은 친구들보다 앞서 꼭대기에 올라간 것을 기뻐했다. 곧이어 다른 세 소년도 꼭대기에 이르렀다.

도니펀은 벌써 망원경을 꺼내들고 동쪽에 끝없이 펼쳐져 있는 숲을 바라보고 있었다.

그 일대에는 브리앙이 곶 위에서 관찰한 것과 똑같은 숲과 하늘의 파노라마가 펼쳐져 있었다. 다만 이곳은 브리앙이 올라간 곳보다 30미터쯤 낮았기 때문에 그렇게 멀리까지 보이지는 않았다.

"어때? 뭐가 보여?" 윌콕스가 물었다.

"아무것도 안 보여!" 도니펀이 대답했다.

도니펀은 망원경을 꺼내들고 동쪽을 바라보고 있었다

“나도 좀 보여줘.” 윌콕스가 말했다.

도니펀은 윌콕스에게 망원경을 건네주었지만, 그 얼굴에는 분명 만족감이 드러나 있었다.

“수평선 같은 건 전혀 안 보이잖아!” 윌콕스가 망원경을 내리면서 말했다.

“그건 동쪽에 바다가 없기 때문이야.” 도니펀이 받았다. “브리앙, 너도 봐. 그러면 네가 잘못 보았다는 걸 알 수 있을 테니까.”

“볼 필요도 없어. 나는 절대 잘못 보지 않았으니까.” 브리앙이 대꾸했다.

“억지 부리지 마. 우리 눈에는 아무것도 안 보여.”

“그야 당연하지. 이 절벽은 내가 올라간 곳보다 훨씬 낮으니까. 그래서 시야가 좁은 거야. 내가 올라간 높이까지 올라갈 수 있다면 10킬로미터쯤 떨어진 곳에 푸른 선이 보일 거야. 그러면 너희들도 내가 말한 곳에서 수평선을 볼 수 있을 것이고, 수평선을 구름 띠로 착각하지는 않을 거야.”

“말하기는 쉽지.” 윌콕스가 말했다.

“확인하는 것도 간단해.” 브리앙이 말을 이었다. “이 절벽을 넘어가자. 저 숲을 가로질러 갈 수 있는 데까지 곧장 가보는 거야.”

“하지만……” 도니펀이 말했다. “그러려면 꽤 멀리까지 가야 할지도 몰라. 일부러 가서 확인할 필요도 없을 것 같은데.”

“그럼 너는 여기 남아 있어.” 브리앙은 고든의 충고를 지켜서, 심술궂은 친구에게 치미는 분노를 꾹 참았다. “넌 여기 있으면 돼. 서비스와 나만 가볼 테니까.”

"우리도 갈 거야!" 윌콕스가 말했다. "가자, 도니펀! 어서!"

"우선 점심부터 먹고 가자!" 서비스가 말했다.

사실 출발하기 전에 배를 든든히 채워두는 편이 나았다. 30분 만에 식사를 끝내고 다시 걷기 시작했다.

처음 1킬로미터는 빨리 걸을 수 있었다. 풀이 무성한 땅에는 아무런 장애물도 없었다. 군데군데 돌멩이가 모여 있는 곳이 있었지만, 그런 곳은 이끼에 덮여 있었다. 곳곳에 관목이 같은 종류끼리 무리를 지어 자라고 있었다. 이쪽에는 양치류나 석송, 저쪽에는 히스나 넓은잎뱀무, 잎이 반짝반짝 빛나는 호랑가시나무, 잎이 가죽처럼 단단하고 극지방에서도 번식하는 매자나무가 보였다.

네 소년은 벼랑 위의 둔덕을 가로질렀지만, 반대쪽 비탈을 내려가는 데에는 무척 힘이 들었다. 그곳은 해안 쪽 벼랑 비탈과 같은 높이인 데다 기울기도 비슷했다. 물이 거의 흐르지 않는 협곡이 없었다면 네 사람은 곶까지 돌아가야 했을 것이다. 그 협곡은 구불구불해서 가파른 비탈도 어떻게든 내려올 수 있었다.

그런데 숲속으로 들어가자 나무가 울창하고 키 큰 풀이 우거져 있어서 걷기가 훨씬 어려워졌다. 쓰러진 거목들이 앞길을 가로막고 덤불이 무성해서 길을 새로 내야 했다. 소년들은 신세계의 숲속으로 들어간 개척자들처럼 도끼를 휘둘렀다. 한 걸음마다 발을 멈추고 도끼를 휘둘렀기 때문에 다리보다 팔이 먼저 지쳐버렸다. 그래서 걸음은 훨씬 느려졌고, 아침부터 밤까지 걸은 거리는 겨우 5킬로미터밖에 되지 않았다.

아무리 보아도 이 숲에 발을 들여놓은 인간은 이제껏 한 사람도 없는 것 같았다. 적어도 인간이 남긴 흔적은 전혀 없었다. 아무리 좁은 샛길이라도 사람이 지나간 증거가 되겠지만, 그런 길은 하나도 보이지 않았다. 나무가 쓰러져 있는 것은 인간이 베어냈기 때문이 아니라, 수명이 다했거나 강한 바람 때문이었다. 군데군데 짓밟힌 풀은 최근에 상당히 큰 동물이 지나간 것을 알려주었다. 이따금 나무 사이로 달아나는 짐승이 언뜻 보였지만, 어떤 종류의 동물인지는 분간할 수 없었다. 어쨌든 소년들을 보고 잽싸게 사정거리 밖으로 도망쳐버릴 정도니까, 그렇게 사나운 짐승은 아니었다.

성마른 도니펀은 총으로 그 겁쟁이 동물을 쏘고 싶어서 몸이 근질거렸지만, 지금은 그럴 때가 아니라고 생각했는지 총을 쏘지는 않았다. 그래서 브리앙은 총을 쏘아서 그들의 존재를 알리는 경솔한 짓은 하지 말라고 잔소리를 할 필요가 없었다.

하지만 도니펀이 지금은 총을 쏘면 안 된다는 것을 알고 있다 해도, 앞으로 총을 유용하게 쓸 기회는 얼마든지 있을 것이다. 한 걸음씩 나아갈 때마다 맛있는 메추라기의 일종인 자고새와 뿔종다리 · 개똥지빠귀 · 기러기 · 뇌조 따위가 떼지어 날아올랐기 때문이다. 새는 헤아릴 수 없이 많아서 수백 마리도 쉽게 잡을 수 있을 것 같았다.

소년들이 이곳에 오랫동안 눌러살게 되면 사냥으로 많은 식량을 얻을 수 있을 것이다. 도니펀은 탐험이 시작된 뒤 그것을 확인만 해두었다. 지금은 신중하게 행동해야 하지만, 탐험이 끝난 뒤에 실컷 사냥하면 된다.

이 숲에는 특히 자작나무와 너도밤나무가 많았다. 그런 나무들은 30미터 높이까지 길푸른 가지를 뻗고 있었다. 그밖에도 쑥쑥 자라는 노송나무, 불그스름한 색을 띠고 무리지어 자라는 도금양나무, 나무껍질에서 계피 비슷한 향내가 나는 아름다운 목련도 있었다.

2시쯤 숲속의 좁은 빈터에서 두 번째 휴식을 취했다. 그 빈터를 가로질러 얕은 개울이 흐르고 있었다. 물이 맑고 깨끗하고 잔잔해서, 바닥의 검은 바위가 훤히 들여다보였다.

물이 잔잔하고 수심도 얕고 마른 나무나 풀로 막혀 있지 않은 것을 보면, 수원지는 그리 멀지 않은 게 분명하다. 개울에는 바윗돌이 징검다리처럼 놓여 있어서 쉽게 건널 수 있을 것 같았다. 그런데 평평한 바위가 규칙적으로 질서있게 놓여 있는 것이 소년들의 주의를 끌었다.

"이거 이상한데!" 도니펀이 말했다.

이쪽 개울가에서 건너편까지 정말로 징검다리가 놓여 있는 것 같았다.

"바위가 둑처럼 물의 흐름을 막고 있는 것 같아." 서비스가 소리를 지르며 개울을 건너려고 했다.

"잠깐 기다려!" 브리앙이 외쳤다. "이 돌이 놓여 있는 상태를 알아두는 게 좋겠어!"

"돌이 저절로 이런 식으로 놓였다고는 도저히 생각할 수 없어." 윌콕스가 말했다.

"그래. 누군가가 여기에 길을 만들려고 한 것 같아." 브리앙이 말했다. "좀더 가까이 가서 살펴보자."

소년들은 징검다리를 이루고 있는 돌을 하나씩 유심히 살펴보았다. 평평한 돌은 수면에서 겨우 얼굴을 내밀고 있을 뿐이다. 비가 계속 내리면 금세 물 속에 잠겨버릴 것이다.

이 개울을 쉽게 건널 수 있도록 누군가가 징검다리를 놓은 것일까? 아니, 그렇지는 않다. 물이 불어났을 때 거센 탁류에 휩쓸려 내려온 바위들이 이곳에 쌓여 천연 둑처럼 되었다고 생각하는 편이 옳을 것 같다. 그게 이 징검다리를 설명하는 가장 단순한 방법이었고, 브리앙과 친구들도 돌을 자세히 조사한 뒤 그런 결론에 이르렀다. 덧붙여 말하면, 개울 이쪽에도 건너편에도 단서가 될 만한 점은 전혀 없었다. 결국 인간이 이 숲속의 빈터에 발을 들여놓은 흔적은 전혀 없었다.

개울은 만과는 반대쪽인 동북쪽으로 흐르고 있었다. 그렇다면 이 개울은 브리앙이 곶 꼭대기에서 보았다는 그 바다로 흘러들고 있는 게 아닐까?

"하지만 이 개울은 서쪽으로 흐르는 더 큰 하천의 지류일지도 몰라." 도니펀이 말했다.

"조사해보면 알게 되겠지." 브리앙이 받았다. 이런 일로 또다시 말다툼을 시작해봤자 좋을 게 없다고 생각했기 때문이다. "하지만 이 개울은 동쪽으로 흐르고 있으니까, 이 개울을 따라가는 편이 좋을 것 같아. 개울이 너무 구불구불 흐른다면 별문제지만."

그래서 네 소년은 조심스럽게 징검다리를 건넜다. 이 개울을 하류에서 건너려면 훨씬 힘들 거라고 생각했기 때문이다.

개울을 따라 걷는 것은 비교적 편했다. 군데군데 나무들이 물에 뿌리를 적시고 개울 건너편까지 나뭇가지를 뻗고 있어서 빠져나가기 힘든 곳도 있었다. 개울은 이따금 갑자기 구부러지기도 했지만, 나침반으로 조사해보면 거의 언제나 동쪽으로 흐르고 있었다. 어귀에 이르려면 아직도 한참을 더 가야 할 것 같았다. 물살이 빨라지지도 않았고 폭도 별로 넓어지지 않았기 때문이다.

5시 반쯤, 브리앙과 도니펀은 개울의 흐름이 북쪽으로 바뀌기 시작한 것을 깨달았다. 이대로 계속 개울을 따라가면 목적지에서 멀리 떨어진 곳으로 가게 된다. 그래서 소년들은 개울가를 떠나 동쪽으로 발길을 돌려, 자작나무와 너도밤나무가 빽빽이 우거진 숲을 가로지르기로 했다.

몹시 힘든 행진이었다. 이따금 소년들은 키를 넘는 풀숲에 들어가, 서로의 모습을 놓치지 않으려고 계속 이름을 부르면서 나아가야 했다.

꼬박 하루를 걸어도 해안이 가까워지는 기미가 전혀 없었기 때문에 브리앙도 불안해졌다. 곶 꼭대기에서 본 수평선은 환상이었나?

'아니야!' 브리앙은 속으로 말했다. '그럴 리가 없어. 잘못 본 게 아니야. 절대로 아니야! 그럴 리가 없어!'

어쨌든 저녁 7시가 되도록 소년들은 숲을 벗어나지 못했다. 벌써 어둠이 내려, 더 이상 앞으로 나아갈 수가 없었다.

브리앙과 도니펀은 행진을 멈추고 나무 그늘에서 밤을 보내기로 했다. 맛있는 콘비프가 잔뜩 있으니까 식사는 걱정할 필요가 없고, 좋은 담요가 있으니까 추위에 시달리지도 않을 것이다. 게다가 삭정이로 모닥불을 피울 수도 있다. 모닥불은 들짐승을 쫓는 가장 효과적인 방법이다. 하지만 밤중에 원주민들이 불빛을 보고 몰려오면 일이 성가시게 될지도 모른다.

"남에게 들킬 위험은 피하는 게 좋겠어." 도니펀이 말했다.

다른 아이들도 모두 동의했다. 네 소년은 저녁을 먹는 데에만 열중했다. 식욕은 모두 왕성했다. 배불리 먹은 뒤 소년들은 자작나무 그늘에서 잠잘 준비를 했다.

하지만 서비스가 바로 옆에서 풀숲을 발견했다. 어둠 속에서 보니 그 풀숲에서 그리 높지 않은 나무가 솟아나 있고, 그 가지가 땅바닥까지 낮게 드리워져 있었다. 네 소년은 이 풀숲 속의 마른 낙엽 위에 담요를 덮고 누웠다. 그 나이에는 어떤 상황에서도 불면증에 시달리는 일은 없다. 소년들이 눈 깜짝할 사이에 잠들어 버리자, 불침번을 서야 할 판까지도 당장 잠들어버렸다.

그래도 개는 한두 번 깨어나 길게 으르렁거리는 소리를 냈다. 아마 들짐승이 숲속을 어슬렁거리고 있었을 것이다. 하지만 이곳 야영장에는 접근하지 않았다.

아침 7시가 다 되어서야 소년들은 눈을 떴다. 비스듬히 비쳐든 아침 햇살이 그들의 잠자리를 희미하게 비추고 있었다.

서비스가 맨 먼저 풀숲에서 뛰쳐나갔다. 그리고 곧이어 서비스의 외침 소리가 들렸다. 깜짝 놀라서 지르는 외침 소리였다.

"브리앙! 도니펀! 윌콕스! 빨리 와! 빨리!"

"왜 그래?" 브리앙이 물었다.

"도대체 무슨 일이야?" 윌콕스도 물었다. "서비스는 언제나 이상한 소리를 질러서 우리를 놀래킨다니까."

"아 글쎄, 빨리 와보라니까. 우리가 잔 곳을 봐!"

그곳은 풀숲이 아니라, 인디오*가 '아주파' 라고 부르는 오두막이었다. 나뭇가지를 엮어서 벽을 세우고 나뭇잎으로 지붕을 이은 오두막이다. 이 오두막은 꽤 오래전에 지어진 게 분명했다. 이 오두막이 의지하고 있는 나무 덕분에 지붕과 벽이 허물어지는 것을 간신히 면하고 있었기 때문이다. 그 나무는 오두막 전체를 지탱하고 있을 뿐만 아니라, 나뭇가지를 뻗어 오두막을 새롭게 단장하고 있었다. 오두막을 완전히 뒤덮은 나뭇가지는 아무리 보아도 인디오가 사는 오두막과 거의 똑같았다.

"여기 살고 있는 사람이 있나?" 도니펀이 주위를 재빨리 둘러보면서 말했다.

"적어도 옛날에는 있었어." 브리앙이 대답했다. "이런 오두막이 저절로 생겨날 리는 없으니까."

"그렇다면 개울에 징검다리가 놓여 있는 것도 설명이 돼." 윌콕스가 말했다.

"잘됐어!" 서비스가 소리쳤다. "사람이 살고 있다면 틀림없이 좋은 사람들일 거야. 우리가 잘 수 있도록 일부러 이런 오두막을

* 인디오: 스페인어 · 포르투갈어로 아메리카 대륙의 원주민을 일컫는 명칭.

지어주었으니까!"

실제로 이곳 원주민이 서비스 말대로 친절하다고는 생각할 수 없다. 확실한 것은 원주민이 이 근처 숲에 자주 오고 있거나 오래전에 자주 온 적이 있었다는 것뿐이다. 이곳이 신대륙과 이어져 있다면 그 원주민은 인디오일 테고, 여기가 오세아니아의 섬이라면 원주민은 폴리네시아* 사람이거나 식인종일 것이다. 만약 식인종이라면 큰일이다. 여기가 대륙이냐 섬이냐 하는 문제를 해결하는 것이 전보다 훨씬 중요해졌다.

그래서 브리앙은 출발을 서두르려고 했지만 도니펀이 오두막을 자세히 조사해보자고 말했다. 이 오두막은 버려진 지 오래된 것 같았다.

가재도구나 연장 따위를 찾아내면 사람이 언제쯤 살았는지 알 수 있을지도 모른다.

오두막의 흙바닥에는 마른 나뭇잎이 짚처럼 깔려 있었다. 소년들은 그것을 조심스럽게 뒤집어보았다. 그때 서비스가 구석에서 질그릇 파편을 주웠다. 사발이나 주전자 파편인 듯했다. 이것은 인간 생활의 한 부분을 보여주는 새로운 단서지만, 그 이상은 알려주지 않았다. 그래서 아이들은 다시 떠날 수밖에 없었다.

7시 반에 소년들은 나침반을 손에 들고 곧장 동쪽으로 향했다. 완만한 내리막이었다. 풀과 관목이 빠져나가기 힘들 만큼 무성

* 폴리네시아: 태평양의 섬들 가운데 하와이 제도 · 뉴질랜드 · 이스터 섬을 잇는 삼각형 해역 안에 분포하는 섬들의 총칭. 멜라네시아 · 미크로네시아와 함께 오세아니아를 삼등분하고 있다.

하게 우거져 있었다. 소년들은 이 풀숲을 천천히 두 시간쯤 걸었다. 두세 번은 도끼로 나뭇가지를 베어내고 길을 뚫어야 했다.

10시 조금 전에 드디어 빽빽한 나뭇가지 틈새로 수평선이 보였다. 숲 너머에는 유향나무와 백리향과 히스가 무성한 넓은 들판이 펼쳐져 있었다. 그 들판은 동쪽으로 800미터쯤 떨어진 곳에서 끝나고, 그 너머에는 모래밭이 이어져 있었다. 잔물결이 모래밭에 조용히 밀려오고, 브리앙이 잠깐 보았던 그 바다가 멀리 수평선까지 펼쳐져 있었다.

도니펀은 입을 다물고 있었다. 자존심 강한 이 소년은 브리앙이 옳았다고 인정하기가 내심 괴로웠던 것이다.

하지만 브리앙은 우쭐대지 않고 망원경으로 바다를 살펴보고 있었다.

북쪽 해안은 강한 햇빛을 받으며 약간 왼쪽으로 구부러져 있었다. 남쪽도 해안선이 좀더 뚜렷한 곡선을 그리고 있는 점을 제외하면 북쪽과 마찬가지였다.

이제는 의심할 여지가 없었다. '슬루기' 호가 폭풍에 떠밀려 표착한 곳은 대륙이 아니라 섬이었다. 외부에서 구조대가 오지 않는다면, 여기서 탈출할 가망은 전혀 없었다.

게다가 난바다에는 다른 육지도 보이지 않았다. 이 섬은 끝없는 망망대해 한복판에 떠 있는 외딴 섬인 것 같았다.

그래도 브리앙 일행은 모래밭까지 뻗어 있는 들판을 가로질러, 작은 모래언덕 기슭에서 지친 다리를 쉬었다. 거기서 점심을 먹고 숲을 지나 돌아갈 작정이었다. 서둘러 걸으면 해지기 전에

도끼로 나뭇가지를 베어내고 길을 뚫어야 했다

'슬루기' 호로 돌아갈 수 있을 것이다.

식사를 하면서도 다들 기분이 울적해서 거의 말을 나누지 않았다.

드디어 도니펀이 자루와 총을 집어들고 일어나면서 말했다.

"자, 가자."

네 소년은 바다에 마지막 눈길을 던지고는 다시 들판을 가로지를 준비를 했다. 바로 그때 판이 모래밭 쪽으로 날듯이 달려갔다.

"판! 이리 와, 판!" 서비스가 소리쳤다.

하지만 개는 젖은 모래 냄새를 맡으면서 계속 달렸다. 그러고는 몸을 날려 잔물결 속으로 펄쩍 뛰어들더니 할짝할짝 물을 마시기 시작했다.

"마시고 있어! 물을 마시고 있다고!" 도니펀이 외쳤다.

도니펀은 당장 모래밭을 뛰어가, 판이 마시고 있는 물을 조금 떠서 입으로 가져갔다. 그것은 단물이었다!

동쪽 수평선까지 펼쳐져 있는 것은 바다가 아니라 호수였다!

그것은 단물이었다

8

호수 서쪽 탐험—개울을 따라 내려가다—언뜻 본 타조—호수에서 흘러나오는 하천—평온한 밤—벼랑 끝—제방—보트의 잔해—나무에 새겨진 글자—동굴

이리하여 조난한 소년들의 운명을 좌우하는 중대 문제는 결국 해결되지 않은 채 남게 되었다. 지금까지 바다인 줄만 알았던 곳이 호수라는 것은 의심할 여지가 없었다. 하지만 이 호수도 섬 안의 호수일지 모른다. 탐험을 계속하면 진짜 바다에 이를지도 모르지 않는가? 도저히 건널 수 없는 바다에…….

하지만 이 호수는 상당히 넓은 호수였다. 수평선의 4분의 3이 하늘과 맞닿아 있다는 것을 도니펀이 발견했기 때문이다. 그렇다면 여기는 역시 섬이 아니라 대륙일 가능성이 크다.

"그럼 우리가 조난한 곳은 남아메리카 대륙인지도 몰라." 브리앙이 말했다.

"나는 줄곧 그렇게 생각하고 있었어. 내 생각이 옳았던 것 같아!" 도니펀이 받았다.

"어쨌든 내가 동쪽에서 본 것은 분명히 수평선이었어."

"그건 아무래도 좋아. 하지만 바다는 아니야!"

도니펀은 이렇게 대꾸하면서 상냥한 감정보다 교만한 만족감을 드러냈다. 브리앙은 아무 대꾸도 하지 않았다. 그리고 모두를 위해서는 브리앙의 생각이 틀린 편이 나았다. 여기가 섬이 아니라 대륙이라면 고립무원 상태를 피할 수 있기 때문이다. 하지만 동쪽으로 이동하는 것은 기후 조건이 좋아질 때까지 기다려야 할 것이다. 기지에서 호수까지 겨우 10킬로미터 남짓한 거리에서도 온갖 어려움에 부닥쳤으니까, 어린 아이들을 데리고 먼 길을 걸으려면 엄청난 고생을 각오해야 한다. 지금은 벌써 4월 초순이다. 남반구에는 북반구보다 겨울이 일찍 찾아온다. 다시 봄이 올 때까지 이동을 미룰 수밖에 없다.

그러나 서쪽에 있는 후미에 계속 머물러 있으면 난바다에서 끊임없이 불어오는 바람에 시달려야 한다. 4월 말까지는 배를 떠나는 게 좋을 듯싶다. 고든과 브리앙이 전에 서쪽 벼랑 기슭을 조사했을 때 동굴을 찾지 못했으니까, 이번에는 호수 부근에서 좀 더 좋은 야영지를 찾아볼 필요가 있었다. 호수 부근을 면밀히 조사하는 게 좋을 것이다. 하루 이틀쯤 늦게 돌아가더라도 이 탐험은 반드시 실행해야 한다.

물론 늦게 돌아가면 고든이 걱정할 것이다. 하지만 브리앙과 도니펀은 망설이지 않았다. 식량도 아직 이틀치는 남아 있을 것이다. 날씨가 변할 기미도 전혀 없다. 그래서 탐험대는 호수를 따라 남쪽으로 내려가기로 했다.

조사를 좀더 계속할 마음이 든 데에는 또 다른 이유가 있었다.

이 근방에 사람이 살고 있었다는 것, 적어도 원주민이 이곳에 자주 온 것은 틀림없는 사실이기 때문이다. 개울에 놓인 징검다리와 사람의 흔적이 뚜렷이 남아 있는 오두막이 확실한 증거다. 겨울에 대비하여 새 야영지를 마련하기 전에 이 근방을 좀더 자세히 조사하는 편이 좋다. 그러면 지금까지 찾아낸 증거 이외에 새로운 단서를 얻을 수 있을 것이다. 원주민이 살고 있었던 게 아니라면, 조난자가 이 근방에서 살다가 대륙의 어느 도시로 떠났을지도 모른다. 그렇다면 호수 연안을 탐험할 가치는 충분하다.

다만 문제는 남쪽으로 내려갈 것인가 북쪽으로 올라갈 것인가 하는 것이었다. 하지만 남쪽으로 내려가면 '슬루기' 호에 그만큼 가까워지기 때문에, 결국 남쪽으로 내려가기로 했다. 북쪽으로 올라가는 게 좋았을지 여부는 나중에 알게 될 것이다.

이렇게 방침을 정하고 네 소년은 8시 반에 출발했다. 들판 가장자리에 풀이 돋아나 있는 완만한 모래언덕을 걸어갔다. 서쪽 들판 너머에는 푸른 숲이 펼쳐져 있었다.

판이 앞장서서 달려가자, 메추라기들이 일제히 날아올라 유향나무와 양치류 덤불 속으로 달아났다. 주위에는 붉은색과 흰색의 넌출월귤과 약재로도 사용하는 야생 샐러리가 많이 자라고 있었다. 하지만 호숫가에는 원주민이 올지도 모르기 때문에, 총을 쏘아 그들의 주의를 끄는 짓은 삼가야 했다.

호숫가를 따라 모래언덕 기슭이나 모래밭을 걸었다. 네 소년은 별로 피로도 느끼지 않고 하루에 15킬로미터가 넘는 거리를 걸을 수 있었다. 원주민이 살고 있는 흔적은 전혀 없었다. 나무 사이로 연기가 피어오르지도 않았고, 호숫가의 젖은 모래 위에 발자국이 찍혀 있지도 않았다. 호수는 끝없이 펼쳐져 있어서 경계가 보이지 않았다. 하지만 서쪽 연안은 남쪽으로 휘어져 있으니까, 그쪽에 남쪽 끝이 있을 것이다.

호숫가에는 인적이 없었다. 수평선에 돛 하나 보이지 않았고, 호수에는 통나무배 하나 보이지 않았다. 과거에는 누군가가 이 근방에 살고 있었을지 모르나, 지금은 아무도 살지 않는 것 같았다.

들짐승이나 되새김동물도 보이지 않았다. 오후에 숲 변두리에 커다란 새가 두세 번 모습을 나타냈지만, 가까이 갈 수는 없었다. 그래도 서비스는 큰 소리로 이렇게 외쳤다.

"저건 타조야!"

"타조치고는 너무 작아!" 도니펀이 대꾸했다. "보통 새 정도밖에 안 되잖아."

"저게 타조라면, 그리고 여기가 대륙이라면……." 브리앙이 중얼거렸다.

"너는 아직도 의심하는 거냐?" 도니펀이 빈정거리듯 말했다.

"타조가 많이 있다면, 여기는 남아메리카 대륙이 분명하다고 말하고 싶을 뿐이야."

저녁 7시쯤 휴식을 취하기로 했다. 내일은 뜻밖의 사건이라도 일어나지 않는 한 해지기 전에 슬루기 만으로 돌아갈 수 있을 것이다. 아이들은 이제 '슬루기' 호가 좌초한 후미를 '슬루기 만' 이라고 불렀다.

그날 밤에는 더 이상 남쪽으로 내려갈 수 없었다. 네 소년이 걸음을 멈춘 곳에는 호수에서 흘러나오는 물줄기가 가로놓여 있었기 때문에, 그 강을 건너려면 헤엄을 쳐야 했다. 게다가 어둠이 짙어져서 주변 지형을 잘 알아볼 수 없게 되었다. 강 이쪽에는 벼랑이 바싹 다가와 있었다.

네 소년은 저녁을 먹자, 이제 몸을 눕히는 것밖에 생각지 않았다. 오늘밤에는 오두막이 없으니까 별을 바라보며 노숙하기로 했다. 밤하늘에는 수많은 별들이 반짝반짝 빛나고 있었다. 초승달이 서쪽의 태평양 너머로 숨으려 하고 있었다.

호수도 모래밭도 쥐죽은 듯 조용했다. 네 소년은 커다란 너도밤나무 밑에 잠자리를 만들고, 천둥이 쳐도 눈을 뜨지 않을 만큼 깊이 잠들었다.

판과 소년들은 가까운 곳에서 이리가 으르렁대는 소리도, 들짐승이 멀리서 청승맞게 짖는 소리도 듣지 못했다. 이곳에 야생 타조가 살고 있다면, 남아메리카의 호랑이와 사자라고 말할 수 있는 재규어나 퓨마가 가까이 올지도 모른다.

하지만 밤은 무사히 지나갔다. 새벽 4시쯤, 수평선이 희붐하게 밝아올 무렵 판이 불안한 듯 낮은 소리로 으르렁거리며 무언가를 찾는 것마냥 킁킁 냄새를 맡고 다녔다.

7시가 가까워질 무렵 브리앙이 아직도 담요를 뒤집어쓴 채 몸을 웅크리고 있는 친구들을 깨웠다.

아이들은 금방 일어났다. 서비스가 건빵을 씹고 있는 동안 나머지 셋은 개울 건너를 대충 살펴보았다.

"어젯밤에 이 강을 건너려고 하지 않은 게 천만다행이야. 까딱하면 늪에 빠질 뻔했어." 윌콕스가 외쳤다.

"정말이야. 남쪽은 온통 늪이군. 끝이 어딘지 짐작도 가지 않아."

"저것 좀 봐!" 도니펀이 소리쳤다. "오리와 쇠오리와 도요새가 늪 위를 수없이 날고 있어! 여기서 겨울을 나게 되면 사냥감은 얼마든지 있어!"

"그래." 브리앙은 그렇게 대답하고 강가를 향해 걷기 시작했다.

뒤에는 높은 벼랑이 솟아 있고, 그 양쪽 가장자리는 성벽처럼 깎아지른 암벽과 거의 직각으로 만나고 있었다. 이 성벽 같은 두 벼랑 가운데 하나는 비스듬히 강변 쪽을 향하고 있고, 또 하나는 호수에 면해 있었다. 암벽은 북서쪽으로 뻗어 있으니까 슬루기 만을 둘러싸고 있는 벼랑과 같은 절벽일까? 그것은 이 고장을 구석구석 둘러보지 않고는 알 수 없을 것이다.

이쪽 강변은 바싹 다가와 있는 벼랑 기슭을 따라 6미터 정도의 너비로 이어져 있었다. 건너편 강변은 아주 낮아서, 남쪽으로 끝없이 펼쳐져 있는 늪지대와 거의 구별이 가지 않는다. 늪지대에는 도랑 같은 수로가 수없이 뻗어 있고, 곳곳에 웅덩이가 보였다. 강물이 흐르는 방향을 확인하려면 벼랑을 올라가야 할 것이다. 슬루기 만으로 돌아가기 전에 이 암벽을 반드시 올라가보기로 브리앙은 결심했다.

먼저 호수의 물이 강으로 흘러드는 곳을 조사해야 한다. 그곳은 너비가 12미터 정도에 불과했지만, 늪지나 높은 언덕에서 강으로 물이 흘러들면 개어귀로 내려갈수록 폭도 넓어지고 수심도 훨씬 깊어질 것이다.

"야아, 저것 좀 봐!" 성벽처럼 가파른 벼랑 기슭까지 왔을 때 윌콕스가 소리쳤다.

윌콕스의 주의를 끈 것은 제방 같은 모양으로 쌓여 있는 바위들이었다. 바위가 쌓여 있는 모양은 전에 숲속 개울에서 본 징검다리와 아주 비슷했다.

"이번에야말로 의심할 여지가 없어!" 브리앙이 말했다.

"그래! 틀림없어!" 도니펀은 제방 끝에 있는 목재 파편을 가리키면서 대꾸했다.

그 목재들은 보트의 잔해가 분명했다. 특히 널빤지 하나는 썩기 시작하여 초록빛 이끼로 덮여 있었지만, 휘어진 모양새로 보아 뱃머리를 이루는 외판 같았다. 그 목재에는 뻘겋게 녹이 슨 쇠고리가 아직도 매달려 있었다.

"쇠고리야! 고리가 달려 있어!" 서비스가 외쳤다.

모두 주위를 두리번거렸다. 이 보트를 사용하거나 제방을 쌓은 사람이 금방이라도 나타날 것만 같았다.

하지만 아무도 나타나지 않았다! 이 보트가 강가에 버려진 뒤 오랜 세월이 흘렀을 것이다. 여기서 살았던 사람은 다시 동포를 만날 수 있었을까? 아니면 영영 이곳을 떠나지 못한 채 비참한 생애를 마쳤을까?

어쨌든 이곳에 사람이 살고 있었다는 확실한 증거를 발견하고 네 소년은 흥분했다.

그때 소년들은 판의 태도가 이상한 것을 알아차렸다. 사냥감의 발자국이라도 발견했는지, 귀를 쫑긋 세우고 꼬리를 마구 흔들면서 땅바닥에 코를 대고 킁킁거리거나 풀숲 속에 코를 들이박고 있었다.

"판을 봐!" 서비스가 외쳤다.

"뭔가 냄새를 맡았어." 도니펀이 개한테 다가갔다.

판은 한쪽 다리를 들고 코를 앞으로 쑥 내민 채 움직임을 멈추었다. 그러다가 갑자기 호수 쪽 벼랑 기슭에 있는 숲으로 달려가기 시작했다.

네 소년도 개 뒤를 따랐다. 곧 소년들은 늙은 너도밤나무 앞에 멈춰섰다. 그 나무줄기에 문자와 숫자가 새겨져 있었다.

F B

1807

네 소년은 오랫동안 꼼짝도 하지 않고 나무줄기를 바라보았다. 아무도 입을 열지 않았다. 판이 방금 온 길을 되짚어 암벽 반대쪽으로 사라지지 않았다면 줄곧 그러고 있었을 것이다.

"돌아와, 판! 이리 와!" 브리앙이 소리쳤다.

하지만 개는 돌아오지 않고 요란하게 짖는 소리만 들려왔다.

"모두 조심해!" 브리앙이 말했다. "서로 떨어지지 않도록 하고, 주위를 경계해!"

이럴 때는 신중하게 행동하는 것이 상책이다. 이 근방에 원주민이 숨어 있을지 모른다. 게다가 그들이 남아메리카의 대초원을 분탕질하고 다니는 사나운 인디오라면 정말 무서운 일이다. 사람을 만났다고 기뻐할 수는 없다.

네 소년은 총에 총알을 재고, 권총을 손에 들고 경계태세를 갖추었다.

그리고 조심조심 앞으로 나아가 벼랑 끝을 돌아서 강가의 좁은 비탈을 따라 발소리를 죽이며 걸었다. 스무 걸음도 가기 전에 도니펀이 허리를 굽혀 땅바닥에서 무언가를 집어들었다.

그것은 곡괭이였다. 다 썩은 자루에 쇠붙이 날이 간신히 붙어 있었다. 그것은 폴리네시아 사람들이 조잡하게 만든 연장이 아니라, 미국이나 유럽에서 대장장이가 만든 곡괭이였다. 보트의 쇠고리와 마찬가지로 이 곡괭이도 빨갛게 녹이 슬어 있었다. 이것도 오래전에 이곳에 버려진 것은 의심할 여지가 없었다.

벼랑 기슭에는 밭을 간 흔적도 보였다. 밭고랑 몇 개가 불규칙하게 뻗어 있고, 참마를 심은 흔적도 남아 있었지만, 오랫동안 손질을 하지 않아서 황폐해져 있었다.

갑자기 판이 기분 나쁘게 짖어대는 소리가 공기를 갈랐다. 곧이어 판이 나타났지만, 아직도 개는 설명할 수 없는 흥분에 사로잡혀 제자리에서 빙글빙글 맴돌거나 소년들 앞을 뛰어다니고, 소년들을 호소하듯 쳐다보며 낑낑거렸다. 자기를 따라오라고 재촉하는 것 같았다.

브리앙이 개를 달래려고 했지만 소용이 없었다.

"틀림없이 뭔가 이상한 게 있어." 브리앙이 말했다.

"판이 우리를 데려가고 싶어하는 곳에 가보자." 도니펀이 말하

강기슭의 좁은 비탈을 따라 발소리를 죽이며 걸었다

고, 윌콕스와 서비스에게 따라오라는 신호를 보냈다.

열 걸음쯤 가자 판은 덤불과 관목이 우거진 곳에 멈춰섰다. 관목 가지가 벼랑 밑에서 서로 뒤엉켜 있었다.

브리앙이 앞으로 나섰다. 덤불 속에 동물이나 인간의 시체가 누워 있는 것을 판이 우연히 발견했는지도 모른다. 그런데 덤불을 헤쳐보니 좁은 동굴 입구가 보였다.

"동굴이 있는 것 같아!" 브리앙은 두세 걸음 뒤로 물러나면서 소리쳤다.

"그런 모양이군. 그런데 이 동굴 속에는 뭐가 있을까?" 도니펀이 말했다.

"조사해보면 알겠지." 브리앙이 말했다.

그러고는 동굴 입구를 막고 있는 나뭇가지를 도끼로 쳐내기 시작했다. 하지만 귀를 기울여보아도 동굴 속에서 수상한 소리는 들려오지 않았다.

그때 서비스가 재빨리 동굴 입구로 들어가려는 것을 보고 브리앙이 말렸다.

"우선 판이 어떻게 하는지 보자!"

개는 여전히 낮게 으르렁거리고 있었다. 아무리 달래려고 해도 소용이 없었다.

하지만 이 동굴 속에 짐승이나 사람이 숨어 있다면 벌써 밖으로 나왔을 것이다!

내부가 어떻게 되어 있는지 조사해볼 필요가 있었다. 하지만 동굴 안의 공기가 오염되어 있을지도 모르기 때문에, 브리앙은 마른 풀에 불을 붙여 입구로 던져넣었다. 풀은 바닥에 흩어져 기세 좋게 타올랐다. 사람이 숨쉴 수 있는 공기가 있다는 증거였다.

"들어가볼까?" 윌콕스가 물었다.

"그러자." 도니펀이 대답했다.

"잠깐만 기다려. 횃불을 준비할 테니까." 브리앙이 말했다.

브리앙은 강가에 서 있는 소나무에서 송진이 많은 가지 하나를 잘라 거기에 불을 붙였다. 그러고는 친구들을 데리고 덤불 사이로 미끄러져 들어갔다.

동굴 입구는 높이가 1.5미터, 너비가 60센티미터 정도였다. 하지만 안으로 들어서면 갑자기 넓어져서 높이가 3미터, 너비는 6미터나 되었다. 바닥에는 바싹 마른 고운 모래가 깔려 있었다.

안쪽으로 들어가려던 윌콕스가 등받이도 없는 나무의자에 부딪쳤다. 그 의자 옆에는 탁자가 놓여 있고, 탁자 위에는 살림살이가 놓여 있었다. 질그릇 항아리, 접시로 사용한 듯한 커다란 조가비, 이가 빠지고 녹슨 칼, 낚싯바늘 두세 개, 양철 컵도 있었다. 반대쪽 벽 앞에는 널빤지를 조잡하게 이어맞춘 커다란 궤짝이 놓여 있고, 그 안에는 너덜너덜 해진 누더기옷이 들어 있었다.

이 동굴에 사람이 살고 있었던 것은 의심할 여지가 없었다. 하지만 언제 누가 살고 있었을까? 여기서 살던 사람은 어디서 잠을 잤을까?

동굴 구석에 낡은 담요가 덮인 조잡한 침대가 놓여 있었다. 침대 머리맡에는 발판이 놓여 있고, 그 위에 찻잔과 나무 촛대가 놓여 있었다. 촛대의 받침접시에는 새까맣게 탄 짧은 심지밖에 남

브리앙은 마른풀에 불을 붙여 입구에다 던져넣었다

아 있지 않았다.

소년들은 담요 밑에 시체가 누워 있을지도 모른다고 생각하여 뒷걸음질쳤다.

이윽고 브리앙이 두려움을 억누르면서 담요를 들쳤다.

초라한 침대는 텅 비어 있었다.

네 소년은 모두 판이 있는 곳으로 돌아갔다. 판은 동굴 밖에 남아서, 여전히 애처로운 소리로 낑낑대고 있었다.

그래서 다시 소년들은 판을 따라 스무 걸음쯤 강가를 내려갔다. 그리고 갑자기 멈춰섰다. 공포에 사로잡혀 그 자리에 못박혀 버린 것이다!

너도밤나무 그늘에 사람의 해골 하나가 누워 있었다.

그 동굴에 살고 있었던 사람은 결국 이곳에 와서 이렇게 죽은 것이다. 그는 거처로 삼았던 천연의 은신처를 무덤으로 삼지는 못했다!

나무 그늘에 사람의 해골 하나가 누워 있었다

9

동굴 조사—가구와 연장—볼라와 올가미—회중시계—공책—
조난자의 지도—여기가 어디인가—기지로 돌아오다—
오른쪽 강기슭—늪지대—고든의 신호

네 소년은 아무도 입을 열지 않았다. 이런 곳에 와서 죽은 사람은 어떤 사람일까? 끝내 구조되지 못한 조난자였을까? 어느 나라 사람이었을까? 젊었을 때 이곳에 표착했을까? 늙어서 죽었을까? 생활에 필요한 것들을 어떻게 구했을까? 조난해서 이곳에 표착했다면, 함께 조난한 사람들은 어떻게 되었을까? 불운한 동료들은 모두 죽고, 이 사람만 혼자 살아남았을까? 동굴 속에서 발견된 여러 가지 물건은 배에서 가져왔을까? 아니면 이 사람이 직접 만들었을까?

의문이 차례로 솟아났지만, 그 해답은 영원히 수수께끼로 남을 것이다.

특히 중대한 의문이 하나 있었다. 이 사람이 표착한 곳이 대륙이었다면, 왜 내륙의 도시나 연안의 항구로 가지 않았을까? 고향으로 돌아가려면 난관과 장애가 너무 많아서, 아무리 애를 써도 그 어려움을 이겨낼 수 없었던 것일까? 거리가 너무 멀어서 도저히 안 된다고 체념해버렸을까? 분명한 것은 이 불행한 사람이 병에 걸렸거나 늙어서 쇠약해진 나머지 동굴로 돌아갈 기력도 없어서 이 나무 그늘에 쓰러진 채 죽어갔다는 사실이다. 그리고 이 사람이 북쪽이나 동쪽으로 구조를 청하러 갈 방법이 없었다면, '슬루기' 호의 조난자들도 역시 구조될 방법이 없는 게 아닐까?

어쨌든 동굴을 구석구석 조사해볼 필요가 있었다. 이 사람은 어떤 인물이고, 어느 나라 사람인지, 이곳에는 얼마나 오래 머물렀는지를 밝혀줄 실마리가 남아 있을지도 모른다. 그것과는 별도로, '슬루기' 호를 떠나 이 동굴에서 겨울을 날 수 있는지도 조사해두는 편이 좋을 것이다.

"가보자!" 브리앙이 말했다.

네 소년은 두 번째 횃불에 불을 붙인 다음, 판을 데리고 동굴로 들어갔다.

오른쪽 벽에 매달린 선반 위에서 맨 처음 눈에 띈 것은 기름과 삼실 부스러기로 조잡하게 만든 양초 다발이었다. 서비스가 당장 양초 하나에 불을 붙여 촛대에 세웠다. 조사가 시작되었다.

이 동굴에 사람이 살 수 있는 것은 분명하니까, 우선 내부 구조를 조사해야 한다. 이 넓은 동굴은 지질학적으로 먼 옛날에 생긴 것이었다. 공기가 들어오는 통로는 강변 쪽으로 뚫려 있는 출입구뿐인데, 동굴 내부에는 어디에서도 물방울이 떨어지지 않았다. 벽은 화강암 벽처럼 바싹 말라 있었다. 반암이나 현무암 동굴에는 스며나온 물기가 염주처럼 알알이 맺혀 종유석을 이루는 경우도 있지만, 이곳에는 그런 흔적이 전혀 없었다. 게다가 동굴의 방향이 바닷바람을 막아주고 있었다. 햇빛은 거의 들어오지 않지만, 벽에 구멍을 한두 개 뚫으면 이 문제도 쉬 해결할 수 있고, 열다섯 명의 소년들에게 필요한 공기를 받아들일 수도 있을 것이다.

동굴의 넓이는 폭이 7미터, 길이가 10미터 정도니까, 침실과 식당과 창고와 주방을 겸하기에는 너무 좁다. 하지만 대여섯 달 동안 계속될 겨울만 여기서 보내면 된다. 그 다음에는 북동쪽으로 떠나 볼리비아나 아르헨티나의 도시로 가게 될 것이다. 여기서 계속 눌러살아야 할 경우에는 비교적 무른 석회질 부분을 파서 내부를 넓히면 좀더 편안하게 살 수 있을 것이다. 하지만 여름이 올 때까지는 이 좁은 동굴로 만족해야 한다.

브리앙은 이런 것들을 확인하면서 동굴에 있는 물건을 꼼꼼히 점검했다. 사실 물건은 아무것도 없는 거나 마찬가지였다. 그 불행한 사람은 거의 맨몸뚱이로 표착한 게 분명했다. 배가 난파했을 때 그는 무엇을 건졌을까? 산산조각난 배의 잔해, 부러진 돛대, 선체 바깥쪽에 댄 널빤지 조각밖에 건지지 못했을 것이다. 그런 것들은 초라한 침대와 탁자, 궤짝, 등받이도 없는 의자, 발판 따위를 만드는 데 쓰였다. 이 초라한 거처에 있는 가구는 그것뿐이었다.

'슬루기' 호의 조난자들보다 훨씬 불운했던 이 인물은 제대로 된 물건을 하나도 갖고 있지 않았다. 곡괭이와 도끼, 취사용구 두

세 가지, 브랜디가 들어 있었던 듯한 작은 술통, 쇠망치, 정, 톱—도움이 될 만한 것은 그것뿐이었다. 이런 도구는 제방 근처에 흔적만 남아 있는 보트에서 가져왔을 것이다.

브리앙은 자신의 생각을 친구들에게 설명했다. 아이들은 해골을 보고 자신들도 그 불행한 사람처럼 외딴 섬에 버려진 채 죽을지도 모른다는 공포에 사로잡혀 있었지만, 그 불행한 사람과는 달리 살아가는 데 불편하지 않을 만큼 많은 것을 갖고 있다는 브리앙의 말을 듣고 안심했다.

그런데 그 불행한 사람은 어떤 인물이었을까? 어디서 태어났을까? 조난한 것은 언제쯤일까? 그가 죽은 지 오랜 세월이 지난 것은 분명했다. 나무 그늘에서 발견한 해골의 상태가 그것을 잘 보여주고 있었다. 또한 곡괭이와 보트의 쇠고리가 녹슬어 있었던 것, 동굴 입구를 나뭇가지와 덤불이 완전히 막아버린 것도 조난자가 오래전에 죽었음을 말해주고 있었다.

앞으로 새로운 단서가 나오면 이 가설은 확실한 사실로 바뀔 것이다.

수색을 계속하자 다른 물건들이 발견되었다. 이빠진 칼과 컴퍼스, 주전자, 밧줄을 묶는 말뚝, 선원의 도구인 밧줄바늘. 하지만 항해에 필요한 기구는 보이지 않았다. 망원경도 나침반도 없었다. 사냥을 하거나 들짐승과 원주민의 공격에서 자신을 지키기 위한 총도 없었다.

그래도 어떻게든 살아가야 했을 테니까, 이 사람은 함정을 파서 짐승을 사냥했을 것이다. 이 문제는 윌콕스의 질문으로 해결되었다.

"이게 뭐지?" 윌콕스가 물었다.

"이거라니?" 서비스가 되물었다.

"혼자 구슬치기를 하면서 놀았나봐." 윌콕스가 제멋대로 대답을 결정했다.

"구슬치기?" 브리앙이 놀라서 되물었다.

하지만 윌콕스가 주운 두 개의 둥근 조약돌이 무엇에 쓰인 것인지 브리앙은 금세 알 수 있었다. 그것은 남아메리카의 인디오가 사용하는 '볼라'라는 사냥도구였다. 볼라는 끈의 양쪽 끝에 둥근 돌멩이를 매단 것인데, 사냥의 명수가 이 볼라를 던지면 짐승의 다리에 휘감겨, 짐승은 꼼짝없이 잡히고 만다.

이 볼라를 만든 것은 분명 이 동굴에 살던 사람이었다. 긴 가죽끈으로 만든 올가미 밧줄도 발견되었다. 이것도 볼라와 같은 방법으로 사용하지만, 훨씬 가까이 있는 짐승을 잡을 때 쓴다.

동굴 안에서 찾아낸 물건은 그 정도였다. 여기에 비하면 소년들은 물질적으로 훨씬 풍족했다. 다만 그들은 아직 어린 소년들이었고, 여기에 살던 사람은 어른이었다.

그런데 그 사람은 단순한 하급 선원이었을까? 아니면 공부를 통해 얻은 항해 지식을 활용할 수 있는 고급 선원이었을까? 좀더 확실한 증거가 나올 때까지는 단정하기 어렵다.

윌콕스가 침대 머리맡에서 벽에 박힌 못에 걸려 있는 회중시계를 발견했다.

이 회중시계는 하급 선원이 사용하는 시계가 아니라, 상당히 훌륭한 제품이었다. 은으로 된 이중 뚜껑 속에 들어 있고, 역시 은제 사슬 끝에 열쇠가 달려 있었다.

"시간은 어때? 시간을 봐!" 서비스가 소리쳤다.

"시간을 봐도 소용없어." 브리앙이 대답했다. "아마 이 시계는 그 사람이 죽기 전에 멎었을 테니까."

그래도 브리앙은 뚜껑을 열었다. 두 개의 뚜껑이 맞닿는 부분에 녹이 슬어서, 여는 데 무척 애를 먹었다. 간신히 열어보니 시곗바늘은 3시 27분을 가리키고 있었다.

"어쩌면 시계에 이름이 새겨져 있을지도 몰라. 이름이 있으면……." 도니펀이 말했다.

"그래, 네 말이 맞아." 브리앙이 대꾸했다.

그리고 뚜껑 안쪽을 보니 거기에는 이런 문자가 새겨져 있었다.

'델피크, 생말로'—이것은 시계를 만든 사람의 이름과 주소였다.

"프랑스 사람이었군. 나하고 같은 동포야." 브리앙이 흥분하여 소리쳤다.

한 프랑스인이 이 동굴에서 살다가 마침내 죽음을 맞이하여 그 불행한 운명에 마침표를 찍은 것이다. 이제 의심할 여지가 없었다!

곧이어 결정적인 증거가 또 하나 발견되었다. 초라한 침대를 조사하고 있던 도니펀이 땅바닥에서 공책 한 권을 주운 것이다. 누렇게 바랜 종이에 연필로 글씨가 빼곡이 적혀 있었다.

안타깝게도 그 글씨의 대부분은 읽을 수 없었다. 하지만 판독

할 수 있는 글자도 있었다. 특히 중요한 것은 '프랑수아 보두앵' 이라는 이름이었다.

이 이름은 조난자가 나무줄기에 새겨놓은 'FB' 라는 머리글자와 일치하지 않는가! 이 공책은 그가 해안에 표착한 날부터 날마다 적은 일기다! 브리앙은 아직 완전히 지워지지 않은 토막난 문장 속에서 '뒤게 트루앵' 이라는 이름을 읽을 수 있었다. 이것은 태평양의 이 외딴 해역에서 조난한 배의 이름이 분명하다.

그리고 공책 첫 장에 적힌 연도는 머리글자 밑에 새겨져 있던 '1807' 이라는 숫자와 일치했다. 이것이 조난당한 해일 것이다.

그렇다면 프랑수아 보두앵이 이곳에 표착한 것은 53년 전이다. 그리고 그가 여기서 사는 동안 외부에서 구조의 손길은 전혀 뻗어오지 않았다!

그런데 프랑수아 보두앵이 이 대륙의 다른 곳으로 이동하지 못했다면, 결코 넘을 수 없는 장애물이 앞을 가로막았기 때문일까?

소년들은 사태의 심각성을 전보다 더욱 절실하게 깨달았다. 힘든 일에 익숙하고 심한 피로에도 익숙한 어른 선원이 끝내 해내지 못한 일을 소년들이 어떻게 해낼 수 있단 말인가?

게다가 마지막 발견이 이 땅을 떠나려고 아무리 애써봤자 소용없다는 것을 소년들에게 알려주었다.

공책을 팔랑팔랑 넘기고 있던 도니펀이 책갈피에 곱게 접은 종이 한 장이 끼워져 있는 것을 발견했다. 그것은 잉크 같은 것으로 그린 지도였다. 물과 검댕으로 잉크 비슷한 액체를 만들었을 것이다.

"지도다!" 도니펀이 외쳤다.

"프랑수아 보두앵이 직접 그린 지도일 거야." 브리앙이 말했다.

"그렇다면 그 사람은 단순한 선원이 아니었을 거야." 윌콕스가 끼어들었다. "지도를 그릴 줄 알았다면 고급 선원이었던 게 분명해."

"그럼 이 지도는?" 도니펀이 소리쳤다.

그랬다. 그것은 이 근방의 지도였다. 슬루기 만, 암초지대, 기지로 정한 모래밭, 브리앙 일행이 서쪽 연안을 따라 내려온 호수, 난바다에 보이는 세 개의 작은 섬, 강까지 뻗어 있는 벼랑, 중앙부를 뒤덮고 있는 숲을 한눈에 확인할 수 있었다.

호수 건너편에는 또 다른 숲이 있고, 그것이 또 다른 해안까지 펼쳐져 있었다. 그리고 해안 전체를 바다가 에워싸고 있었다.

이리하여 동쪽으로 나아가 구조될 길을 찾으려던 계획은 모두 물거품이 되고 말았다. 브리앙의 말이 옳았다! 대륙인 줄 알았던 이곳은 바다에 둘러싸여 있었다. 여기는 섬이다. 그래서 프랑수아 보두앵은 탈출하지 못했던 것이다!

이 지도에는 섬의 전체 윤곽이 상당히 정확하게 그려져 있었다. 물론 그 거리는 삼각측량법으로 측정한 것이 아니라 걷는 데 걸린 시간으로 어림하여 계산했을 것이다. 그래도 슬루기 만에서 호수까지의 거리는 브리앙과 도니펀이 이미 알고 있는 지형으로 판단하면 오차가 별로 크지 않은 것 같았다.

지도를 보면 프랑수아 보두앵이 섬 전체를 돌아다닌 것을 알 수 있었다. 지리적으로 중요한 곳을 지도에 적어두었기 때문이다. 오두막도 개울의 징검다리도 그가 만든 게 분명했다.

프랑수아 보두앵이 그린 섬의 지형은 아래와 같다.

섬은 직사각형이고, 날개를 편 거대한 나비와 비슷하다. 중심부는 슬루기 만과 동쪽의 또 다른 만 사이에 끼여 잘룩하지만, 남쪽에 훨씬 큰 세 번째 만이 있다. 넓은 숲 한복판에 길이 30킬로미터, 너비 8킬로미터쯤 되는 호수가 있다. 브리앙 일행이 호수의 서쪽 연안에 도착했을 때 북쪽과 남쪽과 동쪽 연안이 보이지 않았던 것은 그만큼 호수가 넓기 때문이다. 네 사람이 호수에 처음 도착했을 때 바다로 착각한 것도 무리는 아니다. 이 호수에서 몇 줄기의 하천이 흘러나오고 있었지만, 특히 동굴 앞을 흐르는 강이 슬루기 만으로 흘러가고 있어서 그들의 주의를 끌었다.

이 섬에서 고지대는 슬루기 만 뒤쪽에 솟아 있는 해안 절벽뿐인 모양이다. 벼랑은 슬루기 만 북쪽의 곶에서 강의 오른쪽 기슭까지 비스듬히 뻗어 있다. 지도에 따르면 섬 북부는 황량한 사막이었다. 반면 남부의 강 건너편에는 넓은 늪지대가 펼쳐져 있지만, 남쪽으로 불쑥 튀어나온 곶으로 가까이 갈수록 늪지대는 좁아진다. 섬의 북동부와 남동부는 긴 모래언덕이 이어져 있어서, 이 부분의 해안선은 슬루기 만과는 전혀 달랐다.

결국 지도 밑에 적힌 축척으로 판단하면, 섬의 최대거리는 남북이 약 80킬로미터, 동서가 40킬로미터 정도였다. 섬의 둘레는 해안선이 들쭉날쭉한 것을 고려하면 240킬로미터쯤 될 것이다.

이 섬이 폴리네시아의 어디쯤에 있는지, 태평양 한복판에 있는

지 변두리에 있는지에 대해서는 정확한 판단을 내릴 수 없었다.

어쨌든 '슬루기' 호의 소년들은 여기서 몇 달 동안 임시로 사는 것이 아니라, 오랫동안 눌러살아야 한다. 그 동굴은 좋은 피난처가 될 것 같으니까, 매서운 겨울 바람이 불어와 '슬루기' 호를 부셔버리기 전에 동굴로 이사하는 편이 나을 듯싶었다.

그렇다면 더 이상 우물쭈물하지 말고 기지로 돌아가야 한다. 브리앙 일행이 탐험을 떠난 지 벌써 사흘이 지났으니까, 고든은 탐험대가 무슨 재난이라도 당한 게 아닐까 하고 몹시 걱정하고 있을 것이다.

브리앙의 말에 따라 아이들은 그날 오전 11시에 출발하기로 했다. 벼랑으로 올라가 길을 조사해볼 필요도 없었다. 지도를 보면 동쪽에서 서쪽으로 흐르는 하천의 오른쪽 연안을 따라가는 것이 지름길임을 알 수 있었기 때문이다. 슬루기 만까지의 거리는 기껏해야 10킬로미터밖에 안 되니까, 몇 시간이면 도착할 수 있을 것이다.

소년들은 출발하기 전에 프랑스인 조난자의 무덤을 만들어주었다. 프랑수아 보두앵이 머리글자를 새겨놓은 너도밤나무 밑에 곡괭이로 무덤을 파고, 거기에 나무 십자가를 세웠다.

이렇게 장례를 끝내고 네 소년은 동굴로 돌아가 짐승이 들어가지 못하도록 입구를 막았다. 그러고는 남은 식량을 다 먹어치운 뒤, 벼랑 기슭을 따라 강의 오른쪽 연안을 걸어갔다. 한 시간쯤 뒤에 소년들은 벼랑 끝에 이르렀다. 거기서부터 벼랑은 강가를 떠나 북서쪽으로 비스듬히 뻗어 있었다.

강을 따라가면 걷기는 편했다. 강기슭에는 나무나 덤불이 거의 없었기 때문이다.

강을 따라 걸으면서 브리앙은 이 강물이 호수와 슬루기 만을 잇는 교통로가 될 수 있다고 생각하여, 계속 주의 깊게 강을 관찰했다. 적어도 상류에서는 보트나 뗏목을 밧줄로 잡아끌거나 삿대로 밀어서 움직일 수 있을 것 같았다. 게다가 호수까지 영향을 미치는 밀물의 힘을 이용하면 물건을 쉽게 운반할 수 있을 것이다.

하지만 도중에 폭포나 급류는 없는지, 강이 얕아지거나 좁아져서 통행할 수 없는 곳은 없는지가 문제였다. 브리앙은 유심히 관찰했지만 그런 곳은 전혀 없었다. 호수에서 5킬로미터쯤 내려간 곳에서도 보트가 충분히 다닐 수 있을 것 같았다.

그런데 오후 4시쯤 소년들은 강을 따라 내려가는 것을 포기해야 했다. 강 오른쪽 연안에 진창 같은 늪지가 넓게 펼쳐져 있어서, 섣불리 발을 들여놓으면 위험했기 때문이다. 따라서 숲을 가로지르는 편이 현명하다.

브리앙은 손에 나침반을 쥐고, 지름길을 통해 슬루기 만으로 나가려고 북서쪽으로 방향을 잡았다. 하지만 오히려 그 때문에 시간이 많이 늦어지고 말았다. 키자란 풀이 무성해서 도저히 뚫고 나아갈 수 없었기 때문이다. 게다가 자작나무 · 소나무 · 너도밤나무가 천장처럼 두껍게 하늘을 가려, 해가 지자마자 주위가 캄캄해져버렸다.

이렇게 힘든 상황에서 소년들은 다시 3킬로미터를 걸었다. 북쪽으로 꽤 멀리까지 펼쳐져 있는 늪지를 우회한 뒤 다시 강을 따라 걷는 것이 최선책이었을 것이다. 지도에 따르면 강은 슬루기 만으로 흘러들고 있었기 때문이다. 하지만 그렇게 길을 돌아가면 시간이 꽤 많이 걸리기 때문에, 브리앙도 도니펀도 늪지대를 우회하여 슬루기 만으로 돌아갈 마음이 나지 않았다. 네 사람은 숲속을 내처 걸었다. 저녁 7시쯤 소년들은 길을 잃은 것을 깨달았다.

그럼 나무 그늘에서 밤을 보내야 하나? 배가 몹시 고팠다. 먹을 것이 조금이라도 남아 있다면 여기서 밤을 보내는 것도 그리 나쁘지 않겠지만.

"계속 가자." 브리앙이 말했다. "서쪽으로 걸어가면 반드시 슬루기 만에 도착할 수 있을 거야."

"그 지도가 틀리지 않았다면 그렇겠지." 도니펀이 대꾸했다. "그리고 그 강물이 정말로 슬루기 만으로 흘러든다면."

"왜 그 지도가 정확하지 않다고 생각하지?"

"너는 왜 그 지도가 정확하다고 생각하지?"

도니펀은 이곳이 대륙이 아니라는 실망감 때문에 보두앵의 지도를 믿으려 하지 않았다. 하지만 그것은 잘못이었다. 소년들이 지금까지 조사한 바로는 프랑수아 보두앵의 지도가 아주 정확하다는 것을 부정할 수 없었기 때문이다.

브리앙은 이런 일로 말다툼을 해봤자 별수없다고 생각했다. 네 사람은 결심을 굳히고 다시 숲속을 걷기 시작했다.

8시쯤에는 한치 앞도 분간할 수 없을 만큼 어둠이 짙어졌다. 그리고 이 숲은 아무리 걷고 또 걸어도 끝날 것 같지 않았다.

바로 그때 갑자기 나무 사이로 눈부신 섬광이 보였다. 그 빛이 꼬리를 끌며 하늘을 가로질렀다.

"저게 뭐지?" 서비스가 고개를 갸웃거렸다.

"별똥별이 아닐까?" 윌콕스가 대답했다.

"아니, 신호탄이야." 브리앙이 말했다. "'슬루기' 호에서 쏘아 올린 신호탄이야."

"그럼 고든이 신호를 보내고 있는 거야!" 도니펀이 소리쳤다. 그러고는 총을 쏘아 고든의 신호에 응답했다.

하늘에서 반짝이는 별 하나를 기준점으로 정해두었기 때문에, 어둠 속에 두 번째 신호탄이 올라가자 네 소년은 그쪽으로 방향을 잡고 나아갔다. 45분 뒤에 그들은 '슬루기' 호에 도착했다.

고든은 탐험대가 길을 잃은 게 아닐까 하고 '슬루기' 호의 위치를 알리기 위해 신호탄을 몇 발 쏘아올린 것이다.

그것은 정말 좋은 생각이었다. 고든이 이 묘안을 생각해내지 않았다면 그날 밤 브리앙 일행은 침대에서 피로를 풀지 못했을 것이다.

고든은 신호탄을 몇 발 쏘아올렸다

10

탐험 결과 보고—'슬루기' 호를 떠나다—하역과 배의 해체—돌풍으로 작업이 끝나다—천막 생활—뗏목을 만들다—짐을 싣고 떠나다—강 위에서 이틀 밤을 보내다—동굴에 도착하다

브리앙 일행이 얼마나 뜨거운 환영을 받았을지는 쉽게 짐작할 수 있을 것이다. 고든 · 크로스 · 백스터 · 가넷 · 웨브는 네 소년의 목을 끌어안았다. 기쁨의 환성과 악수가 한동안 계속되었다. 판도 아이들의 환성에 맞추어 큰 소리로 짖어대면서 이 환영회에 동참했다. 무척 오랜만에 재회한 기분이었다.

길을 잃지는 않았을까? 원주민한테 붙잡힌 건 아닐까? 사나운 짐승한테 습격당한 건 아닐까? 이런 염려와 불안이 '슬루기' 호에 남아 있는 소년들의 가슴을 스쳤다.

하지만 브리앙도, 도니펀도, 윌콕스도, 서비스도 무사히 돌아왔다. 이제 남은 일은 탐험하는 동안 일어난 일을 듣는 것뿐이다. 하지만 네 소년은 오랫동안 숲속을 걷느라 지쳐 있었기 때문에 보고를 듣는 것은 내일로 미루었다.

"여긴 섬이야!"

브리앙은 이렇게 말했을 뿐이지만, 소년들의 미래가 불안에 싸여 있다는 것을 느끼기에는 그 한마디만으로도 충분했다. 그래도 고든은 별로 실망한 기색도 보이지 않고 브리앙의 말을 받아들였다.

"그래? 나도 그럴 줄 알았어. 별로 놀라운 일도 아니야."

이튿날인 4월 5일 새벽에 상급생들—고든, 브리앙, 도니펀, 백스터, 크로스, 윌콕스, 웨브, 서비스, 가넷—과 좋은 조언자인 모코는 뱃머리에 모였다. 어린 하급생들은 아직 자고 있었다.

브리앙과 도니펀이 교대로 지금까지 일어난 일을 보고했다. 두 소년은 개울을 건너는 징검다리와 무성한 덤불에 가려진 오두막을 발견하고, 근방에 사람이 살고 있거나 과거에 살았던 게 아닐까 하고 생각한 것을 설명했다. 처음에는 바다인 줄만 알았던 넓은 수면이 사실은 호수였다는 것, 호수에서 강물이 흘러나오는 강어귀의 동굴까지 가게 된 경위, 그리고 프랑스 사람인 프랑수아 보두앵의 해골을 발견한 자초지종, 그 조난자가 작성한 지도에 따르면 '슬루기' 호가 좌초한 이곳은 분명 섬이라는 것도 이야기했다.

브리앙과 도니펀은 모든 것을 자세히 설명했다. 아무리 사소한 것도 빼먹지 않았다. 다들 보두앵의 지도를 들여다보고, 외부에서 구원의 손길이 뻗어오기를 기다릴 수밖에 없다는 것을 이해했다.

소년들의 미래는 암담했다. 이제 신에게 희망을 걸 수밖에 없었다. 하지만 고든은 태연했다. 이 점은 강조해두는 게 좋을 것이다. 이 미국인 소년에게는 뉴질랜드에서 그를 애타게 기다리는 가족이 없었다. 그래서 실제적이고 조직적이고 계획적인 정신을 가진 고든은 이곳에 작은 식민지를 건설하는 임무를 부여받고도 눈썹 하나 까딱하지 않았다.

고든은 오히려 타고난 취미를 살릴 기회가 왔다고 생각했다. 그리고 모두 협력해주면 어떻게든 살아갈 수 있는 환경을 만들겠다고 약속하여 친구들의 기운을 북돋워주었다.

이 섬은 상당히 크니까, 남아메리카 대륙 근처에 있다면 태평양 지도에 이 섬이 실려 있지 않을 리가 없다. 그런데 아무리 조사해보아도 슈틸러의 지도책에는 티에라 델 푸에고 섬과 마젤란 해협 근처에 있는 섬들, 데솔라시온 섬, 레이나 아들레이다 섬, 클래런스 섬 등을 포함한 군도를 빼고는 이렇다 할 큰 섬이 실려 있지 않았다. 이 섬이 좁은 해협을 사이에 두고 남아메리카 대륙과 떨어져 있는 그런 군도에 딸려 있다면, 프랑수아 보두앵은 틀림없이 그것을 지도에 표시해두었을 것이다. 하지만 그런 표시가 보이지 않는다. 따라서 이 섬은 외딴 섬이고, 그런 군도보다 훨씬 북쪽이나 남쪽에 있다고 결론지을 수밖에 없었다. 하지만 충분한 자료도 없고 필요한 기구도 없기 때문에 이 섬이 태평양 어디쯤에 있는지는 확인할 수 없었다.

어쨌든 겨울이 와서 이사를 할 수 없게 되면 곤란하니까, 그 전에 거처를 정해두지 않으면 안 된다.

"가장 좋은 방법은 우리가 호숫가에서 찾아낸 동굴에 사는 거야.” 브리앙이 말했다. “거기는 피난처로 안성맞춤이야.”

“우리 모두 살 수 있을 만큼 넓어?” 백스터가 물었다.

“그렇게 넓지는 않아.” 도니펀이 대답했다. “하지만 그 옆에 두 번째 동굴을 파서 넓힐 수 있을 거야. 우리는 연장도 있고…….”

“처음에는 그대로 사용하자. 좀 옹색하긴 하겠지만.” 고든이 말했다.

“어쨌든 하루라도 빨리 이사하는 게 좋겠어.” 브리앙이 덧붙였다.

사실 이사는 서두를 필요가 있었다. 고든이 말했듯이 ‘슬루기’ 호는 날이 갈수록 살기 어려워지고 있었다. 상당히 더운 날이 계속된 뒤 몇 번이나 비가 내렸기 때문에 선체와 갑판의 이음매가 벌어지기 시작했다. 찢어진 돛을 덮어놓았지만, 틈새로 바람이 들어오고 빗물도 스며든다. 그리고 배가 올라앉은 모래톱이 침식되어 바닷물이 스며들었기 때문에, 배는 아주 불안정한 모래밭에 깊이 박혀 있었고 전보다 더욱 심하게 기울어졌다.

낮과 밤의 길이가 같은 추분 무렵에 자주 부는 돌풍이 이 해안에 몰아치면 ‘슬루기’ 호는 순식간에 산산조각이 나버릴 것이다. 그래서 우물쭈물하지 말고 빨리 배를 떠나야 했다. 뿐만 아니라 쓸모있는 들보나 널빤지, 금속으로 만들어진 물건 따위를 빼낼 수 있도록 배를 해체할 필요가 있었다. 그것은 ‘프렌치 동굴’(프랑스인의 동굴)을 개수하는 데 도움이 될 것이다. ‘프렌치 동굴’은 프랑스인 조난자를 기념하여 동굴에 붙인 이름이었다.

“그런데 배를 해체해버리면 동굴로 이사갈 때까지 어디서 살지?" 도니펀이 물었다.

"천막을 쳐야지." 고든이 대답했다. "강기슭의 나무 사이에 천막을 치자."

"그거 좋은 생각이야." 브리앙이 고개를 끄덕였다. "이제 한 시간도 낭비할 수 없어."

실제로 배를 해체하고, 물자와 식량을 하역하고, 짐을 나르기 위한 뗏목을 만들려면 적어도 한 달은 걸릴 것이다. 그러면 '슬루기' 호를 떠나는 것은 5월 초순이 된다. 5월 초라면 북반구에서는 11월 초에 해당하니까 초겨울이다.

고든이 새로운 야영지로 강가를 선택한 데에는 그럴 만한 이유가 있었다. 물건을 운반하려면 수로를 이용해야 하기 때문이다. 강은 다른 어떤 길보다 지름길이고 편리할 것이다. 배를 해체한 뒤, 배에 남아 있는 물건을 모두 숲속이나 강변을 따라 나르는 것은 불가능하다. 그런데 수로를 이용하면, 밀물 때는 바닷물이 호수까지 거슬러 올라갈 테니까 그 틈을 타서 뗏목을 띄우면 별로 힘들이지 않고 목적지에 이를 수 있을 것이다.

상류에 장애물이 없는 것은 브리앙이 이미 확인했다. 폭포도 급류도 봇둑도 없었다. 그래서 소년들은 보트를 타고, 늪지대에서 개어귀에 이르는 하류를 조사했다. 브리앙과 모코는 이 하류도 충분히 항해할 수 있다는 것을 확인했다. 이리하여 슬루기 만과 프렌치 동굴 사이에는 훌륭한 수로가 나 있는 것이 밝혀졌다.

그후 며칠은 강기슭에 야영지를 만들면서 보냈다. 너도밤나무 두 그루의 낮은 가지를 고른 다음, 긴 활대를 이용하여 그 가지를 세 번째 너도밤나무 가지와 연결했다. 이 세 그루의 너도밤나무를 기둥으로 삼아 커다란 예비 돛을 치고, 그 옆면을 땅바닥까지 늘어뜨렸다. 그리고 밧줄로 단단히 고정시킨 천막 안에 침구와 생활에 필요한 도구, 무기와 탄약과 식량 따위를 운반했다.

뗏목은 '슬루기' 호의 선체로 만들기로 했기 때문에, 배를 해체하는 작업이 끝날 때까지 기다려야 했다.

날씨는 더없이 좋았다. 비는 한 번도 내리지 않았다. 이따금 바람이 불었지만, 바닷바람은 아니었기 때문에 좋은 조건에서 작업을 계속할 수 있었다.

4월 15일 무렵에는 배에 거의 아무것도 남아 있지 않았다. 배를 완전히 해체한 뒤에나 꺼낼 수 있는 무거운 물건만 남아 있을 뿐이었다. 특히 밸러스트*로 사용되는 납덩어리, 배 밑창에 있는 물탱크, 닻을 끌어올리는 권양기, 조리용 화덕 따위는 기구를 사용하지 않으면 운반할 수 없었다. 앞돛대와 활대, 돛대를 지탱하는 밧줄, 돛대 끝에서 우현 쪽까지 뻗어 있는 와이어로프, 쇠사슬, 닻, 삭구, 배를 매는 줄, 배를 끌어당길 때 쓰는 밧줄 등 항해에 필요한 장비는 모두 조금씩 천막 옆으로 운반했다.

이 일이 아무리 급해도, 날마다 식량을 장만하는 일도 소홀히 할 수는 없었다. 도니펀과 웨브와 윌콕스는 날마다 몇 시간씩 바위비둘기와 늪지대에서 날아오는 새를 잡으러 갔다. 어린 아이들도 썰물이 져서 암초가 모습을 드러내면 조개를 잡느라 바빴

* 밸러스트: 선체를 안정시키기 위해 뱃바닥에 싣는 일시적 또는 영구적인 중량물(석탄 · 돌 · 금속 따위). 지금은 물로 대신한다.

생활에 필요한 물건들을 천막 안으로 날랐다

다. 젱킨스와 아이버슨 · 돌 · 코스타가 병아리 떼처럼 웅덩이를 돌아다니는 모습은 보기만 해도 즐거웠다. 아이들이 무릎까지 올라오는 물에 들어가 다리를 적시면, 엄격한 고든은 호되게 야단을 쳤지만 브리앙은 되도록 아이들을 감싸주었다. 자크도 아이들과 함께 일했지만, 아이들이 왁자지껄 웃고 떠들 때에도 자크만은 한데 어울려 웃지 않았다.

일은 순조롭게 진행되었다. 실제적인 판단력이 뛰어난 고든은 항상 정확하고 확실하게 지시를 내렸고, 그의 현실 감각은 한 번도 실수를 저지르는 법이 없었다. 도니펀은 브리앙이나 다른 친구가 지시를 내렸다면 절대 받아들이지 않았겠지만, 고든의 방식은 인정할 수밖에 없었다. 요컨대 소년들의 이 작은 세계에서는 협조정신이 지배하고 있었다.

하지만 서둘러야 했다. 4월 15일부터 보름 동안은 날씨가 좋지 않았다. 평균기온이 뚝 떨어졌다. 새벽에는 몇 번이나 수은주가 영하로 내려갔다. 겨울이 다가오고 있었다. 태평양 남쪽 해역에서는 겨울과 함께 무서운 우박이나 눈이 내리고 매서운 바람이 휘몰아친다.

하급생은 물론 상급생들도 옷을 따뜻하게 입어야 했다. 모두 혹독한 겨울에 대비하여 준비한 두꺼운 스웨터, 두꺼운 옷감으로 만든 바지, 모직 재킷을 껴입었다. 고든의 수첩에는 의류가 옷감과 크기별로 분류되어 있어서, 그것만 보면 필요한 옷이 어디 있는지 금방 알 수 있었다.

브리앙은 특히 어린 아이들을 잘 돌봐주었다. 아이들의 발이

물에 젖어 동상에 걸리지 않도록, 땀을 흘린 뒤에 찬바람을 쐬지 않도록 늘 신경을 썼다. 아이들이 가벼운 감기에 걸려도 브리앙은 밖에 나가지 못하게 하고, 온종일 천막 안에 불을 피워 그 옆에 억지로 눕혀놓았다. 돌과 코스타는 몇 번이나 천막 안에 발이 묶였다. 모코는 배에 있던 구급약 상자에서 약초를 꺼내 탕약을 달여주었다.

배가 텅 비자 모두 선체를 해체하는 작업에 달라붙었다. 선체는 곳곳이 삐걱삐걱 소리를 내고 있었다.

배 밑바닥에 덧댄 구리판은 프렌치 동굴에서도 쓸모가 있으니까 조심스럽게 떼어냈다. 다음에는 못뽑개 · 펜치 · 망치 같은 연장을 이용하여 거멀못과 쐐기로 골조와 단단히 연결되어 있는 널빤지를 떼어냈다. 그것은 힘든 작업이었다. 경험도 없고 힘도 약한 소년들에게는 여간 힘든 일이 아니었다. 그래서 해체 작업은 좀처럼 뜻대로 진행되지 않았지만, 4월 25일에 불어온 돌풍이 소년들을 도와주었다.

밤중에 거센 폭풍이 닥쳐왔다. 소년들은 폭풍우 예보기를 보고 폭풍이 올 것을 미리 알고 있었다. 번개가 하늘을 환히 비추고, 우레 소리가 한밤중부터 새벽까지 계속 울렸다. 어린 아이들은 겁에 질렸다. 하지만 다행히 비는 내리지 않았다. 그래도 두세 번은 미친 듯이 날뛰는 폭풍에 천막이 날아가지 않도록 천막을 다시 묶어야 했다.

천막은 나무 사이에 고정되어 있었기 때문에 바람을 견딜 수 있었지만, 배는 그럴 수 없다. 난바다에서 불어온 돌풍이 배를 정면으로 후려친 데다 큰 파도까지 배를 덮쳤다.

배는 완전히 파괴되었다. 바깥쪽 널빤지가 뜯겨나가고, 골조가 무너지고, 용골은 뒤쪽 끝부분에 몇 번이나 큰 파도를 얻어맞고 부러져버렸다. 선체는 하룻밤 사이에 처참한 잔해로 변해버렸다.

하지만 한탄할 필요는 없었다. 파도에 휩쓸려간 목재는 거의 없었고, 대부분은 수면 위로 튀어나온 암초에 걸려 있었기 때문이다. 모래 속에 파묻힌 쇠붙이를 찾아내는 것도 어렵지 않았다.

그후 사나흘은 모두 선체의 잔해를 모으는 일에 열중했다. 들보와 널빤지, 밸러스트용 납덩어리 등, 너무 무거워서 꺼내지 못했던 물건들이 여기저기 흩어져 있었다. 이제 남은 일은 그런 잔해를 모아서 강가의 천막 근처로 옮기는 것뿐이었다.

정말 힘든 작업이었다. 시간이 갈수록 피로가 심해졌다. 하지만 소년들은 숨을 헐떡이면서도 끝까지 잘해냈다. 무거운 목재를 밧줄로 묶어서 함께 '영차! 영차!' 하고 소리를 지르며 끌고 가는 모습은 보기만 해도 흐뭇했다. 아이들은 돛대나 활대를 지렛대 대신 사용하기도 하고, 무거운 물건은 통나무를 가지런히 늘어놓고 그 위로 굴려가기도 했다. 가장 힘들었던 것은 닻을 끌어올리는 권양기와 조리용 화덕, 상당히 무거운 물탱크를 나르는 일이었다. 소년들을 지도해줄 어른이 있었다면 얼마나 좋았을까! 토목기사인 브리앙의 아버지나 선장인 가넷의 아버지가 옆에 있었다면, 소년들이 실수를 저지르지 않도록 조언해줄 수도 있었을 것이다. 하지만 기계에 밝은 백스터가 여러 가지로 지

무거운 목재를 밧줄로 묶어서……

혜를 짜내어 열심히 조언을 해주었고, 모코도 의견을 내놓았기 때문에, 모래에 말뚝을 박아서 무거운 물건을 들어올리는 도르래 장치를 만들었다. 이 도르래 덕분에 작업 능률이 열 배나 높아져서 무사히 작업을 끝낼 수 있었다.

4월 28일 저녁, '슬루기' 호의 잔해는 모두 천막 근처의 강기슭으로 운반되었다. 이제 가장 힘든 일은 끝났다. 이 물자를 프렌치 동굴로 운반하는 일은 강물이 맡아줄 터였다.

"내일부터 뗏목을 만들자." 고든이 말했다.

"그래." 백스터가 말했다. "그런데 뗏목을 다 만들어서 물에 띄우려면 힘이 드니까, 아예 강물 위에서 만드는 게 어때?"

"그럼 오히려 불편하고 어려워!" 도니펀이 반대했다.

"어디 한번 해보자." 고든이 말했다. "뗏목을 강물 위에서 만들려면 힘들겠지만, 뗏목을 물에 띄우느라 고생하지 않아도 되니까 말야."

실제로 강물 위에서 만드는 쪽이 편리했다. 그래서 이튿날부터 당장 뗏목 조립 작업이 시작되었다. 뗏목은 무겁고 부피가 큰 짐을 모두 실을 수 있을 만큼 커야 했다.

'슬루기' 호에서 빼낸 들보와 동강난 용골, 앞돛대 1미터만 남기고 부러진 큰 돛대, 난간, 배 한복판을 떠받치고 있던 대들보, 활대, 밧줄 따위가 밀물 때만 물에 잠기는 강기슭으로 운반되었다. 소년들은 모두 밀물 때를 기다렸다. 밀물이 들어오자 목재가 차례로 물 위에 떠올랐다. 우선 가장 긴 목재를 늘어놓고 다음에는 그 위에 짧은 목재를 옆으로 늘어놓고, 하나씩 밧줄로 단단히 동여맸다.

이리하여 길이 10미터에 너비가 5미터나 되는 튼튼한 뗏목 골조가 완성되었다. 골조를 만드는 작업은 온종일 쉬지 않고 계속되어 해질녘에야 겨우 끝났다. 브리앙은 골조뿐인 이 뗏목이 밀물을 타고 상류 쪽으로 올라가거나 썰물 때문에 바다로 떠내려가지 않도록 강기슭의 나무에 매어놓았다.

힘든 하루가 지나자 모두 녹초가 되었지만, 왕성한 식욕으로 저녁을 먹고 아침까지 내처 잤다.

이튿날인 30일에도 동이 트자마자 모두 일에 매달렸다.

이번에는 뗏목 골조 위에 바닥을 까는 작업이다. 여기에는 '슬루기' 호의 갑판과 선체 바깥쪽에 댄 널빤지가 도움이 되었다. 망치로 못을 단단히 박고 밧줄로 목재를 얽어매자 뗏목 전체가 튼튼하게 고정되었다.

모두 일을 서둘렀지만, 그래도 이 작업에 사흘이 걸렸다. 한 시간도 허비할 수 없었다. 해안 웅덩이와 강가에 벌써 살얼음이 끼기 시작했다. 천막 안에 불을 피워도 추위가 스며들었다. 소년들은 서로 몸을 바싹 붙이거나 담요를 둘러 간신히 추위를 피하고 있었다.

프렌치 동굴에 자리를 잡으려면 작업을 서두를 필요가 있었다. 남극권에 가까운 이곳에서는 겨울 추위가 혹독하겠지만, 그 동굴 속에서는 적어도 추위만은 피할 수 있을 터였다.

뗏목 바닥도 되도록 튼튼하게 만든 것은 말할 나위도 없다. 도중에 뗏목이 부서지기라도 하면 짐이 강바닥에 가라앉아버릴 것

튼튼한 뗏목 골조가 완성되었다

이다. 그러니까 이런 사고를 막기 위해, 출발을 하루 늦추더라도 뗏목을 점검하는 편이 나을지 모른다.

"하지만 5월 6일은 넘기지 않는 게 좋아." 브리앙이 말했다.

"왜?" 고든이 물었다.

"모레가 음력 초하루니까." 브리앙이 대답했다. "앞으로 사나흘은 한사리라서 밀물이 높이 들어올 거야. 수위가 높아질수록 강을 거슬러가기는 쉬워져. 생각해봐. 이 무거운 뗏목을 밧줄로 잡아당기거나 삿대로 밀어서 올라가야 한다면, 강의 흐름을 거스를 수 없을 거야."

"네 말이 옳아. 아무리 늦어도 사흘 뒤에는 떠나기로 하자!" 고든이 말했다.

이리하여 일이 끝날 때까지 모두 쉬지 않고 일하기로 의견을 모았다.

5월 3일, 짐꾸리는 작업이 시작되었다. 뗏목이 균형을 잃지 않도록 짐을 잘 싣는 것이 중요했다. 소년들은 저마다 힘닿는 대로 열심히 일했다. 어린 하급생들은 일용품과 도구 · 기구 같은 작은 물건을 뗏목까지 나르는 일을 맡았다. 브리앙과 백스터가 그런 물건을 고든의 지시에 따라 뗏목에 실었다.

화덕과 물탱크, 닻을 끌어올리는 권양기, 쇠붙이, 배 밑바닥에 붙어 있던 구리판, '슬루기' 호의 잔해인 구부러진 목재, 선체의 바깥쪽에 댄 널빤지, 난간, 해치 뚜껑처럼 무거운 것을 뗏목에 싣는 힘든 일은 상급생들이 맡았다. 식료품 꾸러미, 포도주와 맥주와 브랜디가 든 술통을 싣는 것도 상급생이 맡았다. 소금 자루도 잊지 않고 뗏목에 실었다. 짐을 쉽게 실을 수 있도록 백스터는 기둥 두 개를 세우고 그것을 네 개의 밧줄로 고정시켰다. 이 기중기 끝에 도르래 장치를 달고, 배에서 사용하던 작은 수평 윈치에 도르래의 밧줄을 걸었다. 이것으로 땅 위의 짐을 들어올려 뗏목 바닥에 살짝 내려놓을 수 있었다.

다들 조심해서 열심히 일한 덕분에 5월 5일 오후에는 모든 짐을 무사히 뗏목에 실을 수 있었다. 이제 뗏목을 강기슭에 묶어둔 밧줄만 풀면 된다. 소년들은 이튿날 아침 8시쯤 개어귀에 밀물이 나타나자마자 밧줄을 풀기로 했다.

이제 할 일을 다 끝냈으니, 소년들은 저녁 때까지 당연히 쉴 수 있을 줄 알았다. 하지만 그렇게는 되지 않았다. 고든이 새로운 작업을 제안했기 때문이다.

"모두 내 말 좀 들어봐. 우리는 이제 만을 떠나게 되니까 앞으로는 바다를 지켜볼 수 없어. 섬 이쪽으로 배가 지나가도 신호를 보낼 수 없게 되는 거야. 그러니까 벼랑 위에 돛대를 세워서 깃발을 계속 걸어두는 게 좋겠어. 그렇게만 해두면 난바다를 지나는 배의 주의를 끌 수 있을 거야."

모두 고든의 제안에 찬성했다. 뗏목을 만들 때 쓰지 않은 돛대를 벼랑 기슭까지 끌고 갔다. 강변 쪽 비탈은 별로 가파르지 않아서 충분히 올라갈 수 있었다. 하지만 꼭대기가 가까워지면 경사가 가팔라지고 울퉁불퉁해서 올라가기가 무척 힘이 들었다.

그래도 어렵사리 꼭대기에 올라가 돛대를 단단히 세웠다. 그런 다음 돛대를 올리거나 내릴 때 쓰는 밧줄을 이용하여 백스터

기중기 끝에 도르래 장치를 달고……

가 영국 국기를 게양하고, 도니펀이 예포 대신 총을 쏘아 국기에 경의를 표했다.

고든이 브리앙에게 말했다.

"아무래도 도니펀은 영국을 대표하여 이 섬을 점령한 모양이야!"

"영국이 벌써 이 섬을 차지하지 않았다면 그게 오히려 놀랄 일이지!" 브리앙이 받았다.

그래도 고든은 시무룩한 표정을 짓지 않을 수 없었다. 이따금 이 섬 이야기를 할 때의 말투로 짐작컨대, 고든은 이 섬을 미국 영토로 생각하는 것 같았다.

이튿날은 모두 동이 트자마자 일어났다. 소년들은 서둘러 천막을 걷고 침구를 뗏목으로 날랐다. 그리고 목적지까지 가는 동안 침구를 보호하려고 이부자리에 돛을 덮었다. 날씨가 나빠질 염려는 없어 보였지만, 그래도 풍향이 바뀌면 난바다의 수증기를 잔뜩 머금은 안개가 섬으로 밀려올지 모른다.

7시에는 모든 준비가 끝났다. 여차할 때는 사나흘 동안 뗏목에서 지낼 수 있도록 갑판을 정돈했다. 뗏목을 타고 강을 거슬러 올라가는 동안은 불을 피우지 않아도 되도록 모코가 필요한 식량을 따로 준비해두었다.

8시 반, 소년들은 제각기 뗏목 위에 자리를 잡았다. 상급생들은 삿대나 활대를 쥐고 뗏목 가장자리에 섰다. 키를 달아도 강에서는 쓸모가 없기 때문에 삿대로 뗏목을 조종할 수밖에 없다.

9시 조금 전에 밀물이 들어오기 시작했다. 뗏목 골조가 둔탁하게 삐걱거리고, 밧줄로 동여맨 뗏목이 흔들렸다. 하지만 처음에만 삐걱거리는 소리를 냈을 뿐, 뗏목이 부서질 염려는 전혀 없었다.

"조심해!" 브리앙이 외쳤다.

"조심해!" 백스터도 외쳤다.

둘 다 뗏목 앞뒤를 강기슭에 묶어놓고 있는 밧줄 옆에 서서, 밧줄 끝을 손에 쥐고 있었다.

"준비 됐어!" 도니펀이 외쳤다. 도니펀은 윌콕스와 함께 뗏목 앞쪽에 서 있었다.

뗏목이 밀물을 타고 있는 것을 확인한 뒤 브리앙이 외쳤다.

"밧줄을 풀어!"

명령은 곧 실행되었다. 밧줄에서 풀려난 뗏목은 보트를 끌면서 천천히 움직이기 시작했다.

이렇게 무거운 뗏목이 움직이는 것을 보고 소년들은 일제히 환성을 질렀다. 큰 군함을 만들었다 해도 이렇게 큰 만족감은 맛보지 못했을 것이다. 소년들의 작은 자만심은 용서해주기로 하자!

앞에서도 말했듯이, 숲이 무성한 오른쪽 강변은 습지대를 따라 길쭉하게 뻗어 있는 왼쪽 강변보다 훨씬 높았다. 왼쪽 강기슭에는 둑이 거의 없어서 자칫하면 뗏목이 거기에 올라앉을 위험이 있었기 때문에 브리앙과 백스터, 도니펀과 윌콕스와 모코는 뗏목을 왼쪽 강변에서 멀리 떼어놓으려고 온힘을 기울여야 했다. 수심도 오른쪽 강변 쪽이 깊어서 뗏목이 쉽게 나아갈 수 있었다.

그래서 소년들은 뗏목을 되도록 오른쪽 강변에 붙였다. 밀물도 오른쪽 강변을 따라 흐르고 있었고, 이쪽에는 삿대의 받침점이 될 만한 곳도 많았다.

출발한 지 두 시간 만에 2킬로미터 가까이 거슬러 올라왔다. 뗏목은 어디에도 부딪치지 않았다. 이런 상태라면 무사히 프렌치 동굴에 도착할 수 있을 것 같았다.

그런데 브리앙이 전에 어림한 바에 따르면, 강물이 흘러나오는 호수에서 슬루기 만의 개어귀까지는 약 10킬로미터 정도였다. 밀물이 계속되는 동안 기껏해야 3킬로미터 정도밖에 나아갈 수 없다면, 목적지에 이를 때까지 몇 차례의 밀물이 필요하다.

실제로 11시쯤 썰물이 시작되어 강의 흐름이 바뀌었기 때문에, 소년들은 뗏목이 바다로 떠내려가지 않도록 서둘러 뗏목을 강기슭 나무에 붙들어맸다.

물론 저녁 때 밀물이 들어오면 다시 출발할 수 있다. 하지만 어둠 속에서 뗏목을 모는 것은 모험이었다.

"그건 너무 위험해." 고든이 말했다. "뗏목이 어딘가에 부딪쳐서 망가질지도 모르니까 말야. 내일 아침까지 기다렸다가 낮의 밀물을 이용해야 한다는 게 내 생각이야."

이치에 맞는 의견이었기 때문에 아무도 반대하지 않았다. 꼬박 하루 도착이 늦어진다 해도, 강의 흐름에 맡겨져 있는 소중한 짐을 위험에 빠뜨리는 것보다는 훨씬 낫다.

그래서 그곳에서 한나절과 하룻밤을 보내게 되었다. 도니펀과 그 친구들은 사냥을 하기 위해 당장 판을 데리고 오른쪽 강변으로 올라갔다.

고든은 너무 멀리 가지 말라고 주의를 주었다. 도니펀은 이 충고를 귀담아듣지 않을 수 없었다. 그래도 통통하게 살이 오른 능에 네 마리와 메추라기를 여러 마리 잡아왔기 때문에 자존심을 만족시킬 수 있었다. 모코의 의견에 따라 이 새들은 프렌치 동굴의 식당에서 먹을 첫 번째 식사를 위해 남겨두기로 했다. 점심이 될지 저녁이 될지, 밤참이 될지는 알 수 없지만.

사냥하는 동안 도니펀은 이 일대의 숲에서 옛날이든 지금이든 사람이 지나간 것을 알려주는 흔적은 전혀 찾지 못했다. 덤불을 헤치고 달아나는 커다란 새를 한 마리 보았지만, 어떤 새인지는 확인하지 못했다.

날이 저물었다. 백스터와 웨브와 크로스는 강물의 흐름에 따라 뗏목을 매놓은 밧줄을 조였다 늦추었다 하면서 밤새 불침번을 섰다.

걱정할 일은 아무것도 일어나지 않았다. 이튿날 아침 9시 45분쯤 다시 밀물이 시작되자, 어제와 마찬가지로 모두 힘을 합쳐 뗏목을 띄웠다.

간밤에는 몹시 추웠다. 낮에도 추위는 누그러지지 않았다. 길을 서둘러야 한다. 강물이 얼어붙거나 호수가 얼어붙어 얼음장이 하류로 떠내려오기라도 하면 어떻게 되겠는가! 그것은 소년들에게 큰 불안을 불러일으켰다. 프렌치 동굴에 도착할 때까지는 절대 안심할 수 없었다.

하지만 밀물보다 빨리 나아갈 수는 없었고, 물이 빠지기 시작하면 흐름을 거슬러갈 수도 없었다. 그래서 한 시간에 1킬로미터 이상은 나아갈 수 없었다. 시속 1킬로미터가 그날의 평균 속도였다. 오후 1시쯤, 브리앙이 슬루기 만으로 돌아갈 때 멀리 돌아서 가야 했던 그 늪지대 부근에서 쉬기로 했다. 모두 오후 시간을 이용하여 강변의 늪지를 탐험했다. 모코와 도니펀과 윌콕스는 보트를 타고 2킬로미터쯤 북쪽으로 올라간 뒤에야 겨우 늪지 끝에 이르렀다. 이 늪지는 강 왼쪽에 펼쳐져 있는 늪과 이어져 있는 것 같았다. 많은 물새가 거기에 둥지를 틀고 있는 모양이었다. 도니펀은 당장 도요새 몇 마리를 잡았지만, 그것도 능에나 메추라기와 마찬가지로 뗏목의 식료품 상자에 들어가게 되었다.

그날 밤은 조용했지만 찬바람이 매섭게 불고 얼어붙을 듯이 추웠다. 바람이 수면을 한바탕 휩쓸고 지나갈 때마다 추위가 흘러들었다. 살얼음까지 끼었다. 추위를 막기 위해 온갖 준비를 하고 돛을 뒤집어쓴 채 몸을 웅크려보아도 뗏목 위에서는 한기가 뼛속까지 스며들었다. 어린 아이들 가운데 특히 젱킨스와 아이버슨은 기분이 나빠져서, 괜히 '슬루기' 호를 떠났다고 투덜거렸다. 그래서 브리앙이 몇 번이나 다독거려주고 기운을 북돋워주어야 했다.

이튿날 오후 3시 반까지 계속된 밀물 덕분에 뗏목은 드디어 호수가 보이는 곳에 이르렀다. 소년들은 프렌치 동굴 입구 앞의 높은 강둑에 뗏목을 댔다.

11

동굴 입주—뗏목에서 짐 내리기—프랑스인 조난자의 무덤 참배—
고든과 도니펀—화덕 설치—사냥감이 된 새와 짐승—
덫에 빠진 타조—서비스의 계획—악천후의 계절

아이들의 환호성과 함께 상륙이 시작되었다. 평소의 생활이 완전히 바뀌는 것은 아이들에게는 새로운 놀이나 마찬가지다. 돌은 새끼 염소처럼 강둑을 팔짝팔짝 뛰어다녔고, 아이버슨과 젱킨스는 호수 쪽으로 달려갔다. 코스타는 모코를 한쪽으로 데려가서 이렇게 물었다.

"맛있는 저녁식사를 만들어준다고 약속했지?"

"그런데 저녁식사는 없어요." 모코가 대답했다.

"왜?"

"오늘은 저녁을 짓고 있을 틈이 없거든요."

"뭐라고? 그럼 모두 저녁을 굶는단 말이야?"

"예. 하지만 밤참은 먹을 수 있을 겁니다. 능에는 밤참으로 그만이지요."

아이들의 환호성과 함께 상륙이 시작되었다

모코는 새하얀 이를 드러내며 웃었다.

코스타는 친밀감과 우정이 담긴 주먹을 모코의 어깨에 한 방 먹이고 나서 친구들을 찾으러 갔다. 브리앙은 멀리 가지 말라고 아이들에게 단단히 주의를 주었다. 어린 아이들을 늘 눈이 닿는 곳에 두기 위해서였다.

"너는 친구들과 같이 안 가니?" 브리앙이 동생 자크에게 물었다.

"안 가! 그냥 여기 있고 싶어!" 자크가 대답했다.

"너도 운동을 좀 하는 편이 좋아." 브리앙이 말을 이었다. "난 네가 걱정이다. 뭔가 감추고 있는 것 같고…… 혹시 어디 아픈 거 아냐?"

"아니야, 형. 난 아무렇지도 않아!"

늘 똑같은 대답만 하는 것이 브리앙은 께름칙했다. 고집센 동생과 말다툼을 해서라도 사실을 확실히 해두어야겠다고 브리앙은 마음먹었다.

하지만 프렌치 동굴에서 그날 밤을 보내려면 잠시도 시간을 낭비할 수 없었다.

우선 동굴을 처음 보는 아이들에게 내부를 보여주어야 한다. 그래서 브리앙은 뗏목을 강물 밖으로 끌어내어 물이 천천히 역류하고 있는 강기슭에 단단히 묶어놓고, 친구들에게 자기를 따라오라고 재촉했다. 모코가 배의 신호등을 가져왔다. 신호등 불빛은 렌즈를 통해 몇 배나 밝아져서 눈부시게 환한 빛을 던지고 있었다.

모두 동굴 입구를 막고 있는 덤불을 치우기 시작했다. 브리앙과 도니펀이 입구를 가리기 위해 놓아둔 나뭇가지는 그대로 남아 있었다. 사람이나 짐승이 동굴에 들어가려고 한 흔적은 전혀 없었다.

나뭇가지를 치운 뒤, 모두 좁은 입구로 들어갔다. 신호등 불빛은 솔가지로 만든 횃불이나 조난자가 조잡하게 만든 양초 불빛보다 훨씬 밝아서 동굴 내부를 전보다 잘 볼 수 있었다.

"너무 좁은데." 백스터가 동굴 깊이를 눈어림으로 재고 나서 말했다.

"괜찮아." 가넷이 받았다. "선실처럼 침대를 위아래로 겹쳐놓으면……."

"그럴 필요가 어디 있어?" 윌콕스가 끼어들었다. "침대를 바닥에 빽빽이 늘어놓으면 되잖아."

"그러면 지나다닐 공간이 없어." 이번에는 웨브가 말했다.

"그럼 왔다갔다하지 않으면 돼!" 브리앙이 말했다. "웨브, 네 생각은 어때?"

"하지만……."

"하지만 널찍한 거처를 갖는 게 중요하다고 말하고 싶겠지?" 서비스가 쏘아붙이듯 말했다. "설마 여기가 응접실 · 식당 · 침실 · 거실 · 끽연실에 욕실까지 갖춘 고급 아파트일 거라고 상상하진 않았을 텐데?"

"그건 그래." 크로스가 말했다. "그래도 요리를 할 만한 곳은 있어야……."

“요리는 밖에서 하겠습니다.” 모코가 대답했다.

“날씨가 나쁘면 아주 불편해.” 브리앙이 말했다. “내일 당장 ‘슬루기’ 호의 조리용 화덕을 들여놔야 할 것 같아.”

“화덕이라니…… 우리가 밥 먹고 잠자는 동굴에 화덕을 들여놓는다고?” 도니펀이 불쾌감을 드러내며 말했다.

“냄새를 참을 수 없겠거든 각성제라도 드시죠, 도니펀 경!” 서비스가 웃음을 터뜨리며 농담을 했다.

“그러고 싶으면 그렇게 할 거야, 견습 요리사 놈아!” 거만한 도니펀은 눈살을 찌푸리며 대꾸했다.

“좋아! 알았어!” 고든이 서둘러 말했다. “동굴이 살기에 좋든 나쁘든, 처음 얼마 동안은 화덕을 안에 들여놓을 수밖에 없어. 화덕은 요리에만 쓰는 게 아니라, 동굴을 따뜻하게 데워줄 테니까 말야. 좀더 넓은 공간을 만들자는 얘기라면, 이 벼랑에 또 동굴을 파서 다른 방을 만들면 돼. 가능하면 겨우내 그 작업을 해도 좋겠지. 하지만 우선은 이걸로 참고, 되도록 편안하게 자리를 잡자!”

저녁을 먹기 전에 배에 있던 작은 침대들을 가져와서 모래 위에 늘어놓았다. 작은 침대들을 서로 바싹 붙여놓았지만, 스쿠너의 비좁은 선실에 익숙해진 소년들은 별로 개의치 않았다.

이 작업을 하느라 낮 동안은 다른 일을 할 수 없었다. 그리고 배에 있던 큰 탁자가 동굴 한복판에 놓였다. 가넷은 어린 아이들이 가져온 온갖 식기를 늘어놓으며 식탁을 준비하느라 바빴다.

모코는 서비스의 도움을 받아 멋진 요리 솜씨를 발휘하고 있었다. 벼랑 기슭에 있는 커다란 바윗돌 두 개로 아궁이를 만들고, 웨브와 윌콕스가 강가에서 주워온 마른 나뭇가지를 땠다. 저녁 6시쯤, 냄비 속에서 말린 고기와 채소를 넣은 수프가 맛있는 냄새를 풍기기 시작했다. 몇 분만 끓이면 딱딱하게 마른 고기도 부드러워진다. 또한 모코는 열두 마리나 되는 메추라기의 털을 뽑고 꼬챙이에 꿰어, 탁탁 소리를 내며 타오르는 불에 구웠다. 육즙이 밑에 있는 받침접시에 뚝뚝 떨어졌다. 코스타는 그 육즙에 건빵을 찍어 먹고 싶어서 견딜 수가 없었다. 돌과 아이버슨이 꼬챙이를 돌리는 역할을 맡았다. 판은 두 아이의 동작을 흥미롭게 바라보며, 돌아가는 꼬챙이를 따라 고개를 움직이고 있었다.

7시 조금 전에 소년들은 식당과 침실을 겸한 동굴 방에 모두 모였다. '슬루기' 호의 발판과 접이식 의자, 버드나무 가지로 짠 의자, 선원실에 있던 긴의자는 이미 동굴에 들어와 있었다.

소년들은 모코가 나누어주는 음식을 받거나 제 손으로 가져다가 배불리 먹었다. 뜨거운 수프, 콘비프, 메추라기 구이, 빵 대신인 건빵, 찬물을 타서 열 배로 희석한 브랜디, 치즈 덩어리, 디저트로는 셰리주 두세 잔. 이런 진수성찬은 지난 며칠 동안 부실했던 식사를 충분히 벌충해주었다. 지금 상황이 아무리 심각해도, 어린 아이들은 그 나이에 어울리는 쾌활한 기분을 천진하게 드러내고 있었다. 브리앙은 아이들의 기쁨을 억누르거나 웃음을 막으려 하지 않았다.

그날은 모두 지쳐 있었다. 배가 부르자 이제는 그저 자고 싶은 생각밖에 없었다. 그러나 고든은 종교적 예의를 존중하는 마음에서, 잠자기 전에 프랑수아 보두앵의 무덤을 참배하러 가자고 제안했다. 소년들은 지금 보두앵이 살던 집을 차지했기 때문이다.

밤의 어둠이 호수를 감싸, 수면에는 낮의 마지막 빛도 남아 있지 않았다. 소년들은 성벽 같은 벼랑 끝을 돌아 작은 봉분 앞에 멈춰섰다. 거기에 작은 나무 십자가가 서 있었다. 이 무덤 앞에서 하급생들은 무릎을 꿇고 상급생들은 고개를 숙여, 조난자의 영혼을 위해 기도를 드렸다.

9시가 되자 모두 침대에 누웠다. 담요 속으로 기어들기가 무섭게 깊은 잠 속으로 빠져들었다. 다만 윌콕스와 도니펀만은 불침번을 설 차례였기 때문에 동굴 입구에서 계속 불을 땠다. 그 불은 동굴 내부를 따뜻하게 덥혀주는 동시에 위험한 짐승이 다가오는 것을 막아줄 터였다.

이튿날인 5월 9일부터 사흘 동안은 모두 뗏목의 짐을 내리는 일에 매달렸다. 벌써 서풍과 함께 안개가 자욱해져, 비나 눈이 내리는 계절이 다가오고 있음을 알려주었다. 실제로 기온이 영하로 내려가지 않는 날은 하루도 없었다. 남극권에 가까운 이 지방은 추위가 심할 게 분명했다. 따라서 탄약과 식료품과 음료처럼 얼어버리면 쓸모가 없어지는 것은 모두 동굴 안에 서둘러 들여놓아야 했다.

며칠 동안은 일이 바빠서, 사냥팀은 멀리까지 나가지 못했다. 하지만 호수와 늪지와 왼쪽 강변에는 온갖 물새가 찾아오기 때문에, 모코의 요리 재료가 떨어지는 일은 결코 일어나지 않았다. 도요새와 오리 · 고방오리 · 상오리를 상대로 도니펀이 멋진 사격 솜씨를 과시할 기회는 얼마든지 있었다.

하지만 고든은 도니펀이 아무리 사냥을 잘해도 산탄과 화약이 줄어드는 것을 걱정하지 않을 수 없었다. 고든은 무엇보다 탄약을 아껴 써야 한다고 생각하고, 정확한 탄약 보유량을 수첩에 꼼꼼히 기록했다. 그리고 도니펀에게 사냥 횟수를 줄여달라고 부탁했다.

"장래도 생각해야 하니까."

"알았어." 도니펀은 순순히 대답했다. "하지만 총알을 아껴야 한다면 통조림도 찔끔찔끔 먹어야 돼. 통조림이 떨어지면, 나중에 섬을 떠날 방법을 찾아냈을 때 후회하게 될 테니까."

"섬을 떠난다고?" 고든이 되물었다. "그럼 바다를 건널 수 있는 배를 우리끼리 만들자는 거야?"

"대륙이 가까이 있다면 바다를 건널 수 있을지도 모르잖아. 어쨌든 나는 그 프랑스 조난자처럼 여기서 평생을 살다가 죽고 싶지 않아."

"그건 그래. 하지만 떠날 생각을 하기 전에 앞으로 몇 해나 여기서 살아야 할지도 모른다고 생각하는 편이 좋지 않을까?"

"역시 너는 생각하는 게 달라, 고든. 식민지를 세우는 건 무척 즐거울 거야."

"달리 어쩔 도리가 없을 때는 그렇겠지."

"하지만 네 생각에 아이들이 모두 따라갈 거라고는 생각할 수 없어. 네 친구인 브리앙도 따라가지 않을걸!"

"그럼 그 문제를 토론해볼까. 그리고 브리앙 이야기가 나왔으니 말인데, 내가 보기에 너는 브리앙을 오해하고 있어. 브리앙은 정말 좋은 친구야. 몸을 아끼지 않고 우리 모두를 위해 애써주었잖아."

"뭐라고?" 도니펀은 여느 때와 다름없이 업신여기는 투로 반박했다. "그럼 브리앙이 모든 장점을 다 갖추고 있다는 거야? 꼭 영웅 같군!"

"아니야, 도니펀. 브리앙도 우리와 마찬가지로 결점을 갖고 있어. 하지만 브리앙에 대한 네 감정 때문에 불화가 생기고 편이 갈라지면 우리 상황이 더욱 어려워질 뿐이야. 아이들은 모두 브리앙을 존경하고 있어."

"모두?"

"다는 아닐지 몰라도 대부분은 그래. 윌콕스 · 크로스 · 웨브와 네가 왜 브리앙한테 그렇게 반발하는지, 나는 이해할 수가 없어. 마침 좋은 기회라서 한마디 한 거니까 너도 한번 잘 생각해봐."

"충분히 생각해봤어."

고든은 이 자존심 강한 소년이 충고를 받아들일 생각이 전혀 없다는 것을 알아차렸다. 이것이 고든에게는 고민거리였다. 앞으로 성가신 문제가 일어날 것 같은 예감이 들었다.

앞에서도 말했듯이, 뗏목의 짐을 내리는 작업은 사흘 만에야 겨우 끝났다. 이제 뗏목의 골조와 바닥을 해체하면 모든 일이 끝난다. 바닥으로 사용한 널빤지들은 동굴 내부를 꾸미는 데 도움이 될 것이다.

모든 물자를 동굴에 들여놓을 수는 없었다. 동굴을 넓힐 수 없다면, 비바람을 피할 수 있는 창고를 만들어 거기에 짐을 놓아둘 수밖에 없다.

당분간은 고든의 의견에 따라 짐을 방수포로 싸서 벼랑 기슭에 쌓아두기로 했다. 방수포는 '슬루기' 호 갑판의 채광창과 해치를 덮는 데 사용하던 것이었다.

5월 13일 낮에 백스터와 브리앙과 모코는 화덕을 설치했다.

통나무를 늘어놓고 그 위로 화덕을 밀어서 동굴 안으로 운반해야 했다. 통풍이 잘 되도록 입구 오른쪽 벽에 화덕을 바싹 붙여 놓았다. 연기를 밖으로 빼낼 굴뚝을 설치하는 작업은 여간 어렵지 않았다. 그래도 벽을 이루고 있는 석회암이 물렀기 때문에 백스터는 어렵사리 암벽에 구멍을 뚫고 굴뚝을 끼워넣을 수 있었다. 이렇게 하면 연기를 밖으로 내보낼 수 있다.

오후에 모코는 화덕에 불을 때보고, 불이 잘 타는 데 만족했다. 이제는 날씨가 나빠도 삶거나 굽는 요리를 얼마든지 만들 수 있었다.

그후 일주일 동안 도니펀과 웨브 · 윌콕스 · 크로스는 마음껏 사냥을 즐길 수 있었다. 가넷과 서비스도 사냥에 가담했다.

하루는 이들 여섯 소년이 프렌치 동굴에서 800미터쯤 떨어진 호숫가 숲속에 들어갔다가, 자작나무와 너도밤나무가 울창한 숲속 곳곳에서 인간이 설치한 게 분명한 덫을 발견했다. 땅에 구덩이를 파고 나뭇가지를 그물처럼 엮어서 덮어놓은 함정이었다. 함정은 일단 빠지면 짐승도 올라올 수 없을 만큼 깊었다. 하지만 함정을 파놓은 지는 무척 오래된 것 같았다. 함정 하나에는 아직 동물의 뼈가 남아 있었지만, 그 동물이 무엇인지는 분간할 수

백스터는 암벽에 구멍을 뚫고……

없었다.

"어쨌든 큰 들짐승이야!" 윌콕스가 재빨리 함정 속에 들어가 하얀 뼈다귀를 몇 개 가져오면서 말했다.

"네발짐승이 분명해. 이건 네 개의 다리뼈야." 웨브가 덧붙였다.

"세발짐승이나 다섯발짐승이 여기에 살고 있지 않다면 그렇겠지." 서비스가 말했다. "그렇다면 이건 역시 산양이나 새끼 들소가 아닐까."

"서비스는 맨날 농담만 해." 크로스가 웃었다.

"농담이 금지되어 있는 건 아니니까." 가넷이 말했다.

"분명한 건 이게 아주 힘센 동물이라는 거야." 도니펀이 결론을 내렸다. "이 커다란 두개골과 아직도 엄니가 붙어 있는 턱을 봐! 서비스는 새끼 들소나 산양이 아니냐고 농담을 했지만, 그런 쓸데없는 소리는 그만두는 게 좋아. 이 짐승이 되살아나게 되면, 그건 웃을 일이 아니지."

"그래, 맞아!" 크로스가 소리쳤다. 크로스는 언제나 사촌의 말대꾸를 훌륭하다고 생각한다.

"그럼 너는 이게 육식동물이라고 생각하니?" 웨브가 도니펀에게 물었다.

"그래. 의심할 여지가 없어."

"사자일까? 아니면 호랑이?" 크로스도 불안한 듯이 물었다.

"호랑이나 사자가 아니라면, 재규어나 퓨마일 거야." 도니펀이 대답했다.

"그럼 조심해야겠군." 웨브가 말했다.

"그리고 숲속으로 너무 깊이 들어가면 안 돼." 크로스가 덧붙였다.

"판, 너도 알았지?" 서비스가 개를 돌아보면서 말했다. "이 근처에 커다란 맹수가 있는 모양이야."

판은 조금도 겁먹은 기색을 보이지 않고, 알았다는 듯이 즐겁게 짖었다.

소년 사냥꾼들은 프렌치 동굴로 돌아가기로 했다.

"좋은 생각이 났어." 윌콕스가 말했다. "이 덫에 다시 나뭇가지를 덮어두자. 어쩌면 짐승이 또 걸려들지 몰라."

"마음대로 해." 도니펀이 대답했다. "나는 사냥감을 덫에 빠뜨려 죽이기보다는 자유롭게 돌아다니는 놈을 쏘는 게 더 좋지만."

그것은 스포츠맨다운 말이다. 하지만 결국 덫을 설치하는 것이 취향에 맞는 윌콕스가 탄약을 낭비하지 않는다는 점에서 도니펀보다 현실적이었다.

윌콕스는 당장 제 생각을 실행에 옮겼다. 친구들의 도움을 받아 주위의 나뭇가지를 몇 개나 잘랐다. 그런 다음 긴 나뭇가지들을 구덩이 위에 걸쳐놓자, 무성한 잎에 가려 덫이 전혀 보이지 않게 되었다. 이것은 초보적인 덫이었지만, 남아메리카 대초원의 사냥꾼들이 즐겨 쓰는 방법이다.

덫이 있는 위치를 표시하기 위해 윌콕스는 숲을 벗어날 때까지 군데군데 나뭇가지를 꺾어놓았다. 그리고 모두 동굴로 돌아왔다.

그래도 이날 사냥에서는 수확이 많았다. 섬에는 각종 새가 많이 있었다. 능에와 메추라기 이외에 날개에 하얀 반점이 있어서 뿔닭과 비슷한 명매기, 떼지어 날아다니는 숲비둘기, 구워서 기름기를 빼면 꽤 맛있는 남극기러기도 있었다.

뭍짐승으로는 우선 설치류인 '투코투코'가 있었다. 이것은 프리카세 요리를 만들 때 토끼고기 대신 쓸 수 있다. 꼬리에 까만 초승달 무늬가 있고 회갈색 털에 덮인 '마라'는 아구티와 맛이 비슷한 토끼의 일종이다. 아르마딜로의 일종인 '피치'는 비늘 모양의 외피로 덮인 포유류인데 고기가 아주 맛있다. 또한 멧돼지의 축소판 같은 '페카리', 사슴과 비슷하고 몸놀림이 민첩한 '과슐리'가 눈에 띄었다.

도니펀은 이런 동물 몇 마리를 잡았다. 하지만 짐승에 가까이 가기는 어렵기 때문에 화약이나 산탄을 쓴 만큼 많은 성과를 거두지는 못했다. 사냥 솜씨를 자랑하는 도니펀은 그것이 불만이었다. 게다가 이 문제로 고든에게 이런저런 주의를 들었다. 윌콕스 같은 친구들은 별로 주의를 받지 않았는데…….

사냥을 다니는 동안 소년들은 브리앙이 처음 호수를 탐험했을 때 발견한 귀중한 식물 두 종류를 많이 채집했다. 하나는 늪지대에서 잘 자라는 야생 샐러리였고, 또 하나는 땅에서 막 돋아난 새싹이 괴혈병에 잘 듣는 크레송이었다. 이 두 가지 채소는 건강을 위해 늘 식탁에 올랐다.

아직은 호수나 강물이 얼어붙을 만큼 추위가 심하지 않았기 때문에 송어와 강꼬치고기를 낚을 수 있었다. 강꼬치고기는 맛이 좋지만, 잔가시가 많기 때문에 가시가 목에 걸리지 않도록 조심해야 한다.

하루는 아이버슨이 큼지막한 연어를 들고 의기양양하게 돌아왔다. 하마터면 낚싯대가 부러질 뻔했을 만큼 오랫동안 연어와 격투를 벌였다고 한다. 연어가 강을 거슬러 오르는 시기에 많이 잡아두면 귀중한 겨울 양식을 확보할 수 있을 것이다.

그동안에도 소년들은 윌콕스가 설치해둔 덫을 몇 번이나 보러 갔다. 구덩이 바닥에 큼지막한 고깃덩어리를 놓아두었으니까 육식동물이 걸려들 만도 한데, 짐승은 한 마리도 덫에 빠지지 않았다.

하지만 5월 17일에 사건이 일어났다.

그날 브리앙은 몇몇 친구와 함께 벼랑 옆에 있는 숲으로 들어갔다. 프렌치 동굴 근처에 천연 동굴이 없는지 찾으러 간 것이다. 동굴을 찾으면 남은 물건을 보관하는 창고로 쓸 수 있을 것이다.

그런데 그 덫에 가까이 갔을 때 쉰 듯한 목소리가 구덩이 속에서 들려왔다.

브리앙이 그쪽으로 달려가자 도니펀도 따라왔다. 도니펀은 남에게 선수를 빼앗기는 것을 무엇보다 싫어했다. 다른 소년들은 당장이라도 총을 쏠 수 있도록 자세를 갖추고, 몇 걸음 뒤에서 두 소년을 따라왔다. 판은 귀를 쫑긋 세우고 꼬리를 꼿꼿이 쳐들고 달려왔다.

덫에서 스무 걸음쯤 떨어진 곳에 이르자 구덩이 속의 목소리가 더욱 커졌다. 천장처럼 덮인 나뭇가지 한복판에 커다란 구멍이

뻥 뚫려 있었다. 짐승이 아래로 떨어져 구멍이 뚫린 게 분명했다.

물론 그 짐승이 어떤 동물인지는 아직 아무도 모른다. 하지만 어쨌든 조심하는 편이 낫다.

"판, 가봐!" 도니펀이 소리쳤다.

판은 그 말이 떨어지기가 무섭게 컹컹 짖으면서 돌진했다. 겁먹은 기색이 전혀 없었다.

브리앙과 도니펀도 덫으로 달려가 위에서 구덩이를 내려다보고는 소리를 질렀다.

"애들아…… 이리 와봐!"

"설마 재규어는 아니겠지?" 웨브가 물었다.

"퓨마도 아니겠지?" 크로스도 물었다.

"아니야! 두발 달린 타조야!" 도니펀이 대답했다.

과연 그것은 타조였다. 이런 새가 섬의 숲속을 뛰어다니고 있다니! 기뻐할 만한 일이었다. 타조 고기, 특히 지방이 많은 가슴살은 맛이 그만이기 때문이다.

그 새가 타조의 일종인 것은 의심할 여지가 없었다. 키가 별로 크지 않고 머리가 기러기와 비슷하고 몸 전체가 희끄무레한 짧은 회색 깃털로 덮여 있는 것을 보면, 남아메리카의 대초원에 사는 레아가 분명했다. 레아는 아프리카 타조와 어깨를 나란히 할 수는 없지만, 남아메리카에 사는 동물 중에서는 역시 눈에 띄는 존재였다.

"산 채로 잡자." 윌콕스가 말했다.

"그거 좋은 생각이야!" 서비스가 소리쳤다.

"그건 말처럼 쉽지 않아." 크로스가 반대했다.

"한번 해보자." 브리앙이 말했다.

이렇게 활기찬 새가 달아나지 못한 것은, 날개로 날아오르지도 못하고 수직 벽에 발로 매달리지도 못했기 때문이다. 그래서 윌콕스는 부리에 쪼일 위험을 무릅쓰고 구덩이 속으로 내려가야 했다. 부리에 쪼이면 중상을 입을지도 모른다. 하지만 레아의 머리에 윗옷을 던져 시야를 완전히 덮어버렸기 때문에 레아는 꼼짝할 수 없게 되었다. 그렇게 되면 손수건 두세 장을 연결하여 레아의 다리를 묶는 것은 식은죽 먹기였다. 이어서 윌콕스는 구덩이 위에 있는 아이들과 힘을 합쳐 레아를 밖으로 끌어냈다.

"잡았다!" 웨브가 소리쳤다.

"그런데 이 녀석을 어떻게 할 거지?" 크로스가 물었다.

"간단해." 매사에 거침이 없는 서비스가 대답했다. "우리 동굴에 데려가서 키우는 거야. 그러면 탈것으로도 쓸 수 있어. 《스위스의 로빈슨》에 나오는 야콥처럼 내가 이 타조를 돌봐줄 테니까."

서비스는 전에 타조를 탈것으로 이용한 사람의 이름을 말했지만, 과연 레아를 그런 용도로 이용할 수 있을지는 의문이었다. 그래도 레아를 동굴에 데려가면 안 된다는 법은 없었기 때문에, 모두 서비스의 의견에 동의했다.

레아를 보고, 고든은 먹여 살려야 할 식구가 더 늘어나는 것은 아닐까 좀 걱정이 되었을 것이다. 하지만 풀과 나뭇잎만 있으면 레아의 먹이 걱정은 할 필요가 없다고 생각하고, 레아를 환영하기로 했다.

“잡았다!” 하고 웨브가 소리쳤다

어린 아이들은 레아를 보고 환성을 질렀다. 레아가 긴 밧줄에 묶이자, 아이들은 호기심에 찬 얼굴로 다가갔다. 물론 바로 옆까지 바싹 다가갈 수는 없었다. 서비스가 레아를 탈것으로 훈련시킬 작정이라고 말하자, 아이들은 나중에 레아를 태워달라고 서비스에게 부탁했다.

"좋아! 너희가 얌전하게 굴면 태워주지." 서비스는 아이들의 부탁을 받아들였다. 아이들은 서비스를 영웅처럼 여기는 눈치였다.

"우린 모두 얌전하게 굴고 있어!" 코스타가 소리쳤다.

"뭐라고? 코스타, 너도 태워달라는 거야?" 서비스가 물었다. "네가 레아를 탈 용기가 있을까?"

"형 뒤에 타고…… 형을 꽉 붙잡고 있으면…… 괜찮아!"

"하지만 거북이 등에 탔을 때는 겁이 나서 벌벌 떨었잖아!"

"그건 달라. 이 새는 물 속으로 들어가지 않을 테니까."

"그건 그래. 하지만 새니까 하늘로 날아갈지도 몰라!" 돌이 말했다.

이렇게 말한 뒤 돌과 코스타는 생각에 잠겨버렸다.

쉽게 짐작할 수 있는 일이지만, 프렌치 동굴에 자리를 잡은 뒤 고든을 비롯한 상급생들은 규칙적인 일상 생활을 하려고 애썼다. 이사가 끝나자 고든은 각자 임무를 확실히 정하고, 특히 어린 아이들을 방치해두지 말자고 제의했다. 물론 아이들도 힘닿는 대로 열심히 공동 작업에 참여해야겠지만, 그렇다고 해서 체어먼 학교에서 시작한 공부를 중단할 수는 없었다.

"책이 있으니까 공부를 계속할 수 있을 거야." 고든이 말했다.

"그리고 우리가 지금까지 배운 것과 앞으로 배우는 것을 하급생들한테 가르쳐주는 것은 당연히 해야 할 일이야."

"그래." 브리앙이 받았다. "언젠가 이 섬을 떠나 다시 가족을 만나게 되었을 때, 우리가 허송세월하지 않았다고 자신있게 말할 수 있도록 노력하자!"

그래서 소년들은 계획표를 만들기로 했다. 모두 짜여진 계획표에 동의하면, 계획을 엄밀히 실행하도록 애써야 한다.

겨울이 오면 날씨가 나쁜 날이 많을 것이다. 그동안에는 상급생도 하급생도 밖에 나갈 수 없을 것이다. 그런 날을 헛되이 보내지 않는 것이 중요하다. 지금 프렌치 동굴의 주인들에게 가장 큰 고민은 하나뿐인 방이 너무 좁다는 것이었다. 그래서 꾸물거리지 말고 빨리 동굴을 넓힐 방법을 찾아내야 했다.

12

동굴을 넓히다—이상한 소리—판의 실종— 돌아온 판—
방을 정돈하다—악천후—지명을 짓다—체어먼 섬—식민지 지도자

소년 탐험대는 다른 동굴을 찾을 수 있을지도 모른다는 기대를 품고 몇 번이나 벼랑을 조사했다. 새 동굴을 찾으면 그곳을 창고로 쓸 수 있다. 하지만 아무리 찾아도 동굴이 보이지 않았기 때문에, 결국 프렌치 동굴 옆에 굴을 한두 개 파서 지금의 거처를 넓히자는 원래의 계획으로 돌아갈 수밖에 없었다.

벼랑이 단단한 화강암이라면 이 작업은 불가능했을 것이다. 하지만 곡괭이로 쉽게 팔 수 있는 석회암이라면 작업은 그리 어렵지 않을 터였다. 작업 기간도 문제가 되지 않는다. 긴 겨울을 이용하면 된다. 가장 큰 걱정은 벼랑이 무너지거나 침수되는 것이었지만, 그런 일만 일어나지 않으면 봄이 올 때까지는 모든 작업이 끝날 것이다.

화약을 터뜨려 바위를 깰 필요도 없을 것이다. 굴뚝을 내기 위

해 벽에 구멍을 뚫을 때도 곡괭이만으로 충분했으니까, 이번에도 그런 연장을 사용하면 될 것이다. 백스터는 상당히 힘들긴 했지만 이미 동굴 입구를 넓혀 '슬루기' 호의 선실 문을 달아놓았다. 게다가 입구의 양쪽 벽에 작은 창까지 내서, 햇빛과 공기가 동굴 안으로 충분히 들어오게 되었다.

일주일 전부터 악천후가 계속되고 있었다. 거센 바람이 섬에 휘몰아쳤다. 하지만 프렌치 동굴은 동남향이어서 바람을 정면으로 받지는 않았다. 비와 눈이 섞인 돌풍이 윙윙 소리를 내며 벼랑 위를 지나가고 있었다.

소년 사냥꾼들도 호숫가에서만 사냥감을 쫓아다녔다. 사냥감은 오리 · 도요새 · 댕기물떼새 · 흰눈썹뜸부기 · 큰물닭, 남태평양에서는 '흰비둘기' 라는 이름으로 잘 알려진 넓적부리물떼새 등이었다. 호수와 강물은 아직 얼지 않았지만, 돌풍이 분 뒤 건조하고 찬 공기가 추위를 몰고 와서 하룻밤만 지나면 당장 얼어붙을 것이다.

거의 온종일 동굴에만 갇혀 있던 소년들은 동굴 확장 공사를 계획하고, 5월 27일부터 작업에 착수했다.

곡괭이는 우선 프렌치 동굴의 오른쪽 벽부터 공격하기 시작했다.

브리앙은 작업 계획을 이렇게 설명했다.

"비스듬히 파들어가면 호수 쪽으로 나갈 수 있어. 그러면 프렌치 동굴의 두 번째 출입구가 생기게 되겠지. 출입구가 둘이면 이 일대를 감시하기도 훨씬 쉬워지고, 날씨가 나빠서 한쪽 출입구를 사용할 수 없을 때에도 다른 출입구로 드나들 수 있어."

이것은 공동생활을 계속하기에 편리한 계획이었고, 잘될 것 같았다.

실제로 호수 쪽인 동쪽의 벼랑 두께는 15미터도 되지 않았다. 따라서 나침반으로 방향을 확인한 뒤 동쪽을 향해 굴을 파고 들어가기만 하면 된다. 하지만 굴을 파다가 낙반사고가 일어나지 않도록 조심해야 한다. 백스터는 새 동굴을 넓히기 전에 우선 좁은 통로를 뚫고, 적당한 깊이까지 들어간 뒤에 그곳을 넓혀서 방을 만들자고 제안했다. 그러면 프렌치 동굴에 방이 두 개 생기고, 두 방은 복도로 연결된다. 복도 양쪽 끝에 문을 달고, 복도 옆면을 파서 고방을 한두 개 만들어도 좋다. 이 계획은 분명 최선책이었다. 그렇게 하면 암석층을 자세히 조사할 수도 있고, 갑자기 물이 스며들어오면 당장 굴파기 작업을 중지할 수도 있기 때문이다.

5월 27일부터 30일까지 사흘 동안은 작업이 꽤 순조롭게 진행되었다. 이 석회질 사암은 칼로도 팔 수 있을 만큼 물렀다. 그래서 갱도 벽을 널빤지로 보강해야 했는데 이것이 무척 힘들었다. 파낸 흙은 작업에 방해가 되지 않도록 곧장 밖으로 치웠다. 공간이 비좁기 때문에 다들 한꺼번에 작업에 매달릴 수는 없었지만, 빈둥빈둥 노는 사람은 아무도 없었다. 눈비가 그치자 고든은 친구들과 함께 뗏목을 해체하는 작업에 착수했다. 바닥과 골조에 쓴 목재를 새 거처를 꾸미는 데 사용하기 위해서였다. 소년들은 벼랑 구석에 쌓아둔 물건도 점검했다. 방수포로 덮어둔 것만으로는 거센 바람을 완전히 막을 수는 없었기 때문이다.

힘든 작업이었지만 그래도 굴파기 공사는 조금씩 진전되고 있었다. 좁은 굴을 1.5미터쯤 파들어간 30일 오후, 생각지도 않은 사건이 일어났다.

탄광의 갱부처럼 터널 끝에서 허리를 구부린 채 굴을 파던 브리앙이 문득 이상한 소리를 들었다. 암벽 너머에서 무언지 모를 둔탁한 소리가 들려온 듯한 기분이 들었다.

좀더 잘 들으려고 브리앙은 일손을 멈추었다. 그러자 또다시 소리가 들렸다.

브리앙이 굴을 빠져나와 입구에 있던 고든과 백스터에게 이 사실을 알리기까지는 그리 오랜 시간이 걸리지 않았다.

"잘못 들은 거야!" 고든이 말했다. "네가 그렇게 생각했을 뿐이야."

"그럼 네가 가봐. 옆벽에 귀를 대고 잘 들어봐." 브리앙이 대답했다.

고든은 좁은 굴 속으로 들어갔다가 이내 뛰쳐나왔다.

"네가 잘못 생각한 게 아니었어. 정말로 멀리서 으르렁거리는 듯한 소리가 들려."

다음에는 백스터가 굴속으로 들어갔다가 곧 돌아와서 말했다.

"도대체 무슨 소리지?"

"짐작도 안 가." 고든이 말했다. "도니펀과 다른 애들한테도 알려야 돼."

"꼬마들한테는 알리지 말자. 무서워할 거야." 브리앙이 덧붙였다.

하지만 마침 저녁식사를 하러 모두 돌아온 참이었기 때문에, 어린 아이들도 무슨 일이 일어났는지 알고는 불안에 사로잡혔다.

도니펀 · 윌콕스 · 웨브 · 가넷이 차례로 좁은 굴속에 들어갔다. 하지만 소리는 이제 들리지 않았다. 아무리 귀를 기울여도 소리가 들리지 않았기 때문에, 이들 네 소년은 브리앙과 고든과 백스터가 뭔가 착각한 게 분명하다고 단정했다.

어쨌든 작업을 중단할 수는 없었다. 소년들은 저녁을 먹자마자 다시 작업에 착수했다.

저녁에는 아무 소리도 들리지 않았는데, 9시쯤 또다시 으르렁거리는 소리가 옆벽을 뚫고 들려왔다.

이번에는 판이 굴속으로 뛰어들더니 털을 세우고 엄니를 드러낸 채 뛰쳐나왔다. 성난 몸짓을 하면서, 마치 암벽 너머에서 들리는 소리에 응답이라도 하는 것처럼 짖어댔다.

하급생들이 품고 있던 놀라움과 불안은 이제 완전한 공포로 바뀌었다. 영국 소년들은 북유럽에 널리 퍼져 있는 옛날 이야기를 들으면서 상상력을 키운다. 그런 전래 동화에서는 난쟁이 모습을 한 땅의 정령, 장난꾸러기 요정, 발퀴리,* 공기의 요정, 물의 요정 등 온갖 정령들이 침대 주위를 돌아다닌다. 그래서 돌과 코스타는 물론 젱킨스와 아이버슨까지도 겁에 질린 표정을 감추지 못했다. 브리앙은 아이들을 달래려고 했지만 소용이 없었기 때문에, 그들을 억지로 침대에 밀어넣었다. 그래도 아이들은 한

* 발퀴리: 북유럽 신화에서 오딘 신을 섬기는 열두 시녀. 전사자들의 영혼을 발할라 궁전으로 인도한다.

참 뒤에야 잠이 들었다. 잠든 뒤에도 암벽 속에 정령이나 망령이나 초자연적 괴물이 살고 있는 꿈을 꾸면서 악몽에 시달렸다.

고든과 상급생들은 이 기묘한 소리에 대해 작은 소리로 이야기를 나누었다. 그리고 그 소리가 여전히 들리는 것을 몇 번이나 확인했다. 그때마다 판은 심상치 않게 불안해하는 기색을 보였다.

온종일 일하느라 지친 소년들은 결국 브리앙과 모코만 남겨놓고 모두 잠자리에 들었다. 그후 아침까지 프렌치 동굴은 깊은 침묵에 휩싸였다.

이튿날에는 모두 일찍 일어났다. 백스터와 도니펀이 좁은 굴 속을 끝까지 들어가보았지만 아무 소리도 들리지 않았다. 판도 굴을 드나들고 있었지만, 별로 불안해하는 기색도 없고 어제처럼 옆벽을 향해 돌진하지도 않았다.

"일을 시작하자." 브리앙이 말했다.

"그래. 하지만 이상한 소리가 들리면 당장 중지해야 돼." 백스터가 말했다.

"그 소리는 혹시 물이 바위틈을 흐르는 소리가 아닐까?" 도니펀이 말했다.

"그럼 소리가 계속 들려야 할 거 아냐?" 윌콕스가 반박했다. "그런데 지금은 아무 소리도 안 들리잖아."

"그건 그래." 고든이 말을 받았다. "그래서 나는 바람 소리가 아닐까 생각해. 벼랑 위쪽에 있는 바위틈새로 바람이 들어오는 소리가 아닐까."

"그럼 벼랑 위로 올라가보자. 뭔가 발견할 수 있을지도 몰라."

서비스가 제안했다.

모두 이 제안에 동의했다.

강둑을 쉰 걸음쯤 내려간 곳에서 벼랑 꼭대기까지 구불구불한 샛길이 이어져 있었다. 잠시 후 백스터와 세 소년은 샛길을 따라 벼랑 위로 올라가서, 프렌치 동굴 위에까지 나아갔다. 하지만 그것도 헛수고였다. 당나귀 잔등처럼 생긴 그곳에는 짧은 풀이 돋아나 있을 뿐, 바람이나 물이 스며들 만한 틈새는 전혀 보이지 않았다. 결국 소년들은 아무 소득도 없이 벼랑을 내려왔다. 하급생들은 그 이상한 소리를 초자연적인 정령의 짓으로 믿어버렸고, 상급생들도 소리의 원인을 모르기는 마찬가지였다.

그래도 굴파기 작업은 다시 시작되어 온종일 계속되었다. 어제와 같은 소리는 들리지 않았다. 백스터의 관찰에 따르면, 지금까지는 곡괭이를 내리칠 때마다 둔탁한 소리를 내던 암벽이 이제는 속이 텅 빈 듯한 소리를 내기 시작했다. 그렇다면 이쪽에 천연 동굴이라도 있는 것일까? 그 이상한 소리는 그 동굴에서 난 게 아닐까? 프렌치 동굴 옆에 두 번째 동굴이 있을 가능성은 충분했다. 그렇다면 기뻐할 일이다. 그만큼 동굴을 넓히는 수고가 줄어들기 때문이다.

그래서 다들 여느 때보다 더 열심히 일했다. 소년들은 지금까지 몇 번이나 힘들고 괴로운 날을 보냈지만, 그날도 모두 녹초가 될 만큼 힘든 날이었다. 하지만 별다른 일은 일어나지 않았다.

그런데 저녁 때 고든이 개가 보이지 않는 것을 깨달았다.

평소에는 식사 때가 되면 판은 반드시 주인인 고든 옆에 앉아

그들은 프렌치 동굴 위에까지 나아갔다

있었는데, 그날은 식사가 끝날 때까지 끝내 나타나지 않았다.

모두 판을 불러보았지만 응답이 없었다.

고든은 동굴 입구로 나가서 다시 한번 불러보았다. 여전히 아무 소리도 들리지 않았다.

도니펀과 윌콕스가 강둑과 호수 쪽을 찾아보았지만 개는 흔적도 없었다.

수색 범위를 넓혀서 프렌치 동굴 주위를 몇 번이나 찾아다녔지만 헛수고로 끝났다. 판은 어디에도 없었다.

판은 소리가 들리지 않는 곳에 있는 게 분명했다. 고든의 목소리를 들었다면 응답하지 않을 리가 없다. 판은 길을 잃었을까? 그것은 도저히 생각할 수 없는 일이었다. 들짐승에 물려 죽었을까? 어쩌면 그럴지도 모른다. 판이 사라진 이유로는 그것이 가장 그럴듯하다.

밤 9시가 되었다. 깊은 어둠이 벼랑과 호수를 뒤덮고 있었다. 소년들은 수색을 포기하고 프렌치 동굴로 돌아갈 수밖에 없었다.

소년들은 걱정으로 가슴이 짓눌리는 듯한 기분을 느끼면서 동굴로 돌아왔다. 그 영리한 개가 영원히 나타나지 않을지도 모른다고 생각하자 모두 슬픔에 잠겼다.

소년들은 침대에 눕거나 탁자 주위에 둘러앉았지만, 잠잘 마음이 나지 않았다. 전보다 더욱 외롭고 허전한 기분이 들었다. 고향에서도 가족한테서도 아주 멀리 떨어져버린 것 같았다.

그때 정적 속에서 갑자기 으르렁거리는 소리가 들렸다. 이번에는 고통스러운 비명에 이어 짐승이 울부짖는 듯한 소리가 1분쯤 계속되었다.

"저기다! 저쪽에서 나는 소리야!" 브리앙이 외치고는 좁은 굴 속으로 뛰어들었다.

다른 소년들도 무언가가 나타나기를 기다리듯 자리에서 일어났다. 어린 아이들은 겁에 질려 담요를 머리 위로 뒤집어썼다.

브리앙은 곧 굴에서 뛰쳐나왔다.

"저쪽에 다른 동굴이 있는 게 분명해. 입구는 벼랑 기슭에 있을 거야."

"밤에는 그 동굴에 짐승이 숨어 있을지도 몰라." 고든이 덧붙였다.

"그게 틀림없어." 도니펀도 말했다. "내일 당장 동굴을 찾으러 가자."

그때 갑자기 굴 안쪽에서 개 짖는 소리와 맹렬하게 으르렁대는 소리가 들렸다.

"벽 너머에서 판이 다른 짐승과 싸우고 있는 게 아닐까?" 윌콕스가 외쳤다.

브리앙은 얼른 굴속으로 되돌아가 안쪽 벽에 귀를 댔다. 아무 소리도 들리지 않았다. 하지만 판이 거기에 있든 없든, 암벽 너머에 두 번째 동굴이 있는 것만은 분명했다. 아마 작은 동굴이겠지만, 무성한 덤불에 가려진 벼랑 기슭의 입구로 외부와 연결되어 있을 것이다.

밤새도록 으르렁대는 소리도 개 짖는 소리도 두번 다시 들려오지 않았다.

날이 밝자마자 소년들은 강 쪽과 호수 쪽 벼랑을 샅샅이 조사해보았지만, 벼랑 꼭대기에 올라갔을 때와 마찬가지로 아무것도 찾지 못했다.

한편 판을 찾아나선 아이들은 프렌치 동굴 부근을 돌아다니며 이름을 불러보았지만, 개는 여전히 나타날 기미를 보이지 않았다.

브리앙과 백스터는 다시 교대로 굴을 팠다. 곡괭이는 잠시도 쉴 틈이 없었다. 오전에 굴은 50센티미터쯤 깊어졌다. 브리앙과 백스터는 이따금 손을 멈추고 귀를 기울였지만 아무 소리도 들리지 않았다.

작업은 점심을 먹기 위해 잠시 중단되었지만, 한 시간 뒤에는 다시 시작되었다. 곡괭이를 내리친 순간 암벽에 구멍이 뚫려 무서운 짐승이 뛰쳐나올지도 모르기 때문에 조심해야 했다. 어린 아이들은 강둑 쪽으로 피난했다. 도니펀과 윌콕스와 웨브는 총과 권총을 들고 만약의 사태에 대비했다.

2시쯤 브리앙이 환성을 질렀다. 그의 곡괭이가 석회암 벽을 뚫은 것이다. 벽에 상당히 큰 구멍이 생겼다.

브리앙은 당장 친구들 곁으로 돌아왔지만, 이제 어떻게 하면 좋을지 판단이 서지 않았다.

그런데 브리앙이 입을 열기 전에 무언가가 좁은 통로를 쏜살같이 빠져나와 한달음에 프렌치 동굴로 뛰어들었다.

판이었다.

틀림없는 판이었다. 판은 물이 가득 든 양동이 쪽으로 달려가 벌컥벌컥 마시기 시작했다. 그러고는 흥분한 기색은 조금도 보이지 않고 연신 꼬리를 흔들면서 고든 주위를 펄쩍펄쩍 뛰어다녔다. 판이 이렇게 무사히 돌아왔으니 이제 걱정할 게 없었다.

그래서 브리앙은 등불을 들고 굴속으로 들어갔다. 고든과 도니펀, 윌콕스와 백스터와 모코도 그 뒤를 따랐다. 그리고 모두 암벽에 뚫린 구멍을 지나 어두운 동굴로 들어갔다. 그 동굴에는 밖에서 햇빛이 전혀 들어오지 않았다.

이 두 번째 동굴은 높이도 너비도 프렌치 동굴과 거의 비슷했지만, 프렌치 동굴보다 훨씬 깊었다. 바닥은 50평방미터 정도가 고운 모래로 덮여 있었다.

이 동굴은 외부와 연결되어 있지 않은 것 같아서 공기가 부족하거나 오염되어 있지 않을까 걱정했지만, 등불이 활활 타오르고 있으니까 어딘가에 구멍이 있어서 바깥 공기가 들어오고 있는 게 분명했다. 게다가 입구가 없다면 판이 어떻게 들어올 수 있었겠는가.

바로 그때, 윌콕스가 무언가에 발이 걸려 비틀거렸다. 윌콕스는 손으로 더듬어보고, 그것이 차갑게 식어서 움직이지 않는 동물의 시체라는 것을 알아차렸다.

브리앙이 등불로 그것을 비추었다.

"승냥이다!" 백스터가 소리쳤다.

"그래. 용감한 판이 승냥이를 물어 죽였어!" 브리앙이 대답했다.

"이제야 그 이상한 소리의 정체를 알겠군." 고든이 덧붙였다.

그런데 승냥이가 이 동굴을 보금자리로 삼고 있었다면, 도대

"승냥이다!" 하고 백스터가 소리쳤다

체 어디로 드나들었을까? 어떻게든 그 출입구를 찾아내야 한다.

그래서 브리앙은 동굴 밖으로 나가 벼랑을 따라 호수 쪽으로 걸어가면서, 그 절벽을 향해 계속 소리를 질렀다. 마침내 벼랑 안에 있는 친구들이 대답하는 소리가 들려왔다. 이런 방법으로 브리앙은 무성한 풀숲 사이에서 작은 구멍을 찾아냈다. 승냥이가 드나들던 구멍이었다. 판이 승냥이를 쫓아 굴속으로 들어갔을 때 구멍 주위의 흙이 허물어져 입구를 메워버렸기 때문에 좀처럼 찾아내지 못했던 것이다.

이제 모든 수수께끼가 풀렸다. 그 이상한 소리는 승냥이가 으르렁거린 소리였고 판이 짖어댄 소리였다. 판은 입구가 막히는 바람에 밖으로 나오지 못하고 꼬박 하루를 어두운 굴 속에 갇혀 있었던 것이다.

모두 뛸듯이 기뻐했다. 판이 돌아왔을 뿐만 아니라 동굴을 파는 수고도 덜 수 있었다. 돌의 말대로 맞춤 동굴을 손에 넣었기 때문이다. 보두앵은 바로 옆에 이런 동굴이 있는 줄 꿈에도 몰랐을 것이다. 입구를 넓히면 호수 쪽으로 두 번째 출입구가 생긴다. 그러면 동굴 생활을 꾸려나가는 데 여러 가지로 편리할 것이다. 그래서 새 동굴에 모인 소년들은 일제히 환성을 질렀다. 판도 덩달아 기쁜 듯이 짖어댔다.

좁은 통로를 쉽게 지나다닐 수 있는 복도로 바꾸기 위해 모두 열심히 일하기 시작했다. 두 번째 동굴은 '거실' 이라고 부르기로 했다. 그 넓이로 보아도 잘 어울리는 이름이었다. 복도 옆면에 고방을 만들 때까지 모든 도구와 기구는 이 거실에 놓아두기로 했

모두 열심히 일하기 시작했다

다. 이곳은 침실 겸 공부방으로도 쓰이게 되었다.

한편 프렌치 동굴은 주방 겸 식당으로 쓰기로 했다. 하지만 이곳에는 식료품도 저장해둘 예정이었기 때문에, 고든은 프렌치 동굴을 '저장실'로 부르는 게 어떠냐고 제안했다. 모두 그 제안에 찬성했다.

우선 침대를 거실로 옮기는 작업이 시작되었다. 거실의 모래 바닥 위에 침대를 가지런히 늘어놓았다. 다음에는 '슬루기' 호의 가구—긴의자, 팔걸이 의자, 탁자, 옷장—를 옮겼다. 넓은 거실을 따뜻하게 덥히기 위해 '슬루기' 호의 침실과 객실에 놓여 있던 난로를 설치했다.

호수 쪽 출입구도 넓히고, 거기에 '슬루기' 호의 선실 문을 달았다. 손재주가 좋은 백스터도 이 일에는 상당히 애를 먹었지만, 결과는 만족스러웠다. 출입구 양쪽에는 새로 창을 뚫어서, 햇빛이 거실로 충분히 비쳐들었다. 밤에는 천장에 매단 램프가 거실을 환하게 비추었다.

이렇게 방을 정비하는 데 보름이 걸렸다. 이제 슬슬 작업을 끝내야 했다. 온화했던 날씨가 바뀌기 시작했기 때문이다. 추위는 아직 그렇게 심하지 않았지만, 거센 바람이 불기 시작해서 나돌아다닐 수가 없었다.

실제로 바람이 너무 강해서, 벼랑이 바람막이가 되어주고 있는데도 호수에 큰 파도가 일었다. 파도는 기슭에 부딪쳐 소리를 내며 부서졌다. 낚싯배나 통나무배 같은 작은 배라면 난파해버릴 게 분명하다. 보트를 육지로 끌어올려야 했다. 그렇지 않으면 파도에 휩쓸려버릴 우려가 있다. 이따금 강물이 역류하여 강둑을 넘어 벼랑까지 밀려올 듯한 기세를 보일 때도 있었다. 다행히 바람이 서쪽에서 불어왔기 때문에 저장실과 거실은 바람을 정면으로 받지 않았다. 그래서 거실의 난로와 화덕에 충분히 비축해 둔 마른 땔나무를 넣고 불을 피우면 잘 타올랐다.

'슬루기' 호에서 가져온 물건을 모두 안전한 곳에 보관해둔 것은 정말 다행이었다. 날씨가 나빠도 식량 걱정은 할 필요가 없었다.

소년들은 날씨 때문에 동굴에 갇혀 있었지만, 동굴을 좀더 쾌적하게 꾸밀 여유가 생겼다. 소년들은 이미 복도를 넓히고, 복도 옆벽에 고방을 두 개 만들었다. 고방 하나에는 문을 달고 탄약을 넣어두었다. 탄약이 폭발할 위험을 피하기 위해서였다.

이제 프렌치 동굴 부근으로 사냥을 나갈 수는 없었지만, 물새만으로도 식량은 충분했다. 모코는 물새의 비린내를 없애려고 애썼지만, 언제나 성공한 것은 아니었다. 그럴 때는 모두 투덜투덜 불평을 하거나 얼굴을 찌푸렸다. 산 채로 잡아온 레아는 밖에 우리를 만들 때까지 저장실 한구석에서 키웠다.

그 무렵 고든은 한 가지 계획을 세우기로 마음먹었다. 모두 그 계획에 동의하면, 누구나 반드시 거기에 따라야 한다. 물질적인 욕구가 충족되면 정신 생활을 생각하게 되는 것은 당연하다. 이 섬에 언제까지 살게 될지는 모르지만, 이 섬을 떠날 때까지 시간을 효과적으로 이용하면 얼마나 좋을까! '슬루기' 호의 도서실에서 가져온 책을 이용하면, 상급생들은 하급생들을 가르치면서 자신들의 지식도 넓힐 수 있지 않을까? 그것은 긴 겨울을 효율적으로 즐겁게 보내는 멋진 방법일 것이다.

하지만 이 계획을 실행에 옮기기 전에 또 다른 제안이 나왔다.

6월 10일에 밤참을 먹은 뒤, 소년들은 모두 거실에서 난로 주위에 모여 이야기를 나누었다. 그러다가 섬의 주요 장소에 이름을 붙이자는 제안이 나왔다.

"이름을 붙이면 아주 편리하고 좋을 것 같아." 브리앙이 말했다.

"이름을 붙이자고? 그럼 아주 멋진 이름을 붙이자!" 아이버슨이 소리쳤다.

"진짜 로빈슨과 책에 나오는 로빈슨이 했던 것처럼!" 웨브도 말했다.

"사실은 우리도 로빈슨과 다를 게 없어." 고든이 말했다.

"로빈슨들의 기숙학교야!" 서비스가 소리쳤다.

"만과 강 · 숲 · 호수 · 벼랑 · 늪 · 곶에 이름을 붙이면, 장소를 확인하기가 훨씬 쉬워질 거야." 고든이 말을 이었다.

이 제안에는 모두 찬성했다. 이제는 적당한 이름을 찾기 위해 열심히 머리를 굴리기만 하면 된다.

"우리 배가 좌초한 만에는 이미 '슬루기 만'이라는 이름이 붙어 있어." 도니펀이 말했다. "그 이름은 그대로 두는 게 좋겠어. 이미 익숙해져 있으니까."

"그래, 맞아!" 크로스가 맞장구쳤다.

"'프렌치 동굴'이라는 이름도 그냥 두자." 브리앙이 제안했다. "우리가 대신 살게 되었지만, 그 조난한 프랑스인을 기리는 뜻에서!"

이 제안에도 반대하는 사람이 없었다. 브리앙이 내놓은 의견이기는 했지만, 도니펀도 굳이 반대하지 않았다.

"그럼 슬루기 만으로 흘러드는 강은 뭐라고 부를까?" 윌콕스가 물었다.

"우리 나라 이름을 잊지 말자는 뜻에서, '질랜드 강'이 어때?" 백스터가 의견을 내놓았다.

"좋아!" "찬성!"

이 제안은 만장일치로 통과되었다.

"그럼 호수는?" 가넷이 물었다.

"강에 '질랜드'라는 이름을 붙였으니까, 호수에는 가족을 잊지 말자는 뜻에서 '패밀리 호수'라고 하자." 도니펀이 말했다.

이 의견도 환성과 박수 갈채로 통과되었다.

이렇게 모두의 마음이 하나로 합쳐졌고, 그런 화합의 분위기 속에서 벼랑에는 '오클랜드 언덕'이라는 이름이 붙여졌다. 이 벼랑이 끝나는 곳에 있는 곶은 브리앙의 제안에 따라 '가짜 바다 곶'으로 부르기로 했다. 브리앙은 그 곶에 올라가 동쪽에 있는 호수를 보고 바다로 착각했기 때문이다.

다른 장소의 이름도 차례로 결정되었다.

덫이 발견된 숲은 '덫숲', 슬루기 만과 벼랑 사이에 있는 숲은 '늪숲', 섬의 남부를 뒤덮고 있는 늪지는 '남늪', 징검다리가 놓인 개울은 '징검다리 개울', 배가 좌초한 해안은 '좌초 해안', 강과 호수 사이에 있는 강둑 잔디밭은 앞으로 운동장으로 쓸 예정이기 때문에 '운동장'으로 부르기로 했다.

다른 장소에 대해서는 그때그때 그곳에 가서 만난 사건에 따라 이름을 정하기로 했다.

하지만 프랑수아 보두앵의 지도에 그려진 주요한 곳에는 이름을 미리 붙여두는 게 좋을 듯했다. 그래서 섬의 북쪽 끝에 있는 곶은 '북곶', 남쪽 끝에 있는 곶은 '남곶'으로 이름을 정했다. 그리고 서쪽의 태평양으로 돌출한 세 개의 곶에는 각각 '프랑스 곶'·'영국 곶'·'미국 곶'이라는 이름을 붙여주었다. 이 작은 식민지에 모인 프랑스·영국·미국의 국민들에게 경의를 나타낸 것이다.

식민지라고? 그렇다. 이 섬 생활이 일시적인 것은 아니라는 점을 아이들에게 깨우쳐주기 위해 식민지라는 말이 사용되었다. 물론 그것은 고든이 앞장서서 제창한 것이었다. 고든은 언제나 이 섬에서 나가려고 애쓰기보다, 이 새로운 영지에서 새로운 생활을 쌓아올리는 데 열심이었다. 소년들은 이제 '슬루기'호의 조난자가 아니라 이 섬을 식민지로 개척하는 이주민이라는 것이다.

그런데 식민지의 이름은 뭐지? 그러고 보니 아직 섬 이름을 짓지 않았다.

"잠깐만. 섬 이름이라면 나한테 좋은 생각이 있어!" 가장 나이 어린 코스타가 외쳤다.

"네가 섬 이름을 생각했다고?" 도니펀이 놀라서 물었다.

"좋았어, 코스타." 가넷이 소리쳤다.

"들으나마나 '아기섬'이라는 이름일 거야. 틀림없어!" 서비스가 코스타를 놀렸다.

“코스타를 놀리면 안 돼!” 브리앙이 타일렀다. “어떤 이름을 생각했는지 들어보자!”

코스타는 당황하여 입을 다물어버렸다.

“자, 어서 말해봐, 코스타.” 브리앙이 코스타를 재촉했다. “틀림없이 좋은 이름일 거야.”

“그럼 말할게.” 코스타가 입을 열었다. “우리는 체어먼 학교 학생이니까, 이 섬을 ‘체어먼 섬’ 이라고 부르면 어때?”

확실히 그보다 나은 이름은 찾을 수 없었다. 그래서 모두 박수갈채로 동의했다. 코스타는 우쭐한 표정을 지었다.

체어먼 섬! 지리적 명칭으로도 잘 어울리는 이름이었다. 장차 지도에 싣기에도 딱 들어맞는 느낌이다.

모두 만족하여 이름짓는 의식을 끝내고, 잠자리에 들 시간이 되었다. 그때 브리앙이 할 말이 있다고 말했다.

“이 섬에 이름을 붙였으니까, 섬을 다스릴 지도자를 뽑아야 하지 않을까?”

“지도자라고?” 도니펀이 큰 소리로 되물었다.

“그래. 우리들 중에서 뽑힌 누군가가 지도력을 발휘할 수 있다면 모든 일이 좀더 잘 굴러갈 거야. 어떤 나라에서나 하고 있는 일이니까, 체어먼 섬에서도 해보는 게 좋지 않을까?”

“옳소! 지도자가 필요해. 지도자를 정하자!”

상급생도 하급생도 일제히 외쳤다. 그러자 도니펀이 말했다.

“지도자를 뽑는 건 좋지만, 정해진 임기까지만 한다는 조건을 붙이자. 예를 들면 1년이라든가……."

"그리고 임기를 마친 뒤에 다시 뽑히는 것을 금지하지 않기로 하자." 브리앙이 덧붙였다.

"좋아! 그런데 누구를 뽑지?" 걱정스러운 어투로 도니펀이 물었다.

시샘 많은 도니펀은 친구들이 브리앙을 선택하지나 않을까, 오직 그것만 걱정하는 것 같았다. 하지만 그것은 걱정할 필요가 없었다.

"누구를 뽑느냐고?" 브리앙이 되물었다. "그야 물론 가장 분별 있고 현명한 고든이지!"

"그래! 좋아! 고든 만세!"

고든은 남에게 명령을 내리고 앞장서서 지휘하기보다는 계획을 세우고 조직하는 일을 좋아했기 때문에, 처음에는 아이들이 준 이 영예를 거절하려고 했다. 그러나 어른들의 경우와 마찬가지로 이 소년들의 경우에도 치열한 열정이 서로 충돌하여 말썽이 일어날지도 모른다. 그렇게 되면 자신이 지휘권을 쥐는 것이 문제 해결에 도움이 될 거라고 고든은 생각했다.

이리하여 고든은 체어먼 섬의 작은 식민지를 이끄는 지도자가 되었다.

“고든 만세!”

13

생활 시간표—일요일의 관습—눈싸움—도니펀과 브리앙—
한파—땔감 문제—덫숲으로—슬루기 만으로—펭귄과 바다표범—체벌

5월부터 이미 체어먼 섬에는 겨울 분위기가 짙어지고 있었다. 겨울은 얼마나 지속될까? 이 섬이 뉴질랜드보다 남쪽에 있다면 겨울이 적어도 다섯 달은 지속될 것이다. 그래서 고든은 긴 겨울에 대비하여 미리 여러 가지 대책을 세우기로 했다.

어쨌든 이 미국인 소년은 이미 기상 관측을 통해 5월부터 겨울이 시작된 것을 알아차리고 있었다. 그래도 한겨울까지는 아직 두 달이나 남아 있다. 북반구에서는 1월이 한겨울이지만 남반구에서는 7월이 한겨울이다. 겨울이 끝나는 것도 한겨울보다 두 달 뒤인 9월 중순 무렵일 것이다. 겨울이 지나도, 춘분이나 추분 무렵에 자주 일어나는 폭풍을 조심해야 한다. 따라서 식민지의 소년들은 10월 초순 무렵까지는 체어먼 섬에 대한 탐험을 포기하고 프렌치 동굴에 틀어박혀 있어야 한다.

고든은 동굴 생활을 되도록 뜻깊게 보낼 수 있도록 매일의 일과를 짰다.

체어먼 학교에서는 하급생이 상급생의 '잔심부름'을 한다고 앞에서 말했지만, 체어먼 섬에서는 하급생한테 그런 심부름을 시킬 수 없다.

고든은 소년들이 자신을 어른으로 생각하고 어른스럽게 행동하는 데 익숙해지도록 애썼다. 프렌치 동굴에는 '당번'이 없었다. 어린 하급생이 상급생의 당번으로 잔심부름을 강요당하는 일은 없다는 뜻이다. 하지만 그밖의 점에서는 전통을 지켜야 한다. 《영국의 학교 생활》을 쓴 저자도 말했지만, 전통을 지키는 것은 '영국 학교의 중요한 존립 근거'다.

고든이 정한 생활 시간표는 상급생과 하급생이 전혀 달랐다. 그것은 당연한 노릇이었다. 실제로 프렌치 동굴에 있는 책은 한정되어 있어서, 기행문을 제외하면 지식이나 정보를 얻을 수 있는 책이 거의 없었다. 따라서 상급생들은 어느 정도까지만 공부를 계속할 수 있었다. 하지만 고단한 생활과 생필품을 구하기 위해 계속되는 투쟁, 온갖 사태에 직면하여 판단력과 상상력을 발휘해야 하는 현실을 통해 상급생들은 인생을 진지하게 배워갈 터였다. 또한 교사로서 하급생들에게 공부를 가르치는 임무도 맡게 될 것이다.

하지만 하급생들에게 나이에 걸맞지 않은 힘든 공부를 강요하면 안 된다. 지식만이 아니라 체력을 단련할 기회도 충분히 주어야 한다. 날씨가 좋으면 따뜻한 옷을 입혀 밖으로 내보내 마음껏 뛰어다니게 하자. 또한 각자 힘닿는 대로 일을 거들게 하자.

이런 일과는 영국 교육의 기초인 다음과 같은 방침을 토대로 결정되었다.

•어려운 일에 부닥쳐도 과감하게 시도하라.

•최대한 노력할 기회를 놓치지 말라.

•고생을 아끼지 말라. 쓸데없는 고생은 없으니까.

이런 가르침을 실행하면 몸도 마음도 튼튼히 단련할 수 있다.

이리하여 다음과 같은 방침이 만장일치로 결정되었다.

아침저녁으로 두 시간씩 거실에서 함께 공부한다. 5학년인 브리앙과 도니펀 · 크로스 · 백스터, 4학년인 윌콕스와 웨브가 교대로 1학년 · 2학년 · 3학년 아이들의 수업을 맡는다. 상급생은 책꽂이에 있는 책과 지금까지 얻은 지식을 활용하여 하급생들에게 수학과 지리와 역사를 가르친다. 이는 상급생들이 지금까지 배운 것을 잊지 않는 데에도 도움이 될 것이다.

일주일에 두 번, 일요일과 목요일에는 모두 모여 토론회를 갖기로 했다. 일상 생활과 관련된 과학 · 역사 · 시사 문제를 토론 주제로 다루게 된다. 상급생들은 찬성인지 반대인지 태도를 명확히 밝히고, 전체의 동의를 얻기 위해, 그리고 하급생들에 대한 교육을 위해 토론에 참여한다.

고든은 지도자로서 이 일과가 정확히 지켜지도록 감독하게 되었다. 뜻밖에 새로운 사건이 일어나지 않는 한 일과는 변경할 수 없다.

먼저 시간의 흐름을 정확히 파악할 필요가 있다. '슬루기' 호의 달력이 남아 있었지만, 날마다 하루씩 규칙적으로 날짜를 지워 나가지 않으면 안 된다. 배에 있던 시계도 남아 있었지만, 정확한 시각을 알려면 규칙적으로 태엽을 감아주어야 한다.

상급생 두 명이 이 일을 맡았다. 윌콕스는 시계, 백스터는 달력 담당이다. 윌콕스와 백스터가 하는 일이라면 믿을 수 있다. 기압계와 온도계는 웨브가 날마다 눈금을 조사해서 기록하기로 했다.

체어먼 섬에서 사는 동안, 이미 일어난 일과 앞으로 일어날 일을 모두 일지에 기록하기로 했다. 이 일은 백스터가 맡게 되었다. 백스터는 꼼꼼하니까 아주 정확한 '프렌치 동굴 일지'가 작성될 것이다.

그에 못지않게 중요하고 시급한 일은 빨래 문제였다. 다행히 비누는 충분했지만, 고든이 아무리 주의를 주어도 어린 아이들은 운동장에서 놀거나 강가에서 낚시를 하면 아무래도 옷을 더럽히게 된다. 그래서 아이들은 몇 번이나 야단을 맞고 벌을 주겠다는 위협도 받았다.

빨래는 모코가 아주 잘해내고 있었지만, 모코 혼자서는 벅찰 것 같았다. 상급생들은 별로 내켜하지 않았지만, 프렌치 동굴의 의류를 깨끗이 정리해두기 위해서는 모코를 거들 수밖에 없었다.

이튿날은 일요일이었다. 잘 알려져 있다시피, 영국과 미국에서는 일요일을 엄격하게 지킨다. 도시에서도 시골에서도 일상생활은 잠시 중단된다. "일요일에는 관습에 따라 놀이나 오락이 모두 금지된다. 따분하기 이를 데 없는 일이지만, 일부러 따분해하는 모습을 보이지 않으면 안 된다. 이 규칙은 어른과 아이한테 똑같이 엄격하게 적용된다." 이것이 전통이다! 언제나 그 전통이 얼굴을 내민다!

그러나 체어먼 섬에서는 이 엄격함을 다소 완화시켰다. 그 일요일에 소년들은 패밀리 호수로 소풍을 갔다. 하지만 너무 추워서 호숫가를 두어 시간 산책한 뒤, 하급생들도 한데 어울려 운동장 잔디밭에서 달리기 경주를 했다. 그러고는 모두 기분이 상쾌해져서 따뜻한 거실로 돌아왔다. 저장실에는 따끈한 저녁식사가 준비되어 있었다. 프렌치 동굴의 일류 요리사가 정성껏 마련한 특별 메뉴였다.

밤에는 음악회가 열렸다. 가넷이 오케스트라 대신 아코디언을 연주했고, 다른 아이들은 영국인답게 진지한 태도로 박자가 틀린 노래를 불렀다. 목소리가 고운 소년은 자크뿐이었다. 하지만 자크는 무엇 때문인지 이제 더 이상 친구들과 어울려 즐겁게 놀려고 하지 않았다. 이날 밤에도 모두 자크한테 노래를 불러달라고 부탁했지만, 아무리 부탁해도 자크는 끝내 노래를 부르지 않았다. 체어먼 학교에 있을 때는 그렇게 자주 노래를 불렀는데.

그 일요일은 서비스의 말에 따르면 '고든 님'의 짤막한 연설로 시작되어, 합동 기도로 막을 내렸다. 10시쯤 소년들은 판에게 불침번을 맡기고 깊이 잠들었다. 수상한 짐승이 다가와도 판이 있으면 안심할 수 있었다.

6월에는 추위가 점점 심해졌다. 웨브의 관찰에 따르면 기압은 평균 730밀리바에 머물러 있었고, 온도계 눈금은 영하 10도 내지 12도를 가리키고 있었다. 남풍이 서풍으로 바뀌면 기온은 조금 올라갔지만, 프렌치 동굴 주변은 깊이 쌓인 눈에 파묻혀 있었다.

그래서 소년들은 단단한 눈뭉치를 만들어 눈싸움을 벌였다. 영국에서는 눈싸움이 인기있는 놀이다. 눈싸움을 하다가 다친 아이도 있었다. 하루는 눈싸움을 구경만 하고 있던 자크가 다치고 말았다. 크로스가 강속구로 던진 눈뭉치가 자크에게 정통으로 맞은 것이다. 크로스는 자크를 향해 던지지도 않았는데, 어쨌든 맹렬한 기세로 날아온 눈뭉치를 맞고 자크는 비명을 질렀다.

"일부러 그런 게 아니야." 크로스가 말했다. 실수를 저지른 사람의 상투적인 변명이다.

"물론 그랬겠지." 동생의 비명을 듣고 달려온 브리앙이 말했다. "하지만 눈뭉치를 그렇게 세게 던지는 건 좋지 않아."

"그런데 자크는 놀이에 끼고 싶어하지도 않으면서 뭣하러 이런 데 서 있는 거야?" 크로스가 불평을 했다.

"엄살이야. 별로 아프지도 않으면서!" 도니펀이 말했다.

"그래! 심하게 다친 건 아니야." 브리앙은 도니펀이 사사건건 참견하면서 시비 걸 기회만 찾고 있다는 것을 알아차렸다. "나는 다만 크로스한테 두번 다시 이런 일이 없도록 조심하라고 부탁하고 싶을 뿐이야."

"크로스한테 뭘 부탁한다고? 크로스가 일부러 그런 것도 아닌데?" 도니펀이 빈정거리는 투로 말했다.

"도니펀, 왜 쓸데없이 남의 일에 끼여드는 거야?" 브리앙이 되받았다. "이건 크로스와 나의 문제야."

"네가 그런 식으로 말한다면 나도 관계가 있어!" 도니펀이 소리를 질렀다.

"마음대로 해! 언제든지 상대해줄 테니까!" 브리앙은 팔짱을 끼고 도니펀 앞에 버티고 섰다.

"지금 당장 붙는 게 어때?" 도니펀이 소리쳤다.

이때 마침 고든이 다가왔기 때문에 주먹다짐으로 발전하지는 않았다. 고든은 도니펀이 잘못했다고 나무랐다. 도니펀도 고든의 말에는 따르지 않을 수 없어서, 투덜투덜 불평을 하면서도 프렌치 동굴로 돌아갔다. 하지만 경쟁자인 브리앙과 도니펀은 언제 또 사소한 일로 싸움을 벌일지 모른다!

눈은 꼬박 이틀 동안 계속 내렸다. 서비스와 가넷은 아이들을 기쁘게 해주려고 커다란 눈사람을 만들었다. 머리도 크고, 코도 크고, 입도 커서 마치 무서운 도깨비 같았다. 낮에는 돌과 코스타도 눈사람한테 눈뭉치를 던질 만큼 대담해지지만, 어두워져서 눈사람이 아주 거대해 보이면 무서워서 쳐다보지도 못했다.

아이버슨과 젱킨스는 돌과 코스타를 "겁쟁이!" 하고 놀려댔지만, 저들도 겉으로만 배짱이 있는 체할 뿐, 속으로는 돌이나 코스타와 마찬가지로 눈사람이 무서워서 벌벌 떨었다.

6월 말이 되자 이런 놀이도 단념할 수밖에 없었다. 눈이 1미터가 넘게 쌓여, 걸어다닐 수도 없게 되었기 때문이다. 프렌치 동굴에서 몇백 걸음만 나가도 다시는 동굴로 돌아오지 못할 위험이 있었다.

소년들은 7월 9일까지 보름 동안 프렌치 동굴에 갇혀 지냈다. 하지만 공부는 순조롭게 진행되었다. 생활 시간표는 엄격하게

서비스와 가넷은 눈사람을 만들었다

지켜졌고, 정해진 날에는 토론회가 열렸다. 모두 토론회를 즐겼다. 놀라운 일도 아니지만, 도니펀은 말도 잘하고 풍부한 식견도 갖추고 있었기 때문에 언제나 토론회를 주도했다. 그런데 왜 그렇게 거만한 태도를 보일까? 그 잘난 체하는 태도가 뛰어난 장점을 모두 망쳐버렸다.

쉬는 시간은 거실에서 보낼 수밖에 없었지만, 복도를 통해 방과 방 사이에 환기가 잘되고 있어서 건강을 해칠 염려는 없었다. 역시 위생 문제가 가장 중요했다. 어린 아이들이 병에 걸리기라도 하면 어떻게 돌볼 수 있겠는가? 다행히 아이들은 가벼운 감기에 걸리거나 목이 아픈 것 말고는 크게 앓지 않았고, 그럴 때도 휴식을 취하면서 뜨거운 음료를 마시면 금방 건강을 되찾았다.

그 무렵, 해결해야 할 골치 아픈 문제가 또 하나 생겼다. 프렌치 동굴에서 필요한 물은 바닷물이 섞이지 않도록 썰물 때 강에서 길어왔다. 그런데 강이 꽁꽁 얼어버리면 물을 길을 수 없게 될 것이다. 그래서 고든은 '전문 기술자'인 백스터에게 좋은 방법이 없겠느냐고 물었다. 백스터는 잠시 생각한 뒤, 수도관을 설치하자고 제안했다. 수도관이 얼지 않도록 강둑보다 1미터쯤 밑에 묻어서, 강물을 저장실까지 끌어들이자는 것이다. 이것은 어려운 작업이었다. '슬루기' 호의 욕실 배관으로 쓰였던 납파이프를 가져오지 않았다면 백스터도 이 일을 해내지 못했을 것이다. 백스터는 몇 번이나 시도한 끝에 겨우 저장실 안까지 물을 끌어들일 수 있었다. 조명도 문제였다. 등유는 아직 충분히 남아 있었지만, 겨울이 지나면 그것도 보급할 필요가 있을 것이다. 모코가 모아둔 비계로 양초를 만들어야 할지도 모른다.

겨울 동안 이 작은 식민지의 또 다른 걱정거리는 식량 보급이었다. 사냥이나 낚시로 식량을 구하는 것은 더 이상 기대할 수 없었기 때문이다. 먹이를 구하러 운동장에 나타나 어슬렁거리는 짐승도 있었지만, 그게 모두 승냥이였기 때문에 도니펀과 크로스는 총을 쏘아 멀리 쫓아버리는 것으로 만족했다. 하루는 승냥이들이 스무 마리쯤 떼지어 몰려왔다. 그래서 소년들은 거실과 저장실의 출입문을 단단히 닫아야 했다. 이 육식동물은 먹이가 없어서 몹시 사나워져 있었다. 그런 녀석들이 동굴로 쳐들어오면 끔찍한 일이 벌어질 것이다. 그래도 승냥이들이 몰려오는 것을 판이 재빨리 알려주었기 때문에, 짐승들은 프렌치 동굴에 들어오지 못했다.

상황이 이렇게 어려워지자, 모코는 아껴두었던 저장식품을 꺼낼 수밖에 없었다. 고든은 그것을 마지못해 허락했지만, 수입란은 빈칸으로 남아 있는데 지출란에 기입되는 항목만 계속 늘어나는 수첩을 보고 고민에 빠졌다. 그래도 살짝 구워서 통 속에 밀봉해둔 오리와 능에는 꽤 많이 비축되어 있었고 소금에 절여둔 연어도 많았기 때문에, 모코는 이런 재료를 요리에 이용할 수 있었다. 하지만 프렌치 동굴에는 먹여 살려야 할 식구가 열다섯이나 있었고, 게다가 그들은 하나같이 식욕이 왕성한 여덟 살부터 열네 살까지의 소년들이었다.

그래도 겨우내 신선한 고기를 전혀 먹지 못한 것은 아니다. 윌콕스는 덫을 놓는 솜씨가 뛰어나서, 강가에 올무를 몇 개나 설치해두었다. 나무토막을 '4' 자 모양으로 고정시킨 간단한 올무였지만, 그래도 이따금 작은 사냥감이 걸려들었다.

윌콕스는 친구들의 도움을 받아 강가에 새그물을 쳐놓았다. '슬루기' 호의 고기잡이 그물을 긴 막대기 끝에 묶어놓은 것이었다. 커다란 거미줄 같은 이 새그물에는 남늪에 사는 새들이 강 건너편으로 떼지어 날아갈 때 많이 걸려들었다. 이것은 공중에 쳐놓는 그물로는 너무 작아서 대부분의 새는 도망쳐버렸지만, 그래도 두 끼 식사를 해결할 수 있을 만큼 잡히는 날도 있었다.

그런데 레아를 키우는 게 문제였다. 먹이를 구하기도 어려울뿐더러, 레아 사육 담당인 서비스가 뭐라고 하든 그 야생동물은 전혀 길들여질 기미를 보이지 않았다.

"레아는 이제 곧 훌륭한 탈것이 될 거야!" 레아를 어떻게 탈 작정인지는 모르지만, 서비스는 자주 그렇게 장담하곤 했다.

어쨌든 레아는 육식동물이 아니기 때문에, 서비스는 날마다 1미터 가까이 쌓인 눈을 헤치고 레아의 먹이인 풀이나 뿌리를 찾아다녀야 했다. 하지만 서비스는 소중한 레아에게 맛있는 먹이를 주기 위해서라면 어떤 고생도 마다하지 않았을 것이다. 끝없이 긴 겨울 동안 레아가 조금 여위었다 해도, 그것은 성실한 사육 담당자 탓이 아니었다. 봄이 오면 레아는 다시 전처럼 포동포동 살이 오를 것이다.

7월 9일 새벽, 동굴 밖으로 나간 브리앙은 바람이 갑자기 남풍으로 바뀐 것을 알아차렸다.

추위가 심해졌기 때문에 브리앙은 서둘러 거실로 돌아가 고든에게 이 사실을 알렸다.

"나도 그걸 걱정하고 있었어." 고든이 말했다. "우린 앞으로도 몇 달 동안이나 이 혹독한 겨울을 견뎌야 할 거야."

"날씨가 이렇게 추운 걸 보면, '슬루기' 호는 우리가 상상했던 것보다 훨씬 남쪽으로 떠내려온 모양이야!" 브리앙이 말했다.

"아마 그렇겠지. 하지만 지도를 보면 남극해 언저리에는 섬이 하나도 없어!"

"도무지 알 수가 없군. 우리가 체어먼 섬을 떠나게 되면 어느 쪽으로 가야 하지?"

"섬을 떠난다고?" 고든이 소리쳤다. "너는 아직도 그 생각을 하고 있니?"

"나는 늘 그 생각을 하고 있어. 난바다를 항해할 수 있는 배를 만들면, 나는 당장 바다로 나갈 작정이야!"

"좋아! 하지만 서두를 건 없어. 하다못해 우리의 이 작은 식민지가 체계적으로 완성될 때까지만이라도 참고 기다리자."

"뭐라고?" 브리앙이 소리쳤다. "너는 우리가 집에 가족을 두고 왔다는 걸 잊었나 보구나."

"그건 그래. 하지만 여기서도 우리는 별로 불행하지 않아. 만사가 잘 돌아가고 있어. 그런데 뭐가 부족하다는 거야?"

"부족한 건 많아." 브리앙이 대답했다. 이 문제는 지금 이 자리에서 매듭을 짓는 게 좋겠다고 생각했다. "예를 들면 땔감이 거의 다 떨어졌어."

"하지만 이 섬의 숲이 전부 타버린 건 아니잖아."

"그래. 하지만 서둘러 땔감을 비축해두는 게 좋겠어. 이제 곧 땔감이 바닥나게 될 테니까."

"오늘이라도 땔감을 모으고 싶다는 거로군. 좋아. 지금 기온이 몇 도지?"

저장실에 있는 온도계는 화덕에서 불이 활활 타고 있는데도 5도를 가리키고 있었다. 그런데 온도계를 밖에 내놓자 순식간에 눈금이 영하 17도로 곤두박질쳤다.

그것은 혹독한 추위였다. 몇 주 동안 맑은 날씨가 계속되어 공기가 건조해지면 기온은 더욱 내려갈 것이다. 거실에 있는 난로 두 개와 저장실의 화덕에서 불이 활활 타고 있는데도 벌써 실내 온도가 확실히 낮아졌다.

소년들은 아침식사가 끝나면 모두 덫숲에 가서 땔나무를 모아 오기로 했다.

바람만 잔잔하면 기온이 아무리 낮아도 어떻게든 견딜 수 있다. 특히 괴로운 것은 손과 얼굴을 물어뜯는 듯한 바람이다. 이 바람을 피하기는 어렵다. 다행히 오늘은 바람이 약하고, 하늘은 구름 한 점 없이 맑았다. 공기도 얼어붙은 모양이다.

그래서 어제는 무릎까지 푹푹 빠질 만큼 부드러운 눈이 땅을 덮고 있었는데, 오늘은 눈이 굳어서 마룻바닥처럼 단단해져 있었다. 이런 땅에서는 꽁꽁 얼어붙은 패밀리 호수나 질랜드 강과 마찬가지로 미끄러지지 않도록 조심하기만 하면 쉽게 걸을 수 있을 것이다. 북극지방의 원주민들이 신는 설피가 있다면, 또는 개나 순록이 끄는 썰매가 있다면, 호수 남쪽에서 북쪽까지 몇 시간 만에 달릴 수도 있을 것이다.

하지만 당분간은 그렇게 멀리까지 나갈 수 없다. 가까운 숲에 가서 땔감을 모으는 것이 지금 당장 해야 할 일이었다.

많은 땔감을 동굴 속으로 나르는 것은 쉬운 일이 아니었다. 두 팔에 안거나 등에 짊어지고 나를 수밖에 없기 때문이다. 그래서 모코가 묘안을 생각해냈다. 소년들은 배에서 떼어낸 널빤지로 짐수레를 만들 때까지 모코의 제안을 실행에 옮기기로 했다. 그 제안이란 저장실에 있는 튼튼한 탁자를 뒤집어서 얼어붙은 눈 위로 끌고 가면 어떠냐는 것이었다. 탁자는 가로가 4미터에 세로가 1.5미터나 되니까, 많은 땔감을 쉽게 운반할 수 있을 것이다. 소년들은 탁자를 밖으로 끌어냈다. 그리고 이 원시적인 썰매에 밧줄을 매고 상급생 네 명이 끌고 가기로 했다. 아침 8시에 소년들은 덫숲을 향해 출발했다.

어린 아이들은 코도 뺨도 빨개진 채 강아지처럼 앞장서서 달려갔다. 판도 신이 나서 뛰어다녔다.

아이들은 즐거워서 어쩔 줄을 모르고 이따금 탁자 위에 올라타기도 했다. 서로 타겠다고 다투거나 서로 밀치기도 했다. 탁자에서 몇 번이나 떨어질 뻔했지만, 떨어져도 크게 다칠 염려는 없었다. 아이들의 외침 소리는 이 차갑고 메마른 대기 속에서 이상할 만큼 크게 울려 퍼졌다. 이 작은 식민지 주민들이 이처럼 즐겁고 건강한 모습을 보는 것은 참으로 유쾌한 일이다!

오클랜드 언덕과 패밀리 호수 사이는 온통 은세계였다. 눈꽃으로 뒤덮인 나무들이 반짝반짝 빛나는 수정을 가지에 걸치고,

동화의 나라 같은 배경으로 주위를 둘러싸고 있었다. 새들이 떼를 지어 호수를 지나 벼랑 너머로 날아가고 있었다. 도니펀과 크로스는 총을 가져오는 것을 잊지 않았다. 그것은 현명했다. 승냥이도 퓨마도 재규어도 아닌 짐승의 수상한 발자국이 눈에 띄었기 때문이다.

"이건 아마 '살쾡이' 라고 불리는 들고양이의 발자국일 거야." 고든이 말했다. "들고양이라 해도 역시 무서운 맹수야."

"고양이라면 별것 아니겠네." 코스타가 업신여기듯 어깨를 으쓱했다.

"호랑이도 고양이야!" 젱킨스가 말했다.

"정말? 그 들고양이는 성질이 못됐어?" 코스타가 서비스에게 물었다.

"그래, 정말이야." 서비스가 대답했다. "그 고양이는 어린애도 쥐새끼처럼 우적우적 씹어먹는대!"

이 말을 듣고 코스타는 겁에 질렸다.

프렌치 동굴에서 덫숲까지 약 1킬로미터는 금세 지나갔다. 어린 나무꾼들은 일을 시작했다. 굵은 나무만 도끼로 베고 잔가지는 쳐냈다. 금방 타버리는 삭정이가 아니라 화덕이나 난로에서 때기에 적당한 땔감용 장작을 비축해야 한다. 이윽고 탁자 썰매에 많은 땔나무가 실렸다. 하지만 이 썰매는 잘 미끄러졌기 때문에, 단단하게 얼어붙은 눈 위로 즐겁게 썰매를 끌고 밀면서 정오까지 두 차례나 땔나무를 나를 수 있었다. 점심을 먹은 뒤에도 작업은 계속되었고, 날이 저문 4시 무렵에야 작업을 중단했다. 그

탁자 썰매에 많은 땔나무가 실렸다

때쯤에는 모두 지쳐 있었다. 너무 무리해서 일할 필요는 없었기 때문에, 고든은 땔나무 모으는 작업을 내일로 미루었다. 고든의 명령에는 따를 수밖에 없다.

하지만 프렌치 동굴로 돌아오자, 모두가 나무를 톱이나 도끼로 잘라서 쌓는 일을 잠잘 때까지 계속했다.

엿새 동안 쉬지 않고 땔나무를 나른 덕분에 몇 주일 치의 땔감이 마련되었다. 이 많은 땔감을 저장실에 모두 쌓아둘 수는 없었다. 하지만 나머지 땔감은 바깥의 벼랑 밑에 쌓아두어도 상관없었다.

달력에 따르면 7월 15일은 '성 스위딘의 날'*이었다.

"그럼 오늘 비가 내리면 40일 동안 계속 비가 내리겠군." 브리앙이 말했다.

"별로 대단한 의미는 없을 거야." 서비스가 받았다. "어차피 지금은 날씨가 좋지 않은 계절이니까. 아아! 지금이 여름이라면!"

실제로 남반구 사람들은 성 스위딘의 영향을 걱정할 필요가 없다. 남반구 주민에게는 성 스위딘도 겨울의 성인이기 때문이다.

체어먼 섬에서는 비가 계속 내리지는 않았고, 바람이 다시 남동풍으로 바뀌어 혹독한 추위가 되돌아왔기 때문에, 고든은 아이들이 밖에 나가는 것을 금지했다.

실제로 8월 첫째 주의 중반쯤에는 기온이 영하 27도까지 떨어졌다. 조금이라도 바깥 공기를 쐬면 입김이 꽁꽁 얼어버렸다. 금

* 성 스위딘의 날: 이날의 날씨가 그후 40일 동안 지속된다는 미신이 있다. 성 스위딘은 윈체스터 주교(852~862)를 지낸 영국의 성직자.

속에는 손을 댈 수도 없었다. 금속을 만지면 불에 덴 것처럼 격렬한 통증이 왔기 때문이다. 소년들은 실내 온도가 너무 떨어지지 않도록 항상 조심해야 했다.

이렇게 괴로운 보름이 지나갔다. 모두 운동 부족에 시달렸다. 브리앙은 아이들이 생기를 잃고 안색이 창백한 것을 보고 걱정하지 않을 수 없었다. 감기나 기관지염에 걸리는 것은 피할 수 없었다. 그래도 따뜻한 음료가 잔뜩 있었기 때문에 아무도 중병에 걸리지 않고 이 위험한 시기를 무사히 넘길 수 있었다.

8월 16일쯤 바람이 서풍으로 바뀌면서 날씨가 변하기 시작했다. 기온은 영하 12도까지 올라갔다. 바람만 없으면 충분히 견딜 수 있는 온도였다.

그래서 도니펀과 브리앙, 서비스와 윌콕스와 백스터는 슬루기 만까지 가보기로 했다. 아침 일찍 떠나면 저녁에는 돌아올 수 있을 것이다.

그들은 해안에 바다표범이 많이 찾아와 있는지 확인하고 싶었다. 바다표범은 항상 남극지방을 찾아오는 손님이고, '슬루기' 호가 좌초했을 때도 몇 마리 본 적이 있었다. 그리고 벼랑 꼭대기에 세워둔 깃발도 바꾸고 싶었다. 깃발은 거센 바람을 맞아 지금쯤은 누더기가 되어 있을 게 뻔하다. 또한 브리앙은 지나가던 배의 선원이 깃발을 보고 해안에 상륙했을 때 프렌치 동굴을 쉽게 찾을 수 있도록, 깃발을 묶어놓은 돛대에 프렌치 동굴의 위치를 알리는 나무토막을 못박아두자고 제안했다.

고든은 그들이 슬루기 만에 가는 것은 좋지만 어두워지기 전에 꼭 돌아오라고 다짐했다. 8월 19일, 원정대는 아직 동이 트기 도 전에 프렌치 동굴을 떠났다. 하늘은 맑게 개었고, 하현달이 창백한 빛을 던지고 있었다. 슬루기 만까지 10킬로미터를 걸어야 하지만, 그 정도 거리는 다리가 튼튼한 소년들에게는 문제가 되지 않았다.

다섯 소년은 곧 슬루기 만에 도착했다. 탄화한 나무들이 퇴적해 있는 늪지가 꽁꽁 얼어 있었기 때문에, 길을 멀리 돌아갈 필요가 없어서 거리가 훨씬 짧아졌다. 그래서 오전 9시도 되기 전에 원정대는 모래밭으로 나갔다.

"새떼다!" 윌콕스가 외쳤다.

그러고는 암초 위에 앉아 있는 수천 마리의 새를 가리켰다. 그 새는 커다란 오리와 비슷했고, 홍합 껍데기처럼 생긴 길쭉한 부리를 갖고 있었다. 꽥꽥거리는 울음소리가 귀에 거슬렸다.

"장군한테 사열받는 난쟁이 병사들 같군!" 서비스가 말했다.

"저건 펭귄이야!" 백스터가 말했다. "잡아도 먹을 수 없어!"

그 얼빠진 새들은 두 다리가 몸 뒤쪽에 달려 있어서 똑바로 서 있을 수 있었지만, 달아날 생각도 하지 않으니까 몽둥이로 때려 잡을 수도 있을 것 같았다. 도니펀은 펭귄을 재미삼아 죽이고 싶었을지도 모른다. 하지만 브리앙이 도니펀의 성질을 건드리지 않으려고 조심했기 때문에, 도니펀은 펭귄들이 마음놓고 쉬도록 내버려두었다.

펭귄은 전혀 쓸모가 없었다. 이듬해 겨울을 여기서 보내야 한다 해도, 프렌치 동굴의 등잔용 기름을 얻을 수 있는 동물은 많이 있었다.

그것은 바다표범이다. 이른바 코끼리바다표범들이 두껍게 얼어붙은 암초 위를 팔짝팔짝 뛰어다니며 즐거워하고 있었다. 하지만 바다표범을 잡으려면 암초 쪽으로 도망갈 길을 막아야 한다. 실제로 소년들이 가까이 가자마자 바다표범들은 재빨리 도망쳐 물 속으로 사라져버렸다. 바다와 육지 양쪽에서 사는 이런 동물을 잡으려면 나중에 특별 원정대를 조직해야 할 것 같았다.

소년들은 가져온 식량으로 간단히 식사를 끝내고, 슬루기 만 일대를 조사하기 시작했다.

질랜드 강 어귀에서 '가짜 바다 곶' 까지는 온통 은세계가 펼쳐져 있었다. 펭귄과 슴새 · 갈매기 · 재갈매기 같은 바닷새를 제외한 다른 새들은 모두 해안을 떠나 섬 안쪽으로 먹이를 찾으러 날아간 모양이다. 해안에는 눈이 1미터나 쌓여 있어서, '슬루기' 호의 잔해는 그 두꺼운 눈 속에 묻혀버렸다. 파도에 실려온 해조류가 암초 너머에 떠 있는 것을 보면, 슬루기 만에는 춘분 무렵의 한사리가 밀려오지 않았던 게 분명하다.

바다는 여전히 수평선 너머까지 텅 비어 있었다. 석 달 만에 보는 바다였다. 저 수평선 너머 수백 킬로미터나 떨어진 곳에 뉴질랜드가 있다. 언젠가는 고향으로 돌아갈 수 있을까? 브리앙은 희망을 버리지 않았다!

백스터는 가져온 새 깃발을 걸고, 강을 10킬로미터쯤 거슬러 올라간 곳에 있는 프렌치 동굴의 위치를 표시한 나무토막을 깃대에 박았다. 오후 1시쯤, 소년들은 다시 강을 따라 프렌치 동굴

백스터는 새 깃발을 걸었다

로 돌아가기 시작했다.

돌아가는 길에 도니펀은 강물 위를 날고 있는 고방오리와 댕기물떼새를 두 마리씩 잡았다. 그리고 날이 저물어가는 오후 4시경에 소년들은 프렌치 동굴에 도착했다. 고든은 그날 있었던 일을 보고받았다. 슬루기 만에는 바다표범이 많이 있는 모양이니까, 날씨가 좋아지면 당장 잡으러 가기로 했다.

실제로 악천후는 곧 끝날 기미를 보이고 있었다. 8월의 마지막 주와 9월 첫째 주에 다시 바닷바람이 불기 시작했다. 거센 바람이 몇 번 휘몰아치자 기온이 갑자기 올라갔다. 눈도 녹기 시작했고, 호수의 얼음도 요란한 소리를 내며 갈라졌다. 그 자리에서 녹지 않은 얼음덩이가 겹겹이 포개진 채 강을 따라 내려갔다. 9월 10일 무렵에야 겨우 강에서 얼음덩이가 완전히 사라졌다.

그해 겨울은 이렇게 지나갔다. 여러 가지로 조심한 덕에 이 작은 식민지 주민들은 겨우내 별다른 고생을 겪지 않았다. 건강 상태는 모두 양호한 편이었고, 공부도 열심히 했기 때문에, 고든이 말을 듣지 않는 아이를 나무랄 일도 거의 없었다.

하지만 어느 날 고든은 돌에게 벌을 주어야 했다. 돌의 행동이 본보기로 벌을 받게 된 것이다.

고집이 센 돌은 몇 번이나 '의무를 다하기'를 거부했다. 고든이 야단을 쳐도 돌은 들은 체하지 않았다. 영국 학교에는 식사할 때 빵과 물만 주는 처벌이 없기 때문에, 결국 돌은 회초리로 맞는 벌을 받게 되었다.

프랑스 소년들은 회초리로 맞으면 몹시 불쾌하게 생각하지만,

영국 소년들은 체벌을 받아도 별로 모욕감을 느끼지 않는다. 브리앙은 고든의 결정을 존중해야 한다고 생각했지만, 그래도 이런 체벌에는 반대하고 싶었다. 그런데 프랑스 학생들은 체벌을 받으면 수치심과 굴욕감을 느끼는 반면, 영국 학생들은 오히려 체벌을 두려워하는 것을 부끄럽게 생각하는 모양이다. 그래서 돌은 회초리를 몇 대 맞았다.

돌에게 직접 회초리를 댄 것은 제비뽑기에서 뽑힌 윌콕스였다. 이것은 본때를 보이기 위한 체벌이었기 때문에, 이런 일은 그 후 두번 다시 일어나지 않았다.

9월 10일—'슬루기' 호가 체어먼 섬에 좌초한 지 어느덧 반 년이 지났다.

14

겨울의 마지막 십술—짐수레—봄이 오다—서비스와 레아—
북쪽 탐험 준비—토끼굴—휴식천—호수의 끝—사막

날씨가 좋아질 조짐이 나타나기 시작했기 때문에, 소년들은 긴 겨울 동안 생각해둔 계획 몇 가지를 드디어 실행에 옮기기로 했다.

섬의 서쪽을 바라보면 가까이에 육지가 없는 것은 분명했다. 그럼 북쪽과 남쪽과 동쪽도 마찬가지일까? 이 섬은 태평양의 어느 세노나 군도의 일부일까?

프랑수아 보두앵의 지도를 믿는다면 그렇지는 않은 모양이다. 하지만 보두앵은 망원경도 쌍안경도 갖고 있지 않았다. 오클랜드 언덕 꼭대기에 올라가도 기껏해야 몇 킬로미터 거리밖에 보지 못했을 테니까 육지를 찾지 못했겠지만, 이 섬 주위에도 어딘가에 육지가 있지 않을까? 소년들은 난바다까지 볼 수 있는 망원경을 갖고 있으니까, '뒤게 트루앵' 호의 생존자가 보지 못한 육지를 발견할 수 있을지도 모른다.

보두앵의 지도를 보면, 체어먼 섬 동해안의 중앙부는 프렌치 동굴에서 동쪽으로 겨우 20킬로미터밖에 떨어져 있지 않았다. 슬루기 만의 반대쪽 해안도 반원형을 그리며 내륙 쪽으로 깊이 들어와 있으니까, 그쪽부터 정찰을 시작하는 게 좋을 것이다.

그런데 섬 곳곳을 조사하기 전에 먼저 오클랜드 언덕에서 패밀리 호수와 덫숲에 걸쳐 있는 지역을 탐험할 필요가 있었다. 그곳에는 어떤 자원이 있을까? 이용할 수 있는 나무가 많이 있을까? 그것을 확인하기 위해 소년들은 11월 초에 탐험대를 보내기로 결정했다.

하지만 절기로는 벌써 봄이 시작되었어도 좋을 때인데, 남극권과 가까운 체어먼 섬에서는 아직 봄의 기운을 별로 느낄 수 없었다. 9월부터 10월 중순까지는 날씨가 아주 나빴다. 몇 번이나 늦추위가 기승을 부렸지만, 오래 지속되지는 않았다. 풍향이 금세 바뀌어버렸기 때문이다. 낮과 밤의 길이가 같아지는 춘분 무렵에는 지독할 만큼 날씨가 거칠어서, 몇 번이나 거센 바람이 휘몰아쳤다. 미친 듯이 날뛰는 그 바람은 '슬루기' 호를 태평양의 난바다로 밀어낸 폭풍을 연상시켰다. 오클랜드 언덕 전체가 뒤흔들리는 것 같았다. 남쪽에서 불어오는 돌풍은 가로막는 것이 아무것도 없는 남늪을 지나 남극해의 얼음처럼 차가운 공기를 실어왔다. 소년들은 바람이 들어오지 않도록 동굴 입구를 닫아야 했다. 그것은 여간 힘든 일이 아니었다. 바람은 걸핏하면 저장실로 통하는 문을 밀어젖히고 복도를 지나 거실까지 쳐들어왔다. 이런 날씨는 기온이 영하 30도까지 내려간 한겨울보다 더 괴로웠다. 게다가 바람만이 아니라 비나 우박과도 싸워야 했다.

더 큰 문제는 사냥감이 완전히 모습을 감추어버린 것이다. 새들도 거센 바람을 피할 수 있는 곳을 찾아간 모양이다. 물고기도 보이지 않았다. 호숫가에서 으르렁거리며 날뛰는 파도에 겁을 먹고 어딘가에 숨어버렸을 것이다.

그래도 소년들은 동굴 속에서 느긋하게 시간을 보낼 수는 없었다. 꽁꽁 얼어붙었던 눈이 녹아 탁자를 썰매로 쓸 수 없었기 때문에, 백스터는 무거운 물건을 운반할 수 있는 짐수레를 만들려고 궁리를 거듭했다. 그러다가 문득 '슬루기' 호의 권양기에 달려 있는 같은 크기의 바퀴 두 개를 생각해냈다.

전문가라면 쓸데없는 헛수고를 피할 수 있겠지만, 백스터는 수많은 시행착오를 겪어야 했다. 권양기의 바퀴는 톱니로 되어 있어서, 그 톱니를 없애려고 했지만 뜻대로 되지 않았다. 그래서 백스터는 할 수 없이 나무토막으로 톱니와 톱니 사이를 메우고, 바깥쪽에 금속띠를 감아보았다. 그리고 두 바퀴를 쇠파이프로 연결하고 튼튼한 널빤지를 얹었다.

간단한 짐수레가 완성되었다. 엉성하지만 그런 대로 쓸 만했다. 아니, 실제로 큰 도움이 되었다. 이곳에는 말도 노새도 나귀도 없으니까, 식민지에서 제일 힘센 소년들이 수레를 끌게 된 것은 말할 나위도 없다.

네발짐승을 사로잡아서 짐수레를 끌도록 길들일 수 있다면 소년들의 수고를 덜 수 있을 텐데! 시체나 발자국이 발견된 육식동물을 제외하면, 체어먼 섬에는 왜 되새김동물보다 새가 훨씬 많을까? 서비스가 기르는 레아를 보아하니, 그런 새가 가축으로 길들여질 가능성은 거의 기대할 수 없었다.

레아는 야성을 전혀 잃지 않았다. 사람이 다가가면 부리나 다리로 자신을 방어하려 했고, 묶여 있는 끈을 부리로 쪼아서 끊으려고 했다. 끈을 끊고 달아나면 당장 덫숲으로 사라져버릴 것이다.

그래도 서비스는 포기하지 않았다. 서비스는 레아에게 '브라우제빈트'(돌풍)라는 이름을 붙여주었는데, 요한 비스가 쓴 소설 《스위스의 로빈슨》에서 주인공 야콥이 타조에게 붙여준 이름이다. 서비스는 고집센 짐승을 길들이는 것을 장기로 삼고 있었지만, 이 레아만은 아무리 어르고 달래도 소용이 없었다.

어느 날 서비스는 싫증도 내지 않고 몇 번이나 되풀이 읽은 비스의 소설을 생각하면서 이렇게 말했다.

"하지만 야콥은 결국 타조를 발빠른 탈것으로 길들였어."

"그래." 고든이 말을 받았다. "하지만 너의 레아와 야콥의 타조가 다르듯이, 너와 야콥도 달라."

"뭐가 다르다는 거야?"

"간단히 말하면 현실과 공상의 차이지."

"차이가 있어도 상관없어. 나는 무슨 수를 써서라도 저 레아를 반드시 길들이고야 말겠어! 그렇지 않으면 레아가 도대체 어떻게 된 일이냐고 물을 테니까."

고든은 웃음을 터뜨렸다.

"레아가 너한테 말대답을 한다 해도 나는 별로 놀라지 않을 거야. 그보다는 오히려 레아가 고분고분 네 말을 듣는 게 훨씬 놀랄 일이지!"

서비스는 친구들이 아무리 놀려대도 아랑곳하지 않고, 때가 오면 당장 레아를 타보기로 결심했다. 그래서 서비스는 여전히 소설 주인공 야콥을 흉내내어 돛으로 승마용 장비를 만들고, 레아의 머리에 씌울 두건도 만들었다. 이 두건에는 붙였다 떼었다 할 수 있는 가죽 눈가리개까지 달려 있었다. 야콥은 이 두 개의 눈가리개로 타조의 양쪽 눈을 가려서 타조를 잘 다룰 수 있었다. 그렇다면 야콥이 할 수 있었던 일을 나라고 못할 이유가 어디 있는가? 서비스는 삼끈으로 만든 목걸이를 레아의 목에 두를 수 있었다. 물론 레아는 그런 장식이 성가시기 짝이 없었을 것이다. 하지만 두건을 레아의 머리에 뒤집어씌우는 것은 도저히 불가능했다.

소년들은 날마다 내부 개수공사를 했기 때문에 프렌치 동굴은 살기가 훨씬 편해졌다. 공부 시간을 줄이지 않고, 밖에 나갈 수 없는 날을 이용하여 공사를 신행했다. 이런 작업은 실내에서 빈둥거리는 시간을 가장 효과적으로 활용하는 방법이었다.

이제 강한 계절풍이 부는 시기도 끝나가고 있었다. 햇빛은 점점 강해지고 하늘도 맑았다. 10월 중순이 되었다. 대지의 따사로움이 나무에 전해져, 나뭇가지가 싹을 틔우기 시작했다.

이제는 온종일 동굴 밖으로 나갈 수 있었다. 두꺼운 모직 바지,

스웨터와 코트 같은 겨울옷은 먼지를 털고 수선한 다음, 고든이 꼬리표를 붙여 궤짝에 넣었다. 소년들은 전보다 훨씬 가벼운 옷을 입고 느긋하게 봄을 맞이했다. 그들에게는 버릴 수 없는 희망이 있었다. 그것은 지금의 상황을 바꾸어줄지도 모르는 무언가를 발견할 수 있으리라는 희망이었다. 여름이 되면 배가 이 근처에 나타나지 않을까? 체어먼 섬이 보이는 곳을 지나가던 배가 오클랜드 언덕 꼭대기에서 펄럭이는 깃발을 보고 섬으로 다가오지 않을까?

10월의 나머지 보름 동안, 소년들은 프렌치 동굴을 중심으로 반경 3킬로미터에 걸친 지역을 몇 번이나 탐사했다. 이 탐험에는 사냥을 잘하는 소년들만 참가했다. 고든이 화약과 산탄을 최대한 절약하라고 당부했지만, 사냥으로 잡은 고기는 식탁을 풍성하게 해주었다. 윌콕스는 올무를 설치하여 메추라기와 능에를 잡았고, 때로는 토끼만한 설치류인 마라도 잡았다. 낮에는 몇 번이나 덫을 둘러보러 가야 했다. 승냥이나 살쾡이가 소년들보다 먼저 덫에 걸린 사냥감을 발견하고 가로챌지도 모르기 때문이다. 기회만 있으면 뻔뻔스럽게 사냥감을 가로채려 드는 육식동물 때문에 쓸데없이 발품을 팔아야 한다고 생각하면 분통이 터졌다. 수리한 낡은 덫에서도, 숲 언저리에 새로 만든 덫에서도 얄미운 육식동물을 몇 마리나 잡았다. 맹수의 발자국도 많이 발견했지만, 맹수의 습격을 받은 적은 없었다. 그래도 소년들은 늘 경계를 게을리하지 않았다.

도니펀은 멧돼지의 일종인 페카리와 사슴의 일종인 과슐리를 몇 마리 잡았다. 그것은 맛이 아주 좋았다. 레아는 아무도 잡으려 하지 않았다. 서비스가 레아를 길들이려고 아무리 애를 써도 소용이 없었기 때문에, 레아를 산 채로 잡지 못해도 전혀 아쉽게 여기지 않았다.

서비스가 레아 길들이기에 끝내 실패한 것은 10월 26일 아침에 식민지 전체에 알려졌다. 그날 고집센 서비스는 레아에게 간신히 안장을 얹고 고삐를 맨 다음 등에 올라타려고 했다.

소년들은 그 재미난 실험을 구경하려고 모두 운동장에 모였다. 어린 아이들은 부러움과 걱정이 뒤섞인 표정으로 서비스를 지켜보고 있었다. 막상 실험이 시작되자, 뒤에 태워달라고 서비스에게 부탁하는 아이는 하나도 없었다. 상급생들은 어깨만 으쓱했다. 고든은 위험한 실험을 말리려고 했지만, 서비스가 고집을 부렸기 때문에 마음대로 하게 내버려두기로 했다.

가넷과 백스터가 두건을 쓰고 가리개로 눈을 가린 레아를 붙잡고 있는 동안, 서비스는 몇 번이나 실패를 거듭한 끝에 겨우 레아 등에 뛰어올랐다. 그러고는 안심한 듯한 목소리로 외쳤다.

"이젠 놔도 돼!"

레아는 눈이 보이지 않는 데다 서비스가 두 다리로 몸통을 단단히 조이고 있었기 때문에, 처음에는 그 자리에서 꼼짝도 하지 않았다. 그런데 서비스가 고삐를 당기면서 눈가리개를 떼어내자 한달음에 숲 쪽으로 달려가기 시작했다.

서비스는 쏜살같이 달리는 레아를 더 이상 통제하지 못했다. 눈가리개를 씌워 레아를 세우려 해도 소용이 없었다. 레아가 머

서비스는 레아를 통제하지 못했다

리를 한 번 흔들자 두건이 목을 따라 주르르 흘러내렸다. 서비스는 두 팔로 레아를 목을 끌어안고 매달릴 수밖에 없었다. 하지만 레아가 몸을 또 한 번 흔들자, 이 미숙한 기수는 레아의 등에서 떨어지고 말았다. 다음 순간, 레아는 덫숲 속으로 모습을 감추어 버렸다.

소년들이 땅바닥에 나동그라진 서비스에게 달려갔을 때, 레아는 이미 그림자도 보이지 않았다.

다행히 서비스는 무성한 풀밭 위에 떨어졌기 때문에 한 군데도 다치지 않았다.

"바보 같은 레아! 멍청한 녀석!" 서비스는 발끈하여 소리를 질렀다. "잡히기만 해봐라!"

"너한테는 잡히지 않을걸!" 남을 놀리고 업신여기기를 좋아하는 도니펀이 말했다.

"아무리 봐도 네 친구 야콥이 너보다는 타조를 잘 탔어." 웨브가 말했다.

"그건 레아가 충분히 길들지 않았기 때문이야!" 서비스가 대꾸했다.

"레아는 충분히 길들일 수 없어." 고든이 말했다. "단념해, 서비스. 그 녀석은 어떻게 해볼 도리가 없었어. 그리고 비스의 소설에는 흉내내도 좋은 것과 나쁜 것이 있다는 걸 잊지 마."

이 모험은 이렇게 막을 내렸다. 어린 아이들은 레아를 타지 못한 것을 조금도 아쉬워하지 않았다.

11월 초가 되자 좀더 멀리까지 탐험하기에 좋은 날씨가 되었

"잡히기만 해봐라!" 하고 서비스는 소리쳤다

다. 탐험 목표는 패밀리 호수의 서쪽 기슭을 따라 북쪽 끝까지 가 보는 것이었다. 하늘은 맑았고 기온도 적당해서, 며칠쯤 노숙해도 걱정할 게 없었다. 이리하여 탐험 준비가 갖추어졌다.

식민지의 사냥꾼들이 이 원정에 참가하게 되었다. 이번에는 고든도 함께 가는 게 좋겠다고 생각했다. 프렌치 동굴에 남아 있는 아이들은 브리앙과 가넷이 돌보기로 했다. 브리앙은 봄이 끝날 무렵에 탐험을 떠날 생각이었다. 보트를 타고 호수 가장자리를 따라가거나, 호수를 가로질러 아래쪽을 조사해보고 싶었다. 지도에 따르면 프렌치 동굴 부근에서는 호수의 너비가 7~8킬로미터밖에 안 되었기 때문이다.

이렇게 계획이 세워지고, 11월 5일 아침에 고든과 도니펀 · 백스터 · 윌콕스 · 웨브 · 크로스 · 서비스는 프렌치 동굴에 남는 소년들에게 작별 인사를 한 뒤 탐험을 떠났다.

프렌치 동굴의 생활은 여느 때와 마찬가지일 것이다. 아이버슨 · 젱킨스 · 돌 · 코스타는 공부 시간 외에는 강이나 호수로 낚시질을 하러 간다. 낚시는 아이들이 무척 좋아하는 놀이였다. 탐험대에 모코가 끼지 않았다고 해서 맛없는 음식을 먹을 거라고 생각해서는 안 된다. 탐험대에는 서비스가 끼었기 때문이다. 서비스는 평소에도 모코를 도와 요리를 하고 있었다. 그래서 탐험대에 요리사로 참가할 만한 솜씨를 갈고 닦았다. 서비스가 탐험대에 가담한 것이 달아난 레아를 찾고 싶어서 그랬는지는 알 수 없다.

고든과 도니펀과 윌콕스는 총을 갖고 있었다. 나머지 소년들은 허리에 권총을 찼다. 그밖에 사냥칼과 손도끼 두 자루도 가져갔다.

소년들은 맹수의 습격을 받거나 다른 방법으로는 사냥감을 잡을 수 없는 경우에만 총을 쏘기로, 그렇게 함으로써 화약과 산탄을 최대한 아끼기로 했다. 그래서 백스터는 끈 양쪽 끝에 돌멩이를 매단 볼라와 올가미를 수리하여 가져왔다. 백스터는 얼마 전부터 이런 사냥도구를 쓰는 법을 연습했다. 성격이 조용하고 얌전한 백스터는 손재주가 좋아서, 볼라와 올가미를 능숙하게 다룰 수 있게 되었다. 다만 이제까지는 움직이지 않는 표적만 겨냥하여 연습했기 때문에, 전속력으로 달아나는 동물을 잡을 수 있을지는 의문이었다. 그것은 이제 곧 알게 될 것이다.

고든은 고무보트를 가져가기로 했다. 고무보트는 트렁크만한 크기로 접을 수 있고 무게도 5킬로그램 정도밖에 안 되기 때문에 쉽게 갖고 다닐 수 있다. 지도에 따르면 호수로 흘러드는 물줄기가 두 개 있는데, 걸어서 건널 수 없을 때는 고무보트가 도움이 될 터였다.

고든은 보두앵의 지도를 참고하거나 수정하기 위해, 지도 사본을 가져갔다. 지도를 보면 패밀리 호수의 서쪽 연안은 약 30킬로미터 정도였다. 따라서 탐험이 순조롭게 진행된다 해도, 호수 북쪽까지 갔다가 돌아오려면 적어도 사흘은 걸릴 것이다.

탐험대는 판을 앞세우고 덮숲을 왼쪽에 낀 채 호숫가의 모래땅을 기운차게 걸어갔다.

3킬로미터쯤 가자, 프렌치 동굴에 정착한 이래 지금까지 한 번도 발을 들여놓은 적이 없는 곳에 이르렀다.

그곳에는 '코르타데르' 라는 키 큰 풀이 자라고 있었다. 풀이 무성하게 우거져 있어서, 그 안으로 들어가자 키가 가장 큰 소년도 머리까지 가려져버렸다.

그래서 걸음이 조금 느려졌다. 하지만 유감스럽게 생각할 필요는 없었다. 판이 땅바닥에 뚫린 여섯 개의 굴 앞에 멈춰섰기 때문이다.

판의 태도로 보아, 그 굴 안에 있는 동물은 맹수가 아닌 게 분명했다. 그래서 도니펀이 총을 쏘려고 하자 고든이 말렸다.

"화약을 낭비하지 마, 도니펀. 제발 화약을 아껴줘."

"우리 점심식사가 이 안에 숨어 있잖아." 사냥을 좋아하는 도니펀은 불평을 했다.

"저녁식사도 숨어 있을지 몰라." 서비스가 굴을 들여다보면서 말했다.

"사냥감이 있다면 총을 한 방도 쏘지 않고 끌어낼 수 있어." 윌콕스가 말했다.

"어떻게?" 웨브가 물었다.

"연기를 피우면 돼. 족제비나 여우를 잡을 때처럼."

코르타데르가 무성한 땅은 마른 풀로 덮여 있었다. 윌콕스는 당장 굴 옆의 마른 풀에 불을 붙였다. 그러자 1분도 지나기 전에 여남은 마리의 설치류가 뛰쳐나와 사방으로 달아나려고 했다. 토끼와 비슷하게 생긴 투코투코였다. 서비스와 웨브가 손도끼로 몇 마리를 잡았고, 판도 순식간에 세 마리를 물어 죽였다.

"이걸로 맛있는 불고기를 먹을 수 있겠군!" 고든이 말했다.

"나한테 맡겨." 요리 솜씨를 자랑하고 싶어서 몸이 근질거리는 서비스가 말했다. "원한다면 지금 당장이라도……."

"다음 쉬는 시간에 먹자." 고든이 말했다.

키 큰 풀이 밀림처럼 우거진 곳을 지나는 데 30분이 걸렸다. 그곳을 지나자 모래언덕이 길게 이어진 호숫가가 나타났다. 모래는 아주 고와서, 조금만 바람이 불어도 먼지처럼 날아올랐다.

오클랜드 언덕은 서쪽으로 3킬로미터나 떨어져 있었다. 그것은 벼랑의 방향이 프렌치 동굴에서 슬루기 만까지 비스듬히 뻗어 있다는 것을 알려주었다. 이 일대는 울창한 숲에 덮여 있었다. 브리앙을 비롯한 네 소년이 처음 호수 쪽으로 탐험을 갔을 때 가로지른 숲이었다. 그 숲속을 '징검다리 개울'이 흐르고 있을 것이다.

지도에 표시된 대로 이 개울은 호수로 흘러들고 있었다. 프렌치 동굴에서 10킬로미터를 걸은 뒤, 오전 11시쯤 소년들은 이 개울 어귀에 도착했다.

탐험대는 개울 어귀에 서 있는 커다란 소나무 밑에서 지친 다리를 쉬었다. 커다란 돌을 두 개 놓아 아궁이를 만들고, 삭정이를 모아다 불을 지폈다. 서비스가 투쿠투코 두 마리의 털을 뽑고 내장을 빼낸 다음, 활활 타오르는 불 위에서 고기를 구웠다. 판이 아궁이 앞에 엎드려 고기가 구워지는 맛있는 냄새를 맡고 있는 동안, 서비스는 투코투코를 이리저리 뒤집으면서 고기가 골고루 익도록 신경을 썼다.

소년들은 서비스의 첫 요리에 별로 불평도 하지 않고 왕성한 식욕으로 점심을 먹었다. 투코투코 구이만으로도 충분했기 때문에, 빵 대신 건빵을 조금 먹었을 뿐 자루에 넣어서 가져온 식량에는 손도 대지 않았다. 고기가 워낙 많아서 건빵도 절약할 수 있었다. 게다가 고기에는 투코투코가 즐겨 먹는 향긋한 풀냄새가 배어 있어서 맛이 더욱 각별했다.

식사가 끝나자 탐험대는 개울을 건넜다. 얕은 여울을 걸어서 건넜기 때문에 고무보트는 필요없었다. 보트를 탔다면 오히려 시간이 더 걸렸을 것이다.

호숫가는 차츰 질척거리는 수렁으로 변해갔기 때문에, 소년들은 숲 가장자리를 따라 걸어야 했다. 땅의 상태가 좋아지면 다시 호숫가로 나갈 작정이었다. 숲에는 여전히 같은 종류의 나무들이 쑥쑥 자라고 있었다. 너도밤나무 · 자작나무 · 호랑가시나무 · 떡갈나무, 온갖 종류의 소나무가 끝없이 이어졌다. 붉은 관을 쓴 까막딱따구리, 하얀 관을 쓴 딱새, 솔새의 일종인 상모솔새, 나뭇잎 그늘에서 비웃는 듯한 소리를 내고 있는 나무발바리 등 많은 새들이 가지에서 가지로 날아다니고 있었다. 되새와 종다리 · 개똥지빠귀도 입을 딱 벌리고 노래를 부르거나 지저귀고 있었다. 멀리에는 콘도르와 검독수리, 남아메리카 대륙에서 흔히 볼 수 있는 맹금류인 카라카라 몇 마리가 하늘을 유유히 날고 있었다.

아마 서비스는 로빈슨 크루소를 생각해내고, 이 섬에 앵무새

서비스는 고기가 골고루 익도록 신경을 썼다

가 없는 것을 아쉽게 여겼을 것이다. 서비스는 끝내 레아를 길들이지 못했지만, 앵무새처럼 수다스러운 새라면 레아보다 말을 잘 듣지 않을까? 하지만 앵무새는 한 마리도 보이지 않았다.

요컨대 숲에는 많은 사냥감이 있었다. 토끼의 일종인 마라, 아르마딜로의 일종인 피치, 특히 큰뇌조와 비슷한 뇌조가 많았다. 고든은 도니펀이 중간 크기의 페카리를 총으로 잡는 것을 말리지 않았다. 페카리 고기라면 저녁거리는 안 되더라도 내일 아침거리로는 쓸 수 있을 것이다.

일부러 걷기 어려운 숲속에 들어갈 필요는 없었다. 숲 가장자리를 따라 나아가면 된다. 소년들은 오후 5시까지 내처 걸었다. 그때 너비가 12미터쯤 되는 두 번째 물줄기가 앞을 가로막았다. 그것은 호수에서 흘러나와 오클랜드 언덕 북쪽을 돈 다음 슬루기 만 너머에서 태평양으로 흘러드는 시내였다.

고든은 거기에서 밤을 보내기로 했다. 20킬로미터를 걸었으니 하루에 걸은 거리로는 충분했다. 어쨌든 이 시내에 이름을 붙이는 것이 좋을 듯싶었다. 소년들은 냇가에서 쉬기로 했기 때문에, 그 물줄기를 '휴식천'이라고 부르기로 했다.

냇둑 바로 옆의 나무 밑에 야영지를 만들었다. 페카리는 내일 아침거리로 남겨두고, 저녁에는 다시 투코투코 고기를 구워 먹었다. 이번에도 서비스가 멋진 요리 솜씨를 발휘했다. 하지만 모두 식욕보다는 빨리 자고 싶은 마음이 앞섰다. 배가 고파서 어떻게든 입을 움직여보려 하지만, 눈이 저절로 감겨버렸다. 그래서 모닥불을 피우고, 모두 모닥불 옆에 담요를 두르고 누웠다. 모닥불은 윌콕스와 도니펀이 지키기로 했다. 활활 타오르는 불을 보면 들짐승도 가까이 다가오지 않을 것이다.

요컨대 걱정할 일은 아무것도 없었다. 동이 트자 소년들은 다시 떠날 채비를 했다.

하지만 하천에 이름을 붙인 것만으로 끝나는 것은 아니다. 이제 그 시내를 건너야 했다. 걸어서 건널 수는 없으니까 고무보트를 이용하기로 했다. 작은 보트에는 한 번에 한 사람밖에 탈 수 없기 때문에 시내를 일곱 번이나 왕복해야 한다. 한 사람이 건너가면 밧줄을 잡아당겨 보트를 회수하는 방법으로 일곱 명이 모두 건너는 데 한 시간이 넘게 걸렸다. 하지만 식량도 탄약도 물에 젖지 않고 옮길 수 있었으니까, 한 시간쯤 늦은 것은 문제가 아니었다.

판은 몸이 물에 젖는 것도 꺼리지 않고 물 속에 텀벙 뛰어들어 순식간에 시내를 건넜다.

건너편은 습지대가 아니었기 때문에, 고든은 호숫가로 돌아가려고 비스듬히 나아갔다. 탐험대는 10시도 되기 전에 호숫가에 도착했다. 거기에서 페카리를 구워 먹고 북쪽으로 방향을 돌렸다.

호수 끝이 가까워지는 조짐은 아직 하나도 보이지 않았다. 동쪽 수평선에는 여전히 하늘과 물이 둥근 선을 그리며 맞닿아 있을 뿐이다.

정오 무렵, 망원경을 들여다보고 있던 도니펀이 소리쳤다.

"호수 건너편이 보인다!"

모두 그쪽으로 눈길을 돌리자, 수면 위에 나무 우듬지가 보였다.

"쉬지 말고 계속 가자. 어두워지기 전에 저쪽에 도착해야 돼." 고든이 말했다.

북쪽에는 긴 모래언덕이 파도처럼 굽이치는 황량한 평원이 끝없이 펼쳐져 있었다. 등심초와 갈대밭이 군데군데 흩어져 있을 뿐이었다. 체어먼 섬 북부는 드넓은 모래땅으로 되어 있는 모양이다. 중앙부의 푸른 숲과는 완전히 대조적이다. 고든은 이 북부 평원에 잘 어울리는 '사막' 이라는 이름을 붙였다.

3시경 북동쪽으로 3킬로미터쯤 떨어진 곳에 건너편 호숫가가 또렷이 모습을 드러냈다. 그 지역은 모든 생물한테 버림받은 것 같았다. 가마우지와 섬새 · 논병아리 같은 바닷새가 해안의 바위밭으로 날아가는 모습이 보일 뿐이다.

'슬루기' 호가 이 북쪽 해안에 표착했다면, 조난한 소년들은 이 황량한 땅을 보고 아무리 발버둥쳐도 살아남을 수 없다고 절망했을 것이다. 이런 사막 한복판에서 어떻게 프렌치 동굴처럼 쾌적한 거처를 찾을 수 있겠는가. '슬루기' 호라는 피난처가 없었다면, 소년들은 어디에서도 피난처를 찾지 못했을 것이다.

그런데 여기서 더 북쪽으로 나아갈 필요가 있을까? 어떤 생물도 살지 않는 이 지역을 구석구석 탐험해도 별수없지 않은가? 호수 건너편에는 또 다른 숲이 펼쳐져 있어서 새로운 자원을 구할 수 있을지 모르나, 그쪽을 탐험하는 것은 다음 기회로 미루는 게 좋지 않을까? 물론 그렇다. 호수 건너편에는 틀림없이 새로운 자원이 있을 것이다. 그리고 체어먼 섬이 아메리카 대륙 옆에 있다면, 대륙이 있는 곳은 섬의 동쪽일 것이다.

그래도 도니펀의 제안에 따라 탐험대는 호수의 북쪽 끝까지 가보기로 했다. 그리 멀지는 않을 것이다. 호수의 동서 양쪽 연안이 맞닿아 굽이진 부분이 점점 또렷이 보였기 때문이다.

드디어 호수 북쪽 끝에 이르렀다. 해질녘에 소년들은 패밀리 호수 북쪽 끝에 있는 작은 후미에서 밤을 보내기로 했다.

그곳에는 나무 한 그루, 풀 한 포기 보이지 않았고, 바싹 마른 이끼나 지의류조차 보이지 않았다. 땔감이 없어서 요리도 해먹지 못하고, 자루에 넣어 가져온 식량으로 끼니를 때워야 했다. 잠잘 곳도 마땅치 않아서, 소년들은 융단처럼 깔린 모래 위에 담요를 펴고 자기로 했다.

이날 밤, 사막의 적막을 깨뜨린 것은 아무것도 없었다.

15

돌아오는 길—서쪽으로 가다—트룰카와 알가로브—징검다리 개울—
비쿠나와 과나코 사냥—백스터의 능숙한 올가미 솜씨—
프렌치 동굴로 돌아오다

후미에서 2백 걸음쯤 떨어진 곳에 높이가 20미터쯤 되는 모래 언덕이 있었다. 탐험대가 주위를 둘러보기에는 안성맞춤인 전망대였다.

해가 뜨자마자 소년들은 이 모래언덕 꼭대기로 서둘러 올라갔다. 그리고 꼭대기에 이르자 망원경으로 북쪽을 살폈다.

지도에 나와 있듯이 북쪽에는 드넓은 모래 평원이 해안까지 이어져 있었다. 사막은 끝이 보이지 않았다. 해안은 북쪽으로 20킬로미터, 동쪽으로 10킬로미터쯤 떨어진 곳에 있을 것이다.

사막을 지나 체어먼 섬 북부로 더 깊이 들어가도 소용이 없을 것 같았다.

"이제 어떡하지?" 크로스가 물었다.

"돌아가자." 고든이 대답했다.

"우선 아침부터 먹어야지." 서비스가 얼른 끼어들었다.
"그럼 어서 준비해." 웨브가 말했다.
"이대로 돌아가야 한다면 다른 길로 가보는 게 어때?" 도니펀이 제안했다.
"좋아." 고든이 대답했다.
"패밀리 호수의 동쪽 연안을 따라 돌아가면 탐험이 완전해질 텐데." 도니펀이 덧붙였다.
"하지만 그건 너무 멀어." 고든이 말했다. "지도를 보면 50킬로미터 내지 60킬로미터를 걸어야 돼. 도중에 사고가 일어나지 않아도 네댓새는 걸릴 거야. 그렇게 늦어지면 프렌치 동굴에서 모두 걱정할 거야. 그런 쓸데없는 걱정은 끼치지 않는 게 좋아."
"하지만 조만간 섬 동부를 조사할 필요가 있어!" 도니펀은 고집스럽게 주장했다.
"물론이지." 고든이 대답했다. "그래서 돌아가면 동부 탐험 계획을 세울 작정이야."
"하지만 도니펀 말이 옳아." 크로스가 끼어들었다. "똑같은 길로 돌아가는 건 재미없어."
"알았어." 고든이 대꾸했다. "그럼 휴식천까지는 호숫가를 따라 걸어가다가, 곧장 벼랑 쪽으로 들어가보자. 그리고 그 기슭을 따라 걸어가는 거야."
"하지만 왜 어제 지나온 호숫가를 따라 내려가야 하지?" 윌콕스가 물었다.
"그래. 왜 그래야 해?" 도니펀이 말했다. "이 사막을 가로질러 덫숲으로 가는 게 지름길이잖아. 덫숲은 남서쪽으로 5킬로미터밖에 떨어져 있지 않아."

"어쨌든 우리는 휴식천을 건너야 하니까." 고든이 대답했다. "그런데 어제 건넌 곳은 틀림없이 건널 수 있어. 더 하류로 내려가서 물살이 거세지면 건너기가 힘들지도 몰라. 그러니까 휴식천을 건넌 뒤에 숲으로 들어가는 게 현명해."

"넌 조심성이 너무 많아!" 도니펀은 날카롭게 빈정거리는 투로 말했다.

"조심성은 많을수록 좋아." 고든이 대꾸했다.

모두 모래언덕 비탈을 내려와 야영지로 돌아와서 건빵과 차가운 페카리 고기로 아침을 때웠다. 그러고는 담요를 개키고 무기를 들고 기운찬 걸음으로 어제 왔던 길을 되돌아가기 시작했다.

하늘은 구름 한 점 없이 맑았다. 산들바람이 호수에 잔물결을 일으키고 있었다. 온종일 맑은 날씨가 계속될 것 같았다. 고든은 이렇게 좋은 날씨가 하루 반만 계속된다면 더 바랄 게 없겠다고 생각했다. 내일 밤에는 프렌치 동굴에 돌아가고 싶었기 때문이다.

아침 6시부터 오전 11시까지 탐험대는 호수 북쪽 끝에서 휴식천까지 약 15킬로미터를 거뜬히 걸었다. 아무 사고도 일어나지 않았다. 다만 하천이 가까워졌을 때, 도니펀이 볏을 가진 능에 두 마리를 총으로 잡았다. 갈색과 흰색이 섞인 검은 깃털로 덮여 있는 아름다운 새였다. 도니펀은 사냥에 성공해서 기분이 좋아졌지만, 서비스도 기뻐했다. 서비스는 어떤 새든 잡히기만 하면 깃

털을 뽑고 내장을 빼내고 구울 준비가 되어 있었다.

한 시간 뒤 탐험대가 고무보트를 타고 차례로 시내를 건넜다.

"자, 드디어 숲으로 들어간다!" 고든이 말했다. "백스터가 올가미나 볼라를 던질 기회가 있으면 좋겠군."

"하지만 실제로 그런 도구는 지금까지 아무짝에도 쓸모가 없었잖아!" 도니펀이 받았다. 도니펀은 소총이나 공기총 말고는 어떤 사냥도구도 믿지 않았다.

"이건 오랫동안 새를 잡는 데 쓰인 도구야." 백스터가 대꾸했다.

"새든 네발짐승이든, 난 그런 도구는 믿지 않아."

"나도 그래." 크로스가 여느 때처럼 사촌형을 편들고 나섰다.

"이러쿵저러쿵 하기 전에 백스터가 그걸 써볼 기회가 올 때까지 기다려보자." 고든이 말했다. "백스터는 잘해낼 수 있을 거야. 탄약은 언젠가는 바닥이 나겠지만 올가미나 볼라는 절대 없어지지 않아."

"하지만 사냥감을 놓쳐버리지!" 도니펀이 고집스럽게 대꾸했다.

"이제 곧 알게 되겠지. 그보다 점심이나 먹자." 고든이 말했다.

그런데 서비스가 능에를 좀더 잘 구우려고 요리에 정성을 쏟았기 때문에 식사 준비에 시간이 많이 걸렸다. 능에는 큰 새여서 소년들의 왕성한 식욕을 충분히 채워주었다. 느시라고도 부르는 능에는 몸무게가 15킬로그램이나 되고 부리에서 꼬리까지의 길이가 1미터에 가까워서, 사냥새 중에서는 가장 큰 부류에 속한다.

그래도 소년들은 이 능에를 남김없이 먹어치웠다. 심지어 뼈도 남기지 않았다. 판이 뼈를 가로채어 모조리 먹어버렸기 때문이다.

식사가 끝나자 소년들은 덫숲에서 아직 한 번도 가보지 못한 지역에 발을 들여놓았다. 휴식천이 숲속을 지나 태평양으로 흘러나가고 있었다. 지도를 보면 물줄기는 벼랑 끝을 돌아서 북서쪽으로 구부러지고, 어귀는 '가짜 바다 곶' 북쪽에 자리잡고 있다. 그래서 시내를 계속 따라가면 프렌치 동굴과는 반대 방향으로 가게 되기 때문에, 고든은 휴식천을 따라가지 않기로 했다. 역시 지름길을 택해 오클랜드 언덕으로 가서, 벼랑 기슭을 따라 남쪽으로 내려가는 편이 나았다.

나침반으로 방향을 확인한 뒤, 고든은 과감하게 서쪽으로 방향을 돌렸다. 나무는 덫숲의 남쪽 지역만큼 울창하지 않아서 걷기가 쉬웠다. 걸음을 방해하는 풀숲이나 덤불도 적었다.

자작나무나 너도밤나무 사이에 이따금 작은 빈터가 나타나고, 거기에 햇빛이 쨍쨍 내리쬐고 있었다. 온갖 들꽃이 작은 관목과 무성한 풀에 생기를 불어넣고 있었다. 개쑥갓 꽃이 50센티미터 정도의 줄기 끝에서 바람에 흔들리고 있었다. 모두 들꽃을 몇 송이씩 땄다. 서비스와 윌콕스와 웨브는 꽃을 윗옷에 꽂았다.

그때 고든이 좋은 것을 발견했다. 고든의 식물학 지식은 전에도 자주 도움이 되었는데, 이번에는 잎이 별로 달리지 않은 관목을 유심히 살피고 있었다. 나뭇가지에는 가시가 돋아나 있고, 완두콩만한 크기의 붉은 열매가 달려 있었다.

"내가 잘못 본 게 아니라면 이건 '트룰카' 야!" 고든이 소리쳤다. "인디오들이 소중히 여기는 열매지."

“먹을 수 있는 거라면 먹어보자. 공짜니까.” 서비스가 말했다.

그러고는 고든이 말릴 새도 없이 열매 두세 알을 입에 넣고 씹었다.

서비스는 당장 우거지상이 되었다. 친구들은 그 표정이 재미있어서 큰 소리로 웃어댔다. 서비스는 얼른 열매를 뱉어냈지만, 혀에서 여전히 시큼한 맛이 가시지 않자 몇 번이고 침을 뱉었다.

“먹을 수 있는 열매라고 했잖아!” 서비스가 고든에게 불평을 했다.

“먹을 수 있다는 말은 한마디도 하지 않았어.” 고든이 응수했다. “인디오들은 술을 담글 때 이 열매를 사용하지. 발효시키면 좋은 술이 돼. 우리 브랜디가 다 떨어지면 트룰카 술이 귀중한 음료가 될 거야. 하지만 조심해서 마셔야 돼. 머리가 띵해질 만큼 독하니까. 트룰카 열매를 한 자루 가져가서 술을 담가보자.”

트룰카 열매는 수많은 가시로 둘러싸여 있어서 따기가 무척 어려웠다. 하지만 백스터와 웨브가 가볍게 가지를 때리자 수많은 열매가 땅바닥에 떨어졌다. 모두 그것을 자루에 가득 주워담고 다시 길을 떠났다.

조금 걸어가다가 소년들은 남아메리카 특산인 ‘알가로브’라는 관목을 발견하고 다시 열매를 땄다. 꼬투리 속에 들어 있는 콩 같은 열매를 발효시키면 독한 술이 된다. 이번에는 서비스도 열매를 다짜고짜 입으로 가져가지 않았다. 그것은 현명한 짓이었다. 알가로브는 처음에는 달착지근하지만, 곧 입 안이 타는 듯이 바싹 말라버린다. 익숙지 않은 사람이 이 열매를 씹었다가는 터무

니없는 고통을 맛보게 된다.

그날 오후, 오클랜드 언덕을 400미터쯤 앞둔 곳에서 마지막으로 또 한 가지 귀중한 발견이 이루어졌다.

거기서부터 숲의 경치가 달라졌다. 숲속의 빈터에는 전보다 더 많은 공기와 햇볕이 넘쳐흘러 온갖 식물이 무럭무럭 자라고 있었다. 20미터가 넘는 큰 나무들이 굵은 가지를 뻗고, 아래쪽 가지에서는 새들이 시끄럽게 지저귀고 있었다. 곧게 자란 아름다운 나무 중에서도 특히 너도밤나무가 눈에 띄었다. 이 나무는 사철 내내 초록 잎을 매달고 있다. 그보다 키는 좀 작지만 그 상록수와 같은 종류의 아름다운 나무가 무리지어 자라고 있었다. 그 나무껍질은 계피맛이 나니까, 프렌치 동굴의 요리사는 소스의 맛을 낼 때 계피 대신 그것을 양념으로 쓸 수 있을 것이다.

그때 고든이 이런 나무들 사이에서 '페르네티아'를 발견했다. 페르네티아는 월귤과 비슷한 철쭉과의 차나무인데, 추운 지방에서도 잘 자란다. 그 향기로운 잎을 달이면 건강에 좋은 음료가 된다.

"이건 차 대신 마실 수 있어." 고든이 말했다. "잎을 조금 따서 가져가자. 겨우내 먹을 것은 나중에 또 따러 오면 돼!"

오클랜드 언덕 북쪽 끝에 도착한 것은 4시 무렵이었다. 이곳은 프렌치 동굴 주위보다 조금 낮아 보였지만, 깎아지른 벼랑은 너무 가팔라서 도저히 오를 수 없을 것 같았다. 하지만 그것은 별로 문제가 되지 않았다. 그대로 벼랑 기슭을 따라가기만 하면 질랜드 강으로 돌아갈 수 있기 때문이다.

3킬로미터쯤 가자 세찬 물소리가 들렸다. 벼랑 사이의 협곡에서 급류가 거품을 일으키며 소용돌이치고 있었다. 하지만 조금 하류로 내려가자 여울이 있어서 쉽게 건널 수 있었다.

"이건 우리가 처음 호수를 탐험할 때 발견한 그 개울이 분명해." 도니펀이 말했다.

"그럼 이게 징검다리가 놓여 있던 개울인가?" 고든이 되물었다.

"틀림없어." 도니펀이 대답했다. "그래서 '징검다리 개울' 이라는 이름을 붙였잖아."

"그럼 여기서 야영하자." 고든이 말을 이었다. "벌써 다섯 시야. 하룻밤 더 노숙을 해야 하니까, 이 개울가의 큰 나무 그늘에서 자는 게 좋겠어. 아무 일도 일어나지 않는다면 내일 밤에는 침대에서 편안히 잘 수 있을 거야."

서비스가 저녁식사를 준비했다. 저녁거리로 담겨둔 커다란 능에 두 마리가 곧 불고기가 되었다. 서비스가 만드는 요리는 늘 불고기뿐이었다. 하지만 서비스를 비난하는 것은 부당하다. 서비스는 아직 식단에 변화를 줄 만한 요리 솜씨를 갖추고 있지 않았기 때문이다.

서비스가 요리를 하는 동안 고든과 백스터는 숲속으로 돌아갔다. 고든은 새로운 나무나 풀을 찾아볼 생각이었고, 백스터는 도니펀에게 더 이상 놀림을 받지 않기 위해 올가미나 볼라를 써볼 생각이었다.

큰 나무 사이를 백 걸음쯤 나아갔을 때, 고든이 풀밭에서 장난을 치며 뛰어다니는 동물을 가리켰다.

"염소야?" 백스터가 작은 소리로 물었다.

"글쎄. 어쨌든 염소와 비슷해. 잡아봐."

"산 채로 잡을까?"

"그래, 산 채로 잡아. 도니펀이 함께 오지 않아서 다행이야. 총을 쏘면 한 마리는 잡겠지만 다른 녀석들은 모두 도망쳐버릴 테니까 말야. 들키지 않게 살짝 다가가자."

그 우아한 동물은 여섯 마리였지만, 경계하는 기색은 전혀 없었다. 그런데 본능적으로 위험을 느꼈는지, 어미인 듯한 녀석이 바람 냄새를 맡으면서 당장이라도 무리를 데리고 달아날 태세였다.

그 순간, 핑 하는 소리가 공기를 갈랐다. 스무 걸음 떨어진 곳까지 접근한 백스터가 볼라를 내던진 것이다. 볼라는 힘차게 날아가 염소의 몸에 휘감겼다. 나머지 염소들은 잽싸게 숲속으로 사라졌다.

고든과 백스터는 염소한테 달려갔다. 염소는 볼라에서 벗어나려고 필사적으로 버둥거렸다. 하지만 결국 도망치지 못하고 두 소년에게 붙잡히고 말았다. 붙잡힌 것은 어미였다. 그리고 본능적으로 어미 곁에 붙어 있었던 새끼 두 마리도 함께 붙잡혔다.

"만세!" 백스터는 기쁨을 억누르지 못하고 소리쳤다. "만세! 그런데 이게 정말 염소일까?"

"아니야!" 고든이 대답했다. "이건 '비쿠냐'일 거야."

"젖은 나와?"

"물론이지."

"그럼 비쿠냐라도 좋아."

그 순간, 핑 하는 소리가 공기를 갈랐다

고든의 눈은 틀림없었다. 실제로 비쿠냐는 염소와 비슷하지만, 다리가 길고 털은 짧고 가늘다. 머리는 작고 뿔이 없다. 비쿠냐는 주로 남아메리카의 대초원에 살지만, 마젤란 해협 근처에도 살고 있다.

고든과 백스터가 어미 비쿠냐를 볼라로 묶어서 잡아끌고 새끼 두 마리를 두 팔에 안고 야영지로 돌아왔을 때 얼마나 열렬한 환영을 받았을지는 쉽게 짐작할 수 있을 것이다. 어미가 아직 새끼에게 젖을 먹이고 있으니까, 비쿠냐 세 마리를 키우기는 별로 어렵지 않을 것이다. 이 세 마리가 점점 불어나, 그 가축 떼가 소년들의 작은 식민지에 큰 도움을 줄 날이 올지도 모르지 않는가? 물론 도니펀은 총을 쏠 기회를 놓친 것을 못내 아쉬워했다. 하지만 사냥감을 죽이지 않고 산 채로 잡으려 할 때는 총보다 볼라가 유용하다는 점은 도니펀도 인정하지 않을 수 없었다.

소년들은 모두 즐겁게 저녁식사를 했다. 아니, 저녁이라기보다는 오히려 밤참에 가까웠다. 비쿠냐는 나무에 묶인 채 얌전히 풀을 뜯었고, 새끼 두 마리는 어미 주위를 뛰어다니고 있었다.

하지만 그날 밤은 '사막'에서 보낸 밤만큼 평온하지 않았다. 숲의 이쪽에는 승냥이보다 더 무서운 동물이 살고 있었다. 승냥이라면 짖는 소리로 금방 분간할 수 있다. 그런데 오전 3시쯤 위험한 일이 일어났다. 이번에야말로 맹수가 울부짖는 소리가 사방에 울려 퍼졌다.

도니펀은 총을 손닿는 곳에 놓고 모닥불 옆에서 불침번을 서고 있었지만, 처음에는 친구들을 깨울 필요도 없다고 생각했다.

하지만 맹수들이 울부짖는 소리가 점점 격렬해지자 다른 소년들도 잠에서 깨어났다.

"저게 뭐지?" 윌콕스가 물었다.

"들짐승이 이 근처를 어슬렁거리고 있는 모양이야." 도니펀이 대답했다.

"재규어나 퓨마일 거야." 고든이 말했다.

"둘 다 똑같이 사나운 맹수야."

"아니, 똑같지는 않아. 퓨마가 재규어보다 덜 위험하지 않을까? 하지만 무리를 이루면 퓨마도 아주 무서운 포식동물이야."

"가까이 오기만 하면 해치워버리겠어." 도니펀이 말했다.

그리고 친구들이 권총을 준비하는 동안 망을 보았다.

"잘 겨냥해서 쏴!" 고든이 주의를 주었다. "모닥불이 있으니까 놈들도 함부로 접근하지는 않겠지만."

"가까이 와 있어!" 크로스가 외쳤다.

판이 흥분한 것을 보면 정말로 맹수들은 가까이 와 있는 모양이다. 고든은 판을 달래려고 했지만 개는 계속 으르렁거리고 있었다. 숲은 깊은 어둠에 싸여 있어서 짐승의 형체를 분간할 수 없었다.

그 짐승들은 언제나 밤이 되면 이 개울가로 물을 마시러 오는 버릇이 있었던 모양이다. 그런데 그곳이 사람들에게 점령당해 있는 것을 보고, 울부짖는 소리로 불만을 표시하려는 게 분명하다. 맹수들은 계속 그 자리에 버티고 서서 으르렁거리는 소리만 내고 있을까? 맹수들이 공격해오면 큰 피해를 입을지도 모르는 데, 맹수들을 쫓아버릴 필요는 없을까?

그때 갑자기 스무 걸음쯤 떨어진 어둠 속에 반짝이는 점 같은 눈이 몇 개 나타났다. 거의 동시에 총성이 울렸다.

도니펀이 총을 쏜 것이다. 거기에 응답하듯 맹수들이 울부짖는 소리도 점점 격렬해졌다. 도니펀도 다른 소년들도 맹수가 습격할 경우에 대비하여 권총을 겨누고 언제라도 쏠 수 있도록 방아쇠에 손가락을 걸고 있었다.

그때 백스터가 불타고 있는 장작을 집어들어, 빨갛게 빛나는 맹수의 눈을 향해 힘껏 던졌다.

그러자 맹수들은 당장 그 자리를 떠나 덫숲 안쪽으로 사라져버렸다. 한 마리는 도니펀이 쏜 총에 맞아 상처를 입은 게 분명했다.

"달아났어!" 크로스가 외쳤다.

"잘 가거라!" 서비스가 농담을 했다.

"다시 돌아오지 않을까?" 크로스가 걱정스러운 얼굴로 물었다.

"돌아오진 않겠지만, 아침까지 망을 보자." 고든이 대답했다.

모닥불에 삭정이를 더 넣었기 때문에, 불은 날이 밝을 때까지 계속 활활 타올랐다. 소년들은 새벽에 짐을 꾸리고, 맹수가 총에 맞아 쓰러지지 않았는지를 조사하러 숲속으로 들어갔다.

스무 걸음쯤 들어간 곳이 피로 얼룩져 있었다. 총에 맞은 맹수는 달아났겠지만, 판이 핏자국을 따라가면 쉽게 찾을 수 있을 것이다. 하지만 더 이상 숲속으로 들어가는 것은 위험하다고 고든은 판단했다. 쓸데없이 위험을 무릅쓸 필요는 없다.

간밤의 맹수가 재규어였는지 퓨마였는지, 아니면 그에 못지않게 위험한 맹수였는지는 결국 알아내지 못했다. 어쨌든 중요한 사실은 탐험대가 무사히 위기를 넘겼다는 것이다.

소년들은 아침 6시에 다시 길을 떠났다. 날이 저물기 전에 징검다리 개울에서 프렌치 동굴까지 15킬로미터를 걸으려면 잠시도 시간을 낭비할 수 없었다.

서비스와 웨브가 비쿠냐 새끼를 한 마리씩 안았고, 어미는 끈에 묶인 채 얌전히 백스터를 따라왔다.

오클랜드 언덕 기슭을 따라가는 길은 변화가 없어서 단조로웠다. 왼쪽에는 숲이 장막처럼 펼쳐져 있었다. 때로는 뚫고 들어갈 수 없을 만큼 나무가 빽빽했고, 때로는 나무가 빈터를 에워싸듯 늘어서 있었다. 오른쪽에는 깎아지른 벼랑이 솟아 있고, 석회암 속에 자갈층이 줄무늬를 그리고 있었다. 벼랑은 남쪽으로 비스듬히 나아갈수록 높아졌다.

11시에 잠시 쉬면서 점심을 먹기로 했다. 이번에는 시간을 낭비하지 않으려고 가져온 식량만으로 점심을 때우고 곧 다시 길을 떠났다.

소년들은 계속 빠른 걸음으로 걷고 있었다. 아무 일도 일어나지 않을 것 같았다. 그런데 오후 3시쯤 숲속에서 총성이 울렸다.

도니펀과 웨브와 크로스는 판을 데리고 백 걸음쯤 앞서 걷고 있었다. 그래서 뒤따라가던 소년들은 그들의 모습을 볼 수 없었다. 총성에 뒤이어 외치는 소리가 들려왔다.

"그쪽이야! 그쪽으로 간다!"

이것은 고든과 윌콕스 · 백스터 · 서비스에게 조심하라고 경고

하는 소리일까?

갑자기 숲속에서 커다란 동물이 나타났다. 백스터는 올가미를 길게 늘이고 있다가, 그것을 머리 위에서 빙글빙글 돌린 다음 동물을 향해 휙 던졌다.

백스터가 올가미를 아주 잘 던졌기 때문에, 올가미 끝의 고리가 동물의 목에 감겼다. 동물은 필사적으로 버둥거렸지만 고리에서 빠져나갈 수는 없었다. 그래도 이 동물은 아주 힘이 강해서, 고든과 윌콕스와 서비스가 올가미 끝을 잡아 나무줄기에 친친 감지 못했다면 백스터는 동물한테 질질 끌려가고 말았을 것이다.

웨브와 크로스, 그리고 마지막으로 도니펀이 숲에서 나왔다. 도니펀은 화가 나서 참을 수가 없다는 듯이 소리를 지르고 있었다.

"빌어먹을! 왜 총이 빗나갔지?"

"백스터는 실패하지 않았어." 서비스가 말했다. "우리는 산 채로 잡았어. 팔팔하게 살아 있는 채로!"

"그건 아무래도 좋아. 어차피 죽여야 하니까." 도니펀은 억지를 부렸다.

"이 녀석을 죽인다고?" 고든이 반대했다. "수레를 끌기에 안성맞춤인 녀석을 잡았는데 죽이다니!"

"이게 수레를 끈다고?" 서비스가 놀라서 소리를 질렀다.

"이건 '과나코' 야." 고든이 대답했다. "남아메리카의 농장에서는 인기가 대단하지."

과나코가 얼마나 유용한 동물이든, 도니펀으로서는 여전히 총으로 쏘아 죽이지 못한 것이 아쉬웠을 것이다. 하지만 그런 기분

백스터는 동물한테 질질 끌려갔을 것이다

을 내색하지 않고, 체어먼 섬의 동물들 중에서도 특히 훌륭한 과나코를 관찰하러 다가왔다.

과나코가 동물학에서는 낙타과로 분류되고 있지만, 북아프리카의 낙타와는 전혀 닮지 않았다. 목은 길고 가는 데다 머리도 작다. 다리는 길고 날씬해서 아주 민첩한 동물임을 알 수 있다. 사슴 같은 황갈색 털에는 하얀 점무늬가 박혀 있다. 과나코는 가장 우수한 미국산 말에 못지않을 정도다. 과나코를 길들여서 훈련시킬 수만 있다면, 급할 때 큰 도움이 될 것이다. 실제로 아르헨티나 대초원의 농장에서는 과나코를 그런 식으로 부리고 있다.

게다가 과나코는 겁쟁이라서 도망치려고 몸부림치지도 않았다. 백스터가 목을 조르고 있는 올가미 매듭을 늦추어준 다음 올가미를 고삐 삼아 끌고 가자, 녀석은 순순히 따라왔다.

패밀리 호수 북쪽 끝까지 다녀온 이번 탐험은 식민지에 이익을 가져다줄 터였다. 과나코와 비쿠냐를 잡아왔고, 차나무와 트룰카와 알가로브를 발견했다. 이만하면 탐험대는 환영받을 자격이 있었다. 특히 백스터는 누구보다도 큰 공을 세웠지만, 도니펀처럼 우쭐대며 솜씨를 자랑하려 들지 않았다.

어쨌든 고든은 올가미와 볼라가 실제로 쓸모가 있는 것을 보고 무척 기뻐했다. 물론 도니펀은 명사수였고, 경우에 따라서는 그의 총솜씨에 기댈 수밖에 없다. 하지만 그러려면 아무래도 탄약을 쓰게 된다. 그래서 고든은 아이들에게 볼라와 올가미를 쓰도록 권하고 싶었다. 인디오들도 이 사냥도구를 잘 활용하고 있으니까.

지도에 따르면 프렌치 동굴까지는 아직도 6킬로미터를 더 걸어야 했다. 날이 저물기 전에 도착하려고 소년들은 걸음을 재촉했다.

서비스는 '명마' 인 과나코를 타고 프렌치 동굴에 입성하고 싶었다. 하지만 고든이 허락하지 않았다.

"과나코가 사람을 태우는 데 익숙해질 때까지 기다리는 게 좋아. 녀석이 뒷발질을 하면서 반항하지는 않겠지만, 사람이 멋대로 올라타는 것은 참지 않을 거야. 사람을 태우려고 하지 않을 때는 하다못해 수레라도 끌게 해야 돼. 그러니까 좀 참아, 서비스. 레아한테 배운 교훈을 벌써 잊었어?"

6시쯤 일행은 프렌치 동굴이 보이는 곳에 이르렀다.

운동장에서 놀고 있던 코스타가 고든 일행을 보았다. 곧이어 브리앙과 다른 소년들이 서둘러 달려왔다. 그리고 며칠 만에 돌아온 탐험대를 환호성으로 맞이했다.

〈2권에 계속〉

15소년 표류기 1

초판 1쇄 발행 2003년 1월 13일
2판 1쇄 발행 2006년 12월 18일
3판 1쇄 인쇄 2022년 6월 14일
3판 1쇄 발행 2022년 6월 30일

지은이 쥘 베른
옮긴이 김석희
펴낸이 정중모
펴낸곳 도서출판 열림원

출판등록 1980년 5월 19일(제406-2000-000204호)
주소 경기도 파주시 회동길 152
전화 031-955-0700
팩스 031-955-0661
홈페이지 www.yolimwon.com
이메일 editor@yolimwon.com

페이스북 /yolimwon
트위터 @yolimwon
인스타그램 @yolimwon

주간 김현정
편집 조혜영 황우정 최연서
디자인 강희철

마케팅 홍보 김선규 최가인
온라인사업 서명희
제작 관리 윤준수 이원희 고은정 원보람

ⓒ 김석희, 2022

ISBN 979-11-7040-102-5 04860
979-11-7040-098-1 (세트)

* 책값은 뒤표지에 있습니다. 잘못된 책은 구입하신 곳에서 교환해드립니다.